ちくま文庫

見習い天使

完全版

佐野洋
日下三蔵 編

筑摩書房

見習い天使

完全版

Apprentice angel

佐野洋

日下三蔵 編

Sano Yo

Sanzo Kusaka

PART I

見習い天使

PART II

見習い天使

補遺

見習い天使

PART I

黒い服の女

こんにちは。見習い天使です。つまり、このたび、天使の臨時大増員によって、新たに任命された、最下級の天使なのです。

天使は、神の使いとして、地上の人々の心に、適切な助言をするのが、任務なのですが、まだ新米なので、この仕事が、うまくできるかどうか……。

さて、今回の天使大増員は、核実験、殺し屋など、最近の地上には物騒な現象が多く、勢い、天国に送られて来る人たちもふえるだろうという見込みで、とられた処置だそうです。

そう。殺し屋と言えば、この間、こんなことがありました。

玄関があくと、ブザーがなる仕組みになっている。月子は着物の襟元《えりもと》を直しながら、廊下を走った。

黒いスーツの女が、玄関のたたきに立っていた。ほとんど化粧をしていないが、皮膚の白さが月子の目を惹《ひ》いた。三十二、三歳というところか。地味なボストン・バッグを提げていた。

「いらっしゃいまし」

職業的な笑みを浮べながらも、月子は客の観察を続ける。客の靴は、黒いトカゲであった。上客と見て差支えはないだろう。

「お部屋あります？」

よく透る声で客が言った。

「はい。あの……。お連れさまは？」

「一人なんですけれど、いけませんの？」

「いえ、そんなことはございません。では、お泊りで……」

「ええ」

客は靴を脱ぎかけたが、途中で何かに気がついたらしく、

「あの……、浪《なみ》の花を」と言った。

「は？　何でございましょう」

「ちょっと、お葬式に顔を出して来たの。だから……」

月子は台所から、ひとつまみの塩を持って来ると、注文通り、客にふりかけた。

客は『月の間』に通した。月子が担当している部屋である。八畳でバスがついている。

型通りに挨拶をして、宿帳を出した。

客は器用な手つきで、必要事項を記入した。油谷路子、東京の人であった。年齢は三十と記入された。

だが、職業を書きこむときの、ちょっとしたためらいを、月子は見逃さなかった。ふと、ペンを止めて、考える眼つきをしたのである。『会社員』と書かれたが、恐らく、それは嘘なのであろう。

「お客さまは、田尻さんのお葬式に？」

と、月子は聞いた。何となく、油谷路子という女性に興味を持ったのだ。

「ええ、どうしてわかったのかしら……」

「市と申しても小さいところですから、今日、田尻さんのお葬式があったことは、よく存じ上げております。それに、田尻さんは商工会議所の会頭でしたし……。ご親戚ですか？」

「いいえ、ほんのちょっとした……」

油谷路子は、言葉を濁した。その話題を避けたい風である。

「では、どうかごゆっくり……」

月子は、自分の部屋に帰る途中、すでに、女客の正体を推理できたと思った。

あんな上品な顔をしているが、彼女も田尻の何人目かの愛人に違いない……。

――田尻久作は、三日前、自動車事故で死んだ。今日の午後、生前に関係していた会社が合同して、かなり盛大な葬儀をしたのだった。

田尻が、事業ばかりでなく、女関係にもいろいろ手を伸ばしていたことは、月子の耳にはいっていた。市内でも、二人の愛人に料亭をやらせているそうだ。田尻は、仕事の関係で、月に何回か東京に行っていたはずである。その東京で、彼の身の回りを世話したのが、油谷路子なのであろう――。

これが、月子の推理であった。そうでなければ、わざわざ、葬式にやってくるはずはない。『ほんのちょっとした知合い』などというのは、下手な弁解だ。

それにしても、彼女は、こんごどうやって生活して行くのか？　田尻から、何らかのものを残されているのだろうか？

他人ごとながら、月子には気になることであった。


その夜、月子が最後の戸締りを調べに、担当の部屋を回ると、『月の間』には、まだ電気がついていた。

「お客さま」と、部屋の外から声をかけた。もし、まだ起きているようなら、おしゃべりをしてみたいとも考えたのだ。先刻は、とっつきにくかったが、風呂にはいり、丹前《たんぜん》に着替えてしまってから、案外、気易く話してくれるのではないだろうか？　それに、油谷路子の方でも、退屈しているかもしれない。

しかし、月子の呼びかけに、返事はなかった。寝てしまったのだろうか？　それなら、電灯を消さなければ……。そんな、弁解を考えながら、彼女は部屋の中に滑りこんだ。

客は、やはり眠っていた。寝息で、夜具がゆるやかに上下している。

本を読みながら、そのまま眠ってしまったらしく、本が彼女の手の中にあった。

ちょっとした好奇心を彼女は感じた。田尻の愛人であるこの女客は、いったい、どんな本を読んでいるのだろう？

職業的自制心も、むろん働きはしたが、それよりも、好奇心の方が強かった。気づかれたら、何とでも弁解はできる。

月子は蒲団の足の方を回り、寝ている油谷路子の手もとを、のぞきこんだ。

油谷路子の手にあったもの、それは本ではなかった。小さいノートであった。月子は寝息をうかがいながら、そのノートを手にとった。

表紙に書かれた、『私の足あと』という表題が、月子の好奇心に、さらに拍車をかけたのだった。

これは、日記帳らしい。恐らく、田尻との愛の記録であろう。田尻が死んだいま、その記録をひもといて、『足あと』を偲んでいるうちに、疲れが眠りを誘ったのではあるまいか？

もし日記とすれば、それを秘かにのぞき見ることは、余りに背徳的すぎる。月子は、そう思って、返そうとしたが、偶然に、第一ページが開いてしまった。

黒いものが目にはいった。新聞の死亡広告である。黒枠に囲まれ、

『弊社取締役仲川良介儀、このたび、不慮の事故により……』


という文章があった。

日付は、半年ぐらい前のものであった。そして、その切抜きの貼られているすぐそばに、『五十万円』というペン書きの女文字も見られた。

これは、どういうことなのだろう？　日記帳ではなかったのか？　月子の胸は、なぜか、急激にときめき始めた。その心臓の鼓動が、彼女を第二ページに誘っているようである。

月子は思いきってページをめくった。

そこにも、同じようなものが貼られていた。違う人物の死亡広告である。肩書きは、元衆議院議員、そして、死因は『狭心症のため』となっていた。広告の大きさは第一ページのものより、大きかった。

その切抜きのそばには、第一ページと同じく、金額が書きこまれていた。こちらは、『七十五万円』であった。

月子の手は、急に早く動き始めた。

ノートのどのページも、全く同じだった。すべてが、死亡広告なのだ。金額はそれぞれ、まちまちであった。十万円というのもあった。

これは、いったい、何であろう？　死亡広告が、『私の足あと』とは……。

ふと、最後のページを開いてみた。そこには、まだ新しい田尻久作の死亡広告が貼られてあった。

月子は、そこに立ちつくしたまま、ノートと油谷路子の顔を見くらべていた。

足あとというからには、生前のこれらの人物と、この女客との間に、何らかの関係があったと見るのが順当である。とすると、これだけの男に、身をまかしたのだろうか？

まさかとは思う。しかし、新聞に死亡広告を出すほどの人物たちの生活には、月子のうかがい知れぬ面もあるだろう。案外、この女客は、高級娼婦なのではあるまいか？

月子の見おろしている下で、油谷路子が眉をひそめた。その表情が、何となく、色っぽく見える。気のせいかもしれないが、快楽を抑えている表情のようだ。

月子は眼をそらした。

次の瞬間、月子の肩がふるえた。油谷路子の声がしたからである。危うく、ノートを取落すところだった。

「……いいえ、そんなことはございません。あたくしどもは、ご契約下されば、必ず……。はい、お代の方は、そのあとで、結構なのでございます」

それが、寝言であるとわかるまでには、一秒ほどの時間が必要だった。そのくらい、油谷路子の言葉は、はっきりと発音されたのである。

「お値段は、条件によりまして、いろいろ異りますが……、はい、社会的に地位のおありの方は、それだけまあ……。百万円と申しますと、それはもう……」

寝言にも、癖があるらしい。語尾がぼかされていた。

ある考えが、月子を襲った。彼女の脚が自然にふるえ出し、じっと立っていることが、不可能のようであった。

彼女はノートを、油谷路子の枕元に投げ出し、部屋の電灯を消すと、急いでそこを出た。


月子は、眠れない夜を過した。『不慮の事故により』という言葉が、彼女の意識の深いところで脈打ち、彼女が睡眠に陥るのを妨げる……。

『不慮の事故』『不慮の事故』そして、田尻久作も、自動車事故で死んだのだった。田尻と油谷路子との『ちょっとした関係』とは、どんな関係であったのか？

すでに、月子は、自分自身で答えを出していた。それは、恐らく、間違いはないだろう。寝言の文句とも、彼女の答えは一致するのだから……。

とすれば……。そこから、彼女の思考は飛躍した。自分も、それを利用できるのではないだろうか？

月子は、ある男のことを考えていたのだった。

——男の名は、樋口二郎、隣の市に住む弁護士であった。一年前、何かの用でこの市へやって来て、月子の勤める旅館に泊った。やはり、『月の間』であった。

その男は、月子の亡夫に似ていた。ことに、口の利き方がそっくりであった。夕食の相手をしながら、月子の心はいつになくはずみ、勧められるままに、盃《さかずき》も手にした。もともと、酒は嫌いではなかった。

彼のために蒲団を敷くとき、彼女が何も警戒していなかったと言っては、それは嘘になる。いままでにも何回か、男に戯れられたことはあるのだから……。だが、警戒は、そのまま、期待の裏返しでもあった。

「あ。およしになって」という言葉を、彼女は部屋の外へ聞かれないような、小さい声で口にした……。

月子には、月に二日休みがある。前以ってわかっていたから、樋口はその日に、この市へやって来る。

むろん、樋口には妻子があった。しかし、彼の言葉によると、仕方なしに、恩師の娘と結婚したのだという。

「いいの。でも、あたくしも捨てないで」と、月子は小説の主人公になった気持で言う。平凡なせりふだとは思うが、それが最も彼女の心境に近いようだった。

「ワイフにくらべたら、すべての点で、月子の方がよっぽどいい。しかし、事情が事情だから……」

「わかっていますわ。あたくしだって、結婚の経験があるんですもの。いまでも、奥さまに悪いと思っているわ。だから、別れてくれなんて、口が曲っても言わないつもり」

「うん。しかし、辛いよ。ときどき、もしワイフが死んでくれたらと考えることもある。殺し屋がいたら、案外、わたしは……」

「だめだめ、いやだわ、そんなこと」

これに似た会話が、これまでにも、何回か繰返されていた――。

『殺し屋がいたら……』という、樋口の言葉を、ふだんの彼女は忘れていた。あまりにも、非現実的な仮定だと思ったのだ。

しかし、この夜は、その言葉が、重い響きとともに、彼女の意識の前面に押し出されて来ていた。

『殺し屋がいたら……』『不慮の事故により……』二つのフレーズが、絡み合う。そして、その奥に樋口二郎の顔があった。

殺し屋は現実にいた。いま、『月の間』で眠っている。

『ご契約下されば、必ず……』『社会的に地位のある方は、それだけ……』

これら、油谷路子の寝言と、あのノートとは、彼女が、いわゆる『殺し屋』であることを、物語っているではないか？

もし、彼女を樋口に紹介したら、どういうことになるか？

殺人を依頼するのは、月子ではない。それは樋口自身である。だから、彼女は良心のとがめを、それほど感じなくて、済むのではないだろうか？

月子が悪魔的な考えの誘惑と戦っているそばでは、同僚たちが、心地よさそうな寝息を立てていた。

弁護士夫人。恐らく、同僚たちも、羨《うらや》むであろう。

翌朝、朝食の給仕をしながら、月子はまともに油谷路子の顔を見られなかった。胸の鼓動が激しく、息苦しいほどであった。

「どうしたの？　あなた、何か元気がないみたいね」

ついに、油谷路子に感づかれてしまった。

「いいえ、そんなことは……」

「そう言えば、夜中に電灯を消して下さったのは、あなた？」

「はい」

「じゃあ、あのノート見たでしょう」

言われて、月子は恐れるような気持で、女客の顔をうかがった。

しかし、油谷路子は却って、恥ずかしそうに笑っていた。

「見たっていいわ。でも、あたくしがどんな仕事をしているか、わかってしまったわね」

「…………」

月子は返事を躊躇《ちゅうちょ》した。へたな答え方をすると、危険かもしれないと思ったのだ。

「女だてらに、やくざな仕事をしていると思ったのじゃない？」

「いいえ、そんな」

「ううん、いいの。どうせ、人には喜ばれない仕事だから」

油谷路子は、寂し気に言った。そういうときの、眉のかげりが、美しいと思った。

「でも、世の中には、そういう方もいなければ……」

「ふふふ。そうかしら。あたくしはね、本当はこんな仕事なくてもいいじゃないかと思っているのよ。でも、社会機構や、人間関係が複雑になると、それだけ……」

「はい。それに、人にいやがられるとはおっしゃっても、喜ぶ人もいるのでしょうし……」

「喜ぶはよかったわね。もっとも、それも真実かもしれないわ」

油谷路子は食事を終えた。食後のくだものをすすめながら、月子はつばを飲む。頼むべきか否か？

「あのう……」

「なあに？」

「お仕事、面白いですか？」

月子は、どうでもいいことを聞いてしまった。

「面白いと言ったら、叱られるかもしれないけれど、注文をとるのに、ある程度、熟練も必要なのよ。へたをすると、どなり返されることもあるし……」

「そうでしょうね」

月子は、心から、うなずいた。契約をとりつけるまでが大変なのだろう。だから、油谷路子は、いつもそのことが頭から離れず、寝言にまで言うのだ。

「どうしたの？　ばかに考えてしまって」

「はい、実は、お客さまにご紹介したい人がいるのでございます。きょう、会って下されば、きっと……」

「あら？　本当。ついているわ」

油谷路子は膝を乗り出して来た。

ああ、とうとう、自分は言ってしまった。月子は、軽い後悔を感じた。だが、もはや、あとにひくこともできなかった。

その午後、油谷路子は樋口二郎法律事務所に現われた。

「このたびは、どうもご愁傷《しゅうしょう》さまで……」

彼女は、いつものように、化粧のない顔を静かに伏せる。

「つきましては、こんなとき、申し上げるのは何でございますが、あたくしどもは、死亡広告を各新聞に取次ぎいたしておりますもので……。いえ、決して、悪質な不良業者ではございません。ご契約いただきませば、必ず、ご申付けの日付けの新聞に掲載させますし、お代は、そのあと契約が守られたという確認をなさってからで、結構なのでございます。ここに、サンプルもございます。みな、あたくしが取扱ったもので……」

呆気にとられている樋口の前に、油谷路子は、例のノートをひろげた。「お値段は、条件によりまして、この通り違うのですが……」

（見習い天使曰く＝なぜ、月子がとんでもない間違いをしたか？　それは、わたしたちの助言が適切でなかったからでしょう。でも、追い追い、こんなことはなくなると思います）

誘拐犯人

『神隠し』という言葉が、人間世界の一部にはあるそうです。つまり、神が人間を誘拐してしまうことなのでしょう。

こんな、ばかげたことを、なぜ、人間たちは考えるのか、ちょっと理解できません。

或いは、人間の世界では、いまだに誘拐という犯罪が存在しているので、神も同じようなことをすると考えているのかもしれませんが……。

二人の青年が、S市の繁華街を歩いていた。勤めの帰りである。二人の表情には、一日の仕事を終えた解放感があふれているようだった。

　二人とも、サラリーマン一年生だった。君島と津田、それが二人の姓である。ちょうど、市内各会社の退《ひ》けどきであったから、街には、サラリーマンや、ビジネスガールたちが満ちていた。二人は、駅までの道を、人波をかき分けるようにして、歩いて行く。

　若い女性たちの一団を追い抜いたとき、君島が鼻を鳴らしながら言った。

「畜生！　いい匂いをさせやがる」

「ああ」と、津田も応じた。「香水だな。家へ帰るのに、香水をつけなくてもよさそうなものだのに」

「そうなんだ。あいつら、洋服や靴下や、化粧品を買うために、会社勤めをしているみたいだ」

　二人の意見は、完全に一致した。心理学者なら、彼らの女性批判を、欲求不満の変型と見るかもしれない。年齢的にも、彼らを独身と見て、差支えはあるまい。

「ぼくはねえ」

　君島が、ゆっくりとした口調で言う。自然に、歩度も落ちた。「ときどき、原始社会に生れていればよかったと思うよ」

「なぜ？」

「そのころだったら、男は好きな女を見つけたら、さっさとさらってしまえばよかったのだろう？　デートを申込んで、断られるなんてこともない」

「そりゃあそうだ。しかし、現代でも、案外そんなのがいいのかも知れない。つまり、好きな女がいたら、暴力を使ってでも何でもいいから、強引にさらってしまう……。そうすれば……」

二人は、必ずしも、じょうだんを言っているのではないようだ。歩きながら、眼は、しじゅう、若い女性に向けられていた。

「ばか言え。そんなことしたら、たちまち、誘拐罪だ。重いんだろう？」

「ああ、営利、猥《わい》せつ又は結婚の目的を以て誘拐した場合は、一年以上、十年以下の懲役だ」

「それみろ、だから、不自由なんだ」

「ところがなあ」と、津田は声をひそめた。「誘拐罪は、目的が営利以外なら、親告罪なんだよ。被害者の告訴がなければ、罪にならない。しかも、結婚してしまえば、婚姻無効の裁判が確定しない限り、告訴もされない。だから……」

「へええ、そうかね、やってみるか？」

二人は顔を見合わせて笑った。

ちょうど、映画館の前であった。『超大作〝誘拐犯人〟近日封切』という看板が、入口いっぱいに立てかけられていた。

『絶世の美女が次々と誘拐され……。果して、犯人は？』

ポスターに謳《うた》われた宣伝文句である。

「おい」と、それを、あごでしゃくりながら、津田が言った。「人間、だれでも同じようなことを考えるものらしいな」

「そうだな。この映画の作者は、実行する勇気がないので、それを脚本に書いたのかもしれない」

その映画館は、S市内では最も大きかった。宣伝も派手である。

二人は、しばらくの間、ウインドウに飾られた、予告篇のスチールを眺めていた。


S駅の待合室は、つぎの上り列車を待つ人たちで、いっぱいになっていた。S駅は、県庁所在地S市の表玄関である。いま、待合室にいる人たちは、通勤列車で、二つか三つ先の駅まで帰るのであった。

君島、津田の二人も、この人ごみの中にいた。先刻の話題など、すっかり忘れてしまったように、この夜行なわれるはずのボクシング選手権試合について、話し合っていた。

だが、やがて、津田の眼が光り始めた。

彼らの十メートルぐらい先に、二十四、五歳、サングラスをかけた女が立っている。津田はその女に興味を持ったのだ。

「見かけない人だな」

君島も、津田の視線をたどって、女の存在を認めた。

「うん、ちょっと、あか抜けしている。ただ、サングラスは、きざだよ」

ハイヒールをはいてはいたが、彼女は男と同じくらいに背が高かった。脚がとくに美しい。

スーツの着こなしもうまかった。

彼女は二、三人のB・Gと立ち話を交していたが、しばらくすると、そこを離れ、また他の女性たちのところへ行った。そして、そこでも、二、三言話しただけで、次のグループへ歩みよる。こんなことを繰返していた。

「いったい、何をしているのだろう？」

「さあ……。彼女は、別に知り合いがいるわけでもなさそうだが……」

君島と津田は、首をかしげ合った。

この会話が、女に聞えたのかもしれない。彼女はサングラスの眼を、二人に向けた。二人は、慌《あわ》てて視線をそらしてしまった。

だが、そのとたん、津田の視線は、新しい対象をとらえた。こんどは人間ではない。

革の鞄であった。

その鞄は、三十四、五歳の背広姿の男に持たれていた。男は、ここにいる多くの人たちと同じように、サラリーマンであろう。待合室の壁によりかかって、週刊誌を読んでいる。

男は読書に夢中であった。革鞄のふたが開き、中から書類がはみ出しかかっているのにも気がついていない。

それが、津田の注意をひいたのである。いつになったら気がつくか、というような興味だったかもしれない。しかし、教えてやろうというほどの親切心はなかった。

つぎの瞬間、津田は危うく声を出すところだった。

奇妙な現象が起きたのである。

津田は、急いで、君島の脇腹を突ついた。

「何だ？」

「大きい声を出すな。あれを見ろ」と、津田は声をひそめた。

「あっ」

君島も声をのんだ。

ふたの開いた鞄に向って、指がのびて行ったのだった。

その指は、鞄の持主のものではない。やはり、壁にもたれ、新聞を読んでいる男の指であった。彼は、ジャンパー姿であった。

「スリか？」と、君島がささやいた。

「そうだろうとは思うが、それにしては、指の動きがゆっくりすぎるな」

二人が、これだけの会話をする間にも、問題の指は、徐々に動き続けていた。

もうすぐ、鞄の中に入れられると思った瞬間、なぜか、ためらったように、元に戻されたりした。

「おれたちが見ているのに気がついたのだろうか？」

「そんなことはないだろう？　あいつは、ずっと、新聞を読んでいるのだから」

「しかし、妙だな。どういうつもりかな」

君島たちの知識によれば、スリというものは、文字通り電光石火、目的物を抜きとるものなのだ。『指の芸術』と呼ばれるゆえんである。

その男のように、ゆっくりと動かしていたら、却って、人眼につくのではないだろうか？

「あまり、じろじろ見ない方がいいかな？　警戒されてしまうと困る」

「うん」

二人は、うなずき合った。彼らには、スリの犯行現場を目撃したい気持があった。鞄の持主に、注意を促し、犯行を未然に防ぐより、その方がスリルがある。

彼らは、軽い期待で、胸を躍らせていた。

しばらくためらったのち、その手は、再び鞄に近づいた。こんどは、前よりも、いくぶんは早かった。

指が、鞄の口に這《は》って行った。そして、手首までが、鞄の中に没してしまった。

津田の意識からは、サングラスをかけた女のことは、消えてしまっている。全神経を集中して、その手の動きを追っていた。

君島が、こんどは津田にサインを送った。指が、鞄から出て来たのである。

ちゃんと、財布らしいものを、指の股《また》に挟んでいた。

「スリだ！」

君島が叫んでいた。そして、彼の手は、人々の注意を促すべく、鞄を指さしていた。

それは、待合室中の人たちに聞えるほどの声であった。いっせいに、どよめきが起った。

しかし、君島の叫びで振り返った人たちは、そこに、意外な光景を見たのである。鞄を狙った男の手首に、手錠が光っていた。

「畜生」と、ジャンパーの男は歯ぎしりをした。

手錠の一方は、鞄の持主の手に、しっかりと握られている。

君島と津田とは、顔を見合わせた。二人は、まだ、事態がのみこめなかった。

その二人に、鞄の持主が話しかけた。

「どうも、お騒がせしまして……」

「いや、しかし、これはどういうことなのですか？」と、津田が聞いた。

すでに手錠は、先刻の男の両手首を、前でつなぎとめていた。男は、手を垂れ、人々の視線から、顔を隠すようにしている。

「こいつはね」

鞄の持主は、得意気に言った。「スリの常習犯なのですよ。わたしは、この間からねらっていたのですが、きょうは、うまいぐあいに、わたしの鞄をねらってくれて……」

「そうですか……。それにしても、間抜けですね。刑事さんの鞄を狙うとは……」

しかし、そう言いながらも、君島は赤くなっていた。われを忘れて、大声を出したことへの反省であろう。

スリが、君島を睨《にら》んだ。

刑事は、スリのからだをかかえるようにして、待合室を出て行きかかった。人々が道を開ける。

そのとき、刑事が、

「あの女だ」と叫んだ。

散りかかった、人々の足が、またとまった。刑事は、せっかく逮捕したスリを、その場にほうり出して、身を躍らせていた。

「あなただ、ちょっと待って下さい」

刑事は一人の女の肩をつかんでいた。

「何です？　あたくし、急ぐ用があるんですが……」

君島と津田とは、また、顔を見合わせた。刑事に肩をつかまれたのが、先刻、彼らの眼をひいた、サングラスの女だったからだ。

「急ぐ用のある人が、こんな待合室で、うろうろしているはずはないでしょう？」

刑事はこう言いながら、女と腕を組んだ。すでに連行する構えだった。

「どこを、どうしようと、あたくしの自由ではありませんか？　それとも、待合室をうろうろしてはいけないという法律でもあるのですか？」

刑事にくらべて、女の方は冷静であった。

「さ、放して下さい」と言いながら、抱えられた腕を、もぎとろうとする。

だが、刑事は放そうとはしない。

「刑事さん。あたくしが何をしたとおっしゃるんですの？　こんなに大勢の人の前で、恥をかかせて……」

女は、周囲に集まった人たちを見回した。それに答えるように、人々の中から、女に同情する声も上った。人垣のうしろの方で、

「刑事横暴」と叫んだものもある。

「皆さん」

刑事は、しかたがなく説明を始めた。

「実は、S市内に、若い女の家出事件が頻発しているのです。そこで、よく調べてみると、その女性たちは、家出の前日、必ずサングラスをかけた二十四、五歳の女と、お茶を飲んだり、食事をしたりしている。つまり、その女が、何かうまい話を持ちかけて、家出をそそのかした形跡が多分にあるのですよ。恐らく、こうして集めた女たちを、売春組織に売りとばしているのだろうと思うのですが……」

「しかし、サングラスをかけているだけで……」と、聞いていた若い男が言った。

「もちろん、それだけで、逮捕したりはしません」

刑事の語気は、心持ち荒くなった。懐から写真を取り出すと、質問をした男の前に突き出した。「喫茶店や、食堂での目撃者の印象を元にして作ったモンタージュ写真です。この女と、見くらべて下さい」

君島は、ちょうど、その写真の見易い位置にいた。

背伸びして、のぞきこむと、たしかに、そのモンタージュ写真は、問題の女に似ていた。

これほど似た女を探すのは、困難だろうと思われるほどだった。

「わかりました」

刑事に食ってかかった男も、承知して、写真を返したが、まだ釈然としないのか、首をかしげて聞いた。「しかし、逮捕状がなくても……」

「ええ、ですから、任意同行を求めたわけですよ。署に行けば、逮捕状はあります」

この刑事の説明で、人々は納得した。

先刻のスリが、刑事のそばにやって来た。手錠をかけられていた彼は、すでに、逃げることを諦《あきら》めていたのだろう。


刑事は、右手で女をかかえ、左手でスリの腕をつかまえて、待合室を出て行った。人々は、三人を取り巻くようにして、それに従った。

刑事は、駅前に駐車していた乗用車に、女とスリとを押しこんだ。すぐに、車は走り出し、人々の視野から消えた。

「ずい分、用意がいいんだな。自動車まで準備していたのか……」

君島が津田にそう言ったとき、その言葉を聞いたのか、

「そう言えば変だぞ」と叫んだ者があった。

先刻、刑事に、議論をふっかけた男である。

「変？　何が変なのですか？」

君島が聞き返した。

「だって、そうじゃないですか？　どう考えたって変ですよ」

男は繰返した。背広姿ではあったが、話し方から推すと学生らしい。

「だから、どこが変なのです？」

「今、三人が乗って行った車のナンバーを見ましたか？」

「え？　ナンバー？」

こんどは、君島たちの周囲に、弥次馬《やじうま》の輪ができた。

「そうです。あの三人が乗った車は、白ナンバーでしたよ。刑事が、白ナンバーの車を持っているなんて、ちょっと変ではないですか？」

「たしかに、白ナンバーだった」と、津田も認めた。

「とすると？」

君島は不安になった。

あちらこちらで、ざわめきが起り出した。思い思いに、意見をのべあっているのだ。

「皆さん」

学生風の男が、声をはり上げた。「ぼくたちは、だまされたのかもしれません。ナンバーを覚えている人がいたら、すぐ、警察に連絡した方が……」

しかし、それを記憶している者は、一人もいないようであった。

「だまされたとは、どんなことですか？」

若い女が質問した。

「つまりねえ、あの男二人が、共謀して、一人がスリ、他の一人が刑事の真似をしたのですよ。手錠を出したりしたので、ぼくらは、すっかり、信用してしまったわけです。しかし、彼が刑事だという証拠はないでしょう?」

「でも、なぜ、そんなことをしたのかしら?」

「それは、あの女の人を誘拐するためじゃないでしょうか? いきなり、ここから連れて行ったのでは、あの人も騒ぐだろうし、みんなが承知しない。だから、一旦、スリをつかまえて見せ、人々の信用を得た上で……」

「畜生、考えやがったな」

君島は指を鳴らした。先刻、誘拐の話をしたばかりだっただけに、眼の前で、これほど見事に誘拐を成功させられると、羨ましさをさえ感ずる。

「あ、待って下さい」

津田は何を思ったか、そばにいた若い女に話しかけた。「あなたは、さっき、あの女の人から、何か言われていたのじゃないですか?」

「ええ、時間を聞かれましたわ」

「じゃあ……」と、津田も唇を噛んだ。

「あ、そうだ」

学生風の男は、また、何かを考えついたらしい。「ここに、あの刑事と自称した男の鞄が残っています。逃げるのに夢中で、忘れたのかもしれません。幸い、鍵もかかっていませんから、みんなで、調べてみようではありませんか？　きっと、手がかりがつかめるでしょう」

そう言いながら、男は、鞄の中を調べ始めた。しかし、それを止めようとするものは、だれもいなかった。皆が好奇心に眼を輝かせて、鞄の中をのぞきこんだ。

「ああ、こんなものが」

男は、効果を計算したように、手を高々と持ち上げた。

人々の嘆声が、一つの唸りになった。男の手には、厚い札束が握られていたのである。

ところが、つぎの瞬間、男はその札束を待合室の天井に向って、ほうり投げた。

札が、人々の頭の上に舞った。

皆は、あっけにとられながらも、それを奪い合った。自分のものにしようとする気ではないだろう。群集心理の一種である。

君島や津田も、一枚拾った。

しかし、一目見ただけで、それがにせ札であることはわかった。

裏を返してみた。そこには、大きな活字で『超大作〝誘拐犯人〟近日封切、S映画館』と書かれてあった。

（見習い天使曰く＝これを、天上から見たときは、自信をなくしました。人間とつきあうためには、裏の裏まで、かんぐらなければいけないのでしょうか？）

すられたボーナス

ボーナスのシーズンというのが近づいて来ました。
天上から見ていると、あなた方の課長、部長、そして重役たちが、ボーナスの査定をしているのが、よくわかります。もう、ほとんどの会社は、査定を終りました。いまから、じたばたしても、ちょっと、おそいようです。
そこで、今日は、ボーナスに因《ちな》んで――。

四本の脚が、ゆっくりと歩いている。歩調は完全に合っていた。そのうち、二本はズボン、他の二本はナイロンのストッキングだ。ナイロンの方は、踵《かかと》の高い靴をはいている。

そのハイヒールが、ふと、とまった。色のついた、小さな紙きれを、踏みかかったからだ。

「あら？　これ……」

ストッキングの主は、腰をかがめて、それを拾った。

「何だい？」と、ズボンの方が聞いた。

「ほら、芝居の切符だわ。それも指定席よ。まだ使っていない」

「どれ？　なるほど、日比谷のT劇場と言えば……」

「そうよ。ちょうど、見たいと思っていたやつだわ」

女の声は、はしゃいでいた。

二人は、期せずして、同じことを思った。だれかに見つからなかったか？　落し主が、探しに引き返して来るのではないか？

しかし、ちょうど退勤時であった。駅へ向って歩く人々の脚は早い。二人に関心を持っているらしい人はいなかった。

「どうしましょう？」

女が相談しかけた。だが、実は彼女はすでに心を決めているのだ。相談をしたのは、決定の責任を、男にとらせたいだけである。

「こんどの土曜日だな。ちょうどいいじゃないか？　しかし……」

「え？」と、女は咎《とが》めるように聞き返した。

「落した人は、探しているだろうな」

「それはそうだけれど、でも、しかたがないでしょう？　住所や名前が書いてあるわけではないし……」

「うん、そういうわけだ」

そして、二人は、もう一度、あたりを見回した。

雪子は玄関のあく音を聞いて、予感めいたものを感じた。その音が、いつもより弱々しいように思ったのだ。

エプロンで手を拭きながら、玄関に走る。

「お帰りなさい」

そのあと、『いくらでした？』と言うつもりだったのだが、言葉を辛うじて抑えた。

夫の雄介が、視線をそらし、無言のまま上って来たからだ。予感は、やはり正しかったのか？

「どうだったの？　ボーナス出ませんでしたの？」

「いや、出た」

雄介はオーバーを脱ごうともせず、茶の間に坐りこんだ。

「じゃあ……」と、雪子もその傍に坐った。結婚して十年、ボーナス日は二十回目だ。だが、いままでに、こんなことはなかった。「思ったより、少なかったの？」

雄介の会社は、順調に発展しているらしく、年々ボーナスの額も増えている。今回も、そのつもりでいたのに、意外に少なかったというのだろうか？

「………」

雄介は、黙って首を振った。

「じゃあ……」と、彼女はもう一度同じ言葉を口にした。

「すられたらしい」

「え？　まさか？」

「本当だ。オーバーの内ポケットに入れておいたのだが、この通り……」

雄介は、オーバーの内側を見せた。ポケットの底に穴があいていた。鋭い刃物で切られたものらしい。

「だって、あなた……」

これは、別に意味のある言葉ではなかった。間投詞の一種である。彼女はポケットの切口と、夫の顔とを、見くらべていた。

「手取りで、十三万二千円あった」

雄介は吐き捨てるように言って、そこに寝そべった。妻の顔を見るのが辛いのか、手を眼の上で組んでいた。

「どうして、オーバーなんかに……」

雪子はなかば泣き声になっていた。彼女の予算計画は、いまや、完全に崩れ去ったのだ。

「会社の帰りに、プレイガイドへ寄り、T劇場の指定券を買ったのだ。お前が見たがっていたし……。そのとき、ボーナスから金を出して、そのままオーバーの内ポケットへ入れたんだよ。まさか、すられるとは思わなかった」

「そう」

彼女は、つばをのみこみ、無理に笑顔を作った。「いまさら、くよくよしても始まらないし、せめてお芝居でも……」

「それがだめなんだ」と、雄介は眼の上の手をそのままにして言う。

「だめ？」

「ああ。芝居の切符は、ボーナスの袋に入れておいたんだ」

「なぜ、そんな」

「なぜと言われても……。電車の中で、妙にからだを押す奴がいた。だが、そいつは、ポケットとは逆の右側だったたし、たいして気にもとめていなかったんだ。しかし、いま考えてみると、あいつは、おとりだったのかもしれない。こっちの注意をそちらに向けておいて、本当のスリは、その反対側から……」

雄介は、弁解がましく言って、舌を鳴らした。

「あなた、切符の番号を覚えていらっしゃる？」

不意に、ある着想を得て、雪子は叫んだ。

「番号？」

「ええ、指定席なんでしょう？　座席の番号よ。ことによると、スリが見に行くかもしれないわ」

「ばか言え。スリがのこのこ、芝居に行くはずがない。第一、番号なんか覚えていない」

「でも……」

雪子は諦《あきら》め切った夫の頰を撲《なぐ》りたいと思った。


T劇場の指定席券を拾った二人の男女の脚は、前よりも軽くなった。全世界が自分たちに微笑みかけているような感じである。

だが、しばらく経って、男が言った。

「落し主は、座席番号を覚えていないだろうな？」

「大丈夫よ。それだけ注意深い人なら、落しはしないわ」

「しかし、調べようと思えば、案外わかるかもしれない」

男の方が慎重であった。ズボンとストッキングの動きは、また緩やかになった。

「もし、わかったら、どうなるかしら？」

「劇場に届けておき、ぼくらが現われると、ご用というわけさ」

「ご用？」

「ああ、こんなものでも、拾得物横領になるんじゃないかな？」

「でも……」と、ここでも女が未練を持っている。「無駄にしてしまうのも、もったいないわね。あ、だれかに売ったら？」

「売る？」

「そうよ。通りすがりの、名前も知らない人に売ってしまうの。少し負けてあげれば、買う人があると思うわ。もし、落し主が番号を覚えていたとしても、つかまるのは、あたしたちから買った人でしょう？　ところが、その人たちは、あたしたちの顔や、名前を知らない……。どう？　名案でしょう？」

女は得意げに、早口でしゃべりまくった。声も、かなり大きくなっていたが、通行人たちは振り返りもしなかった。

「なるほど、しかし、だれが売るんだい？　街の真中に立って、T劇場の券ありますとやるのかい？」

「まさか……。劇場の前で、前売券を買いに来た人に……」

「あ、そうだ」

男は立止って、手を拍《う》った。「いいことを考えついた。そんな面倒なことをする必要はない」

雪子は翌日、気のすすまない夫を引っぱるようにして、プレイガイドに行った。

幸い、女の係員が雄介の顔を覚えていた。

「少々お待ち下さい。只今調べますから」と言って、彼女は背後に並んだ引き出しの一つを、抜き出した。

そこには、注文伝票が束になってはいっていた。係員は器用な手つきで、それをさばいた。

「あれは、きのうでございましたね、土曜日、お二人さま。あ、これでございます」

化粧の濃い子であったが、客扱いは丁寧だった。爪を赤く染めた指に、伝票を挟んで差し出した。

『Mの19、20』である。

「どうもありがとう」

雪子は用意して来たチョコレートを、ガラスのカウンターに置き、そこを離れた。

「それでどうするんだい？　どうせ、スリなんか、行きはしないよ」

「そんなこと、わからないわ。とにかく、十三万円には代えられないもの。土曜日には、いっしょにいらっしゃってよ」

彼女は、そう念を押してから、雄介を解放し、会社に出勤させた。すでに、会社の始業時刻は過ぎていた。しかし、遅刻してもらっただけの価値はあったと思った。

土曜日。切符を拾った二人の男女は、軽い動悸を覚えながら、入口で券を出した。

「一階、七番扉です」

係員は疑おうともせず、二人を通してくれた。

「成功ね」と女がささやいた。

「まだわからんよ。あとで、座席の方へやってくるかもしれない」

「意地悪、そんなおどかし言わなくてもいいでしょう?」

やがて、二人は係員に指示された通り、七番扉に消えて行った。

一方の雄介夫妻は、入口で押し問答をした末、やっと事務所に通された。

薄く色のついた眼鏡をかけ、蝶ネクタイを結んだ三十四、五の男が、二人に応接した。接客係長ということであった。

雄介が簡単に事情を説明した。

「はあ、それはお気の毒さまで……。でも、当方としましては、入場券の再発行ということは……」

接客係長はばかにしたような薄笑いを浮べ、言葉だけは丁寧に答えた。

「いや、何もそんなことをしてくれと言っているのではないですよ。要するに、中にはいって、Mの19と20の席を見張っていようと思うのです」と、雄介が言った。

「ははあ、なるほど。しかし、どうもそれは……」

「まあ、なぜですの?」

脇から雪子も口を挟んだ。このような扱いを受けるとは、全然予期していなかったのだ。

「もし、仮りにでございますよ。お申出の席に、ほかのお客さまがいらっしゃったといたします。その場合、わたくしどもといたしましては、どちらのお客さまが、本当に券をお求めになった方か、判断いたしかねますもので、場合によっては、却って、お二人さまにご迷惑がかかりますことも……」

「ちょっと待って下さい。わたしたちが券を買ったということは、プレイガイドの女の子が証人になってくれるでしょう。だから……」

「はい。それに致しましても、場内でもめごとがありましては、ほかのお客さまに……」

接客係長は意外に強硬であった。その言い分は、或いは尤《もっと》もであるかもしれない。劇場側としては、場内の秩序を第一に考えるのだろうから。

「しかしですね。みすみす、スリを」と、雄介が声を荒げた。事務室の外へ聞えそうな声であった。効果があった。

「あ、では、こう致しましょう。わたくしが参りまして、もしその席にお客さまがおいでしたら、一応、お連れして参りますから、よくお話をお聞きになって……。ただ、お話が面倒なことになりましたら、警察に連絡させていただきますが、それは差支えございませんでしょうか?」

「もちろんですわ。こちらから、お願いしたいくらいです」

雪子は、型の古くなったオーバーの前を合わせるようにして言った。十三万円のうち、いくらかでも返って来たら、新しいオーバーを買うつもりであった。

犯人探しに消極的だった夫を、ここまでひっぱり、いよいよ対決というところまで持ちこんだのだから、オーバーぐらい買わせてもよいと思っていた。

しかし、係長が連れて来た若い男女は、入場券をどうやって手に入れたかという質問に対し、胸を張って答えた。

「買ったんですよ」

「ばかを言い給え、それを買ったのは、わたしたちだ。証人もいる」

「証人？　しかし、現に、ぼくらはこうやって、入場券を持っているじゃないですか。おといの夕方、ここに買いに来たら、ちょうど、券がいらなくなったという人がいて。なあ」

若い男は傍らの女に話しかけた。

「ええ、間違いありませんわ。あたくしも一緒だったんですもの。少し安くしてくれて」

「そうですか……」

雄介の語調は、急に力をなくした。

しかし、雪子はまだ諦めなかった。

「それ、どんな人でした？」

「新しいオーバーを着た、上品な奥様風の方だわ。前に買っておいたのだけど、急に用が出来てしまったとか言って」

女は、まさか、雪子のオーバーが古い型であることを、皮肉ったのではあるまい。しかし、雪子にはこたえた。

「その女だわ」と、彼女はヒステリックに言った。「盗んだお金でオーバーを作ったのよ、きっと」

「盗んだ?」

　相手の男が聞きとがめた。

「ええ、実は……」と、雄介は簡単な説明をした。

「そうですか……。しかし、仮りにぼくらがスリだったとしたら、わざわざ、ここにやっては来ませんよ。つかまえられに来るようなものじゃないですか?　ここに、ぼくらが、大手を振って来たというだけでも、ぼくらの潔白は証明できるでしょう?」

「たしかに、そうですね。どうも失礼致しました」

　雄介は諦めが早かった。

「じゃあ、ぼくらは客席に戻りますよ」

　若い男女は、手を取りあって、事務室を出て行った。

　そのうしろ姿を見ながら、雪子は考えていた。あの二人を尾行し、家宅捜索をしたら、案外、十三万円が出て来るのではないだろうか?

　一方、問題の男女は、事務室を出ると同時に、ささやき合った。

「危かったな。あらかじめ、言いわけを考えておかなかったら、スリにされてしまうところだった」

「そうね。スリは、お金だけをしまって、劇場の切符なんて、捨ててしまったわけね」

「まあ、そうだろうな。しかし、あの場合、ぼくらが本当のことを言ったとするよ。つまり、拾ったなんてことが、簡単に信用されると思うかい?　嘘だったからこそ、却って真実らしかったわけだ。不思議だね」

二人は七番扉を押した。

(見習い天使曰く＝事件は、一応、こんな形で落着きました。しかし、天上から、ずっと見ていたわたしたちには、雪子夫人が気の毒でなりません。そこで、本当のことを、夢の形で、彼女に教えてあげました。つまり、次のような夢です)


——雄介の勤め先。

ボーナスの袋を受取った雄介。その場で封を切り、札束を書類袋に入れ直して、自分の鞄におさめる。

やがて、退社時刻、彼は鞄を持ち、オーバーを着てから、便所にはいる。それも、大便所である。

彼は、ドアの鍵をかけ終ると、オーバーの前ボタンをはずし、裏側に手を入れた。内ポケットのあたりである。そして、しきりに、手を動かしていたが、最後にその部分を眺めて、満足そうに鼻をふくらました。彼の右手には、安全剃刀《かみそり》の替刃がつままれていた。

雄介は、口笛を吹きながら、会社を出る。プレイガイドはすぐ近くである。

そこに寄って、女子係員にいろいろな質問をしながら、T劇場の入場券を買った。その券を、彼はポケットに入れない。駅の付近、人通りの多いところに行くと、誰にも気づかれないように、それを落した。

彼は足早に去って行った。

(見習い天使曰く＝これが真相なのです。しかし、人間は夢を見てもすぐ忘れてしまうものだそうです。雪子夫人が、果して、この夢を翌朝まで、覚えているかどうか？　それは、わたしたちにもわかりません。そして、なぜ雄介氏が、十三万円をへそくりしようとしたのかも、知りません。わたしたちの権限外のことなのです。彼には彼の考えもあり、言い分があるのかもしれません)

モデル・ガン殺人事件

見習い天使制度が、天国に設けられたのは、地上の社会機構が複雑になったからだということは、前にも述べました。
実際、現在の地上の複雑さには、われわれ見習い天使も、眼を見張る思いです。これでは、昔のように、『法三章』などとは言っていられないでしょう。
そこに、いろいろな法律が必要な理由もあると思うのですが……。

暗い、切通しの坂を、男女の影が登って行く。二人のからだは、オーバー越しではあるが、互いに抱き合い、ともすると脚ももつれ勝ちだ。酒に酔っているのか？　それとも、人通りのない夜道に二人だけという事実の認識に酔っているのか？

　女が深く溜息《ためいき》をついた。

「苦しいわ」

「ああ、それはぼくだって」と、男が答える。

「どうしても、奥さんとは別れられないの？」

「無理言うなよ。あいつに不貞の事実もないし、精神病でもない。こっちから切出したところで、拒否されれば、どうにもならないんだ。慰謝料の一千万円も払えば、別れる気になるかもしれんが、それでは、これからぼくの書く小説の原稿料は、みんな慰謝料に飛んで行ってしまう」

　男は、女をなだめるように言う。

「それじゃあ、いっそのこと、奥さんを殺してしまったら？」

「殺す？　そんなことを、君は本気で……」

「ええ、本気よ。あなただって、奥さんをもう愛していないと言うのだから、殺せるはずじゃないかしら？　それとも、まだ愛しているの？」

「しかし君、人を殺せばどうなるかぐらい、知っているだろう。早い話が、君と一緒になることだってできない」

　いったいに、犯罪に対しては、男の方が臆病のようである。男は、女以上に深い計算をするからだろうか？

「だって、あなたは、それでも推理作家のはしくれでしょう？　推理作家というのは、いろいろ、完全犯罪の方法を考えるのが、商売じゃないかしら？　それとも、あなたの考えるトリックは、すべて、紙の上のことで、実際には、応用できないものなの？」

「そんな……。そりゃあ、暴論だよ。完璧なトリックなんて、そう簡単に考えつきはしない」

男の口調は、乱れかかる。それは、女の言葉に、彼の心が動かされたことを、物語っているのかもしれない。

「じゃあ、いいわ。あたくし、もう、あなたにお会いしない。会えば会うだけ苦しくなるばかりだし、将来どうなるか……」

女の脚が止った。


推理作家、日向謙介は親友の山崎五郎を、アパートに訪ねた。山崎は数年前に妻を亡くし、某高級アパートに、ひとりで暮していた。ある会社の総務課長であった。

二人は、ウイスキーのグラスを傾けながら、熱心に話し合っている。

「それでだな」と、日向謙介が言った。「同じ殺人トリックでも、物理的なやつ、つまり鍵穴をどうするとかいうようなのは、あまり面白くない。何か、法律の盲点をつくような奴はないだろうか？」

「法律の盲点か？　しかし、法律というものは、官僚の中でも、とくに頭のいい連中が、あれこれ、抜け穴はないかと考え抜いて作ったものだ。そう簡単には、盲点など、見つからないさ」

「そうかな。しかし、君は法科出身だし、官吏になった奴らより、大学の成績もよかったのだろう？　何とか、ひねり出してくれないかな？　締切りが迫っているんだ。妻のある男に、ほかに女ができた。そこで、女房を殺そうという話なんだが、肝心のトリックがない。何とか、知恵を貸してくれよ。恩に着る……」

日向は、山崎のグラスに、ウイスキーを注いでやった。もっとも、そのウイスキーは、もともと、山崎の部屋のものである。

「そうだなあ……」

山崎は腕を組んで、考えにふけり始めた。ときどき、観察するような視線を、日向に注ぐ。

やがて、山崎は立上って、書棚から六法全書を取り出して、ページを繰った。

「こういうのはどうだろう」

「あ？　考えついたか？」

「うん。男が女房に言いつけて、ピストルのおもちゃ、つまり、モデル・ガンというのを買いにやらせる。それも、多少金が張ってもいいから、実物そっくりというやつだ」

「うん。そう言えば、そんなのがあるな。この間も、銀行ギャングが、おもちゃのピストルを使って成功したとかいう新聞記事があった。で？」

日向は、肘掛椅子《ひじかけいす》から、身を乗り出すようにした。

「女房が買って来たら、『ためしに、射つ真似をしろ』と言いつける。そして、彼女の人さし指が引き金にかかるのを見たら、野球用のバットでなぐりかかるんだ。もちろん、バットは手近にあったことにしなければいかん」

「ふうん？　よくわからない。それでいいのか？」

「そうさ」

山崎は得意気な微笑を浮べて、ウイスキーをなめている。「それで、ちゃんと無罪になる」

「無罪に？　殺したあと、何か工作でもするんだろうか？」

「いや、そんな必要はない。刑法第三六条正当防衛に該当するからな。『急迫不正ノ侵害ニ対シ自己又ハ他人ノ権利ヲ防衛スルタメ、ヤムヲ得ザルニ出デタル行為』ということになるんだ。つまり、妻がピストルを向け、射とうとしたので、自分の身を守るために、しかたなく向って行ったという弁解が成り立つだろう？」

「モデル・ガンでもか？」

「そうさ。それを向けられたものには、モデル・ガンだか、本物だか、見わけがつかないもの、妻が本気で殺すものと勘違いしたという主張が通るだろう。警察が調べても、ピストルには、細君の指紋しかついていない」

「しかし、常識的に考えて、女房がピストルを向けたからと言って、世の中の夫は、それを本物と考えるだろうか？　警察では、その辺を追及すると思うが……」

何回も首を振りながら、日向は聞き返した。それを小説に書く場合の、細部を考えているのかもしれない。

「それは、適当な弁解を言わせればいいだろう。よそにできた女のことで言い合っているうちに、細君が急にピストルを出したことにすればいい。細君の性格を、ヒステリー女に書き分けるくらい、わけはないだろう。ヒステリックな女が、口論の末、いきなりピストルを出せば、びっくりするのが、自然だよ。思わず、そばにあったバットを振り上げて、身を守ろうとしたという主張が通るだろうさ」

「なるほどな。モデル・ガンを、逆に使うという手か、面白いな。しかし、さっき、君の言った『急迫不正ノ侵害』というのは、主観的認識でも、差支えないのだろうか？」

「主観的認識？」

「ああ、この場合だな。客観的には、男の身の上には、実は、何の危険もなかったわけだろう？　モデル・ガンで死ぬわけはないのだから。そんな場合でも、正当防衛は成立するのかい？　この頃の推理小説の読者というのは、作者のミスを見つけようと、待ち構えているんだ。だから、うっかり間違ったことを書くと、抗議の手紙なんかが来て……」

日向は、くどくどと弁解した。せっかく、友人が考えてくれたトリックに、ケチをつけたくはないがというような、弱気な眼つきをしている。

「なるほどね」と、山崎は軽く受けた。「質問は尤もだが、それなら心配はない。刑法とは別に、『盗犯等ノ防止処分ニ関スル法律』というのがある。その第一条第二項に『……行為者恐怖、驚愕《キョウガク》、興奮又は狼狽《ロウバイ》ニ因《ヨ》リ現場ニ於《オイ》テ犯人ヲ殺傷スルニ至リタルトキハ之《コレ》ヲ罰セズ』とある。これが、そのままあてはまるかどうか分らないが、ここに盛られている思想、つまり学説上の誤想防衛に当るわけだから……」

「誤想防衛？」

日向は、耳なれない言葉に、眉をしかめた。

「うん、客観的には、危険が迫っていないのだが、それを主観的に、迫っていると錯覚して反撃した場合だな。こういう場合、客観的に正しい認識を得ることが期待できないときは、ちゃんと、正当防衛が成立するんだ。だから、たとえ、モデル・ガンであったとしても、だれが見ても本物と間違えるほどに精巧なものなら、主張は、立派に通るはずだよ」

山崎は、自信あり気にこう言うと、肘掛椅子の背にもたれかかって、煙草に火をつけた。

「ありがとう。おかげで助かったよ」

日向は、初めて安心したようだった。


殺人事件の起きた日向邸の門前には、報道陣や弥次馬がおしかけ、前の道路は、通行もできないほどであった。

しかし、彼らは、門の中にははいれない。門には、ぴんと綱が張られ、制服警官たちが、眼を見開いているのだ。

邸内は、意外に静かであった。殺人事件とは言っても、加害者自らが、電話で一一〇番に連絡したのだから、犯人が逃げる心配もない。そんな安心感が、捜査陣にはあったようだ。

捜査の焦点は、加害者の言葉をそのまま認め、正当防衛の扱いをしてよいかどうかにかかっていた。

応接室で、その会議が開かれた。

所轄署の刑事課長が言った。

「要するに、加害者の供述は、以上の通りです。そして、鑑識の結果も、この供述を裏付けている。つまり、嘘を言っているとは思えません」

「しかしですな」

警視庁から来た係長が、考え考え、ゆっくりと意見をのべた。「日向夫人が、モデル・ガンをつきつけたとしても、いきなり、バットでなぐりかかるというのは、不自然じゃないでしょうか？　真昼間、自分の家の書斎で……。しかも、日向謙介と言えば、一応は、名のある作家でしょう？　あわてて、バットを振り上げたというのが、ちょっと、ひっかかりますな。第一、本当のピストルは、そう簡単に誰の手にもはいるしろものではない。彼だって、小説家なら、そのくらいのことは知っているはずだ。あのモデル・ガンは、たしかに本物に似ているが、冷静に考えれば……」

「いや、日向氏には、何か弱味でもあったのではないですかな？　それで、奥さんがピストルを向けたとき、とっさに、落着きを失ってしまった。あり得ないことではないでしょう……」

「係長」と、刑事の一人が、会話に加わった。「バットの点なんですが、始終、机に向っていては、運動不足になるというので、暇を見ては書斎で素振りをしていたらしいです。従って、バットが手近なところにあったというのも、不幸な偶然なんでしょうね」

「ちょうど、お手伝いの女の子が、故郷へ帰ってしまっていることも、都合悪いですね。加害者の言葉しか、参考供述がないのだから」と、別の刑事が言った。

「そうだ。夫婦仲が、どうであったかなど、もう少し、聞きこみをやった方がいいだろう。モデル・ガンやバットについている指紋は、たしかに、加害者の供述の正しさを証明しているが、それだけに頼るのは、いずれにせよ、危険だ」

本庁の係長がこう言ったので、刑事たちは応接室を出て行った。

約三十分後、一人の刑事が、得意顔で帰って来た。

「課長、重要な参考人を見つけました。日向夫婦と、十年来つき合っているという人物です。山崎五郎、会社の課長です」

紹介されて、山崎は捜査員たちに、丁寧に頭を下げた。

「これはどうも、ご苦労さんです。日向さんとは、始終、行き来なさっていたのですか?」

「ええ、日向君とも、奥さんの梅子さんとも親類同様につき合っていました。それだけに、さっき、刑事さんから話を聞いたときは、信じられませんでしたよ。実際、不幸な事件が起きてしまって……。あの奥さんは、いい奥さんだったのですがねえ」

山崎は、友人の不幸に気が落ちつかないのか、一人で、喋《しゃべ》りまくった。

「そうでしょう。で、何か特別に事情を知っていらっしゃるのですか?」

「ええ、さっき、刑事さんから、モデル・ガンと言う話を聞いて、ぴんと来たんです。友人を裏切りたくないが、これは、日向君の計画的殺人だと思います。日向君は、恐らく、奥さんが邪魔になったので……」

「ちょっと待って下さい」

刑事課長が、あわてて、口を挟んだ。

「あなたは、何か誤解していらっしゃるようだ。さっきも、『いい奥さんだった』というような言い方をなさったが、死んだのは、ご主人、つまり、日向氏の方なんですよ」

「え？　本当ですか？」

山崎は坐ったばかりのソファーから、腰を浮かした。

「ええ、奥さんの供述書に従って、一応、説明しますとね……」

そう言いながら、刑事課長は、書類のページを繰った。

〔日向梅子の供述書＝要旨〕

（前略）モデル・ガンを買って来いという夫の言いつけでしたが、私は、これも小説を書く上に必要なのだろうと思い、タクシーを飛ばして、急いで、買って帰りました。

夫の書斎にはいると、彼は、ちょうどバットの素振りをしている最中でしたが、私に向って、

「どんなやつだ。ちょっと、そこで構えてくれないか？」と申しました。

そこで、私は、夫に言われた通りに、銃口を夫に向け、テレビ・ドラマで見るようなポーズを取りました。

その瞬間です。いまだからこそ言えるのかもしれませんが、妙な霊感を受けたように思います。ほんのかすかでしたが、夫の表情が変ったのです。でも、その表情を見て、すぐに殺意を感じたと言っては、嘘になります。夫の表情に走ったのは、むしろ、憐《あわれ》みだったのではないでしょうか。少なくとも、私はそう考えました。

夫は、いきなり、バットを振りかぶり、

「お前は、そのピストルで、俺を殺すつもりだな」と、私に向って来ました。私のいた場所が、本箱のそばだったため、夫のバットは、本箱に当り、私は第一撃を受けずに済みました。

もう、十年も昔のことですが、私は学校時代に、バスケットの選手をしていました。その頃鍛えた運動神経が、とっさの場合に、よみがえったようです。私は、夫のバットの下をくぐるようにして、逃げました。

ところが、夫はなおも、バットを振りかぶって、私を追い回します。

《このままでは、殺される》と、私は思いました。なぜ、私が殺されなければならないのか？　つまり、夫の動機までは、そんな場合に、察するすべもありませんし、思い出しもしませんでしたが、直感的にそう思ったのです。

そして、次の瞬間、私は夫の机の上から、いろいろなものを取上げて、夫の顔に向って投げつけていました。こうでもしない限り、私はなぐり殺されたと思います。

ところが、次に気づいたときには、夫はそこに倒れていました。すずり石、花瓶《かびん》など、手当り次第に投げつけたうちの一つが、夫の顔に当ったのだと思います。それから、すぐ、お医者様と警察に電話したのですが……。でも、死んでいるとは……（後略）

山崎五郎は、数日前に日向の訪問を受け、正当防衛トリックについて話してやったことなどを、率直に警察官に語った。

「なるほど」と、刑事課長は、感心して言った。「あなたが教えたトリックを使って、奥さんを殺そうとしたわけなのですな。しかし率直に言って下さい。あなたは、日向さんに、その話をするとき、それが実際に利用されるとは、少しも考えませんでしたか？」

「ええ、普通の一般人から、いい殺人トリックはないかなどと聞かれれば、疑うかもしれませんが、相手はご存じの通り、推理作家です。だから、少しも疑いませんでしたよ」

「そうでしょうね。いや、非常に重要なお話をありがとうございました。これで、奥さんの供述の正しさが、証明されたようなものです」

何週間かのち、暗い夜道を男女二人が歩いていた。二人は恋人らしい。互いに、相手の背に腕を回し、よりかかり合うようにして、歩みも、ゆっくりとしていた。

「うまく行ったわね」と、女が言った。「みんなあなたのおかげだわ」

「しかし、バットで追っかけられたときは、こわかったでしょう？」

「あら、あんなことを言っているわ。相手が殺しに来るのがわかっているのに、そんな危険な橋は渡らないわよ。こっちから先に、すずりを投げつけてやったの。そして倒れかかったところへ、花瓶をぶつけて……。相手は、あたしがピストルを出すまでは、かかって来ないと知っていたから、案外楽だったわ……」

「ふふふ。推理作家も、大して頭はよくないな」

二人は、声を合わせて笑った。


（見習い天使曰く＝蛇足だとは思いますが、一言、つけ加えます。この二人の男女は、もちろん、山崎と梅子でしょう。実際、人間というものは、悪知恵の発達した生物です）

にせの殺し屋

天使のにせものが、地上に横行しているという話を聞きました。
何でも、そのにせものは、髪が長く、美しいドレスを着て、その上に、毛皮を羽織り、香水のかおりを漂わせているのだそうです。声も美しく……、つまり、すべてに結構ずくめで、いかにも天使と言った感じなのだそうですが……。
ご用心下さい。天使は、決してドレスなど着ていません。
ところで、にせもので、思い出しました。

田所延一は、上下とも真黒という背広を、一着持っている。

一週間に一回か二回、彼はその服を着て、会社に出勤する。そういうときには、同じように真黒なソフトを頭にのせている。オーバーは着ないで、その分、下着を厚くしていた。

彼が高校を出て、会社にはいってから、ことしで三年になる。しかし、会社の中では、まだ、一人前の扱いをしてもらっていなかった。社員名簿でも、彼の名前は、一番最後尾に書かれてあった。

彼が、最初に黒ずくめの服装をして出勤したときには、先輩社員たちが、眼をみはった。

「おい、どうしたのだ、ネクタイまで黒いなんて、少し変だぞ」と、一人が言う。

「それとも、葬式にでも行くのか？」

「いや、殺し屋に転業したのだろうさ」

彼らは、口々にこんなことを言って、延一をからかった。

だが、彼らの話の中に、『殺し屋』という言葉があったことが、延一を喜ばした。そう見られることこそが、彼のねらいだったから……。

この服を作る少し前、彼は街の中で、高校時代の同級生、花島小夜子を見かけた。すぐ声をかけようと思ったが、彼女が余りにも美しく着飾っているので、怖気がつき、声をのんでしまった。そして、彼はそのまま小夜子のあとを追った。

この三年間に、どうして、あれほど着飾れる身分になったのか？　その理由が知りたいと思ったのだ。

街の中を、すまして歩く女というものは、決して、うしろを振り返らない。せいぜい、シヨウインドウのガラスに、自分を映してみるくらいのものだ。だから、尾行は楽であった。

やがて、彼女はあるバーのドアを押して中へ消えた。『Ｐ・Ｐ』という名のバーであった。彼は、なんとなく、その構えを眺めた。『Ｐ・Ｐ』は、それほど高級な店ではないようであった。小さな立て看板に、ハイボールの値段などが書いてあった。決して高い店ではありませんという表示なのであろう。

その日は、しかし、延一は『Ｐ・Ｐ』のドアを押さなかった。小夜子は、この店に勤めているのか？　それなら、服装をちゃんと整え、出直して来ようと考えたのである。

それから、しばらくの間、彼は勉強をした。女にもてるための勉強である。本屋で週刊誌などを立読みして、必要なだけの知識は得た。『相手に、強烈な印象を与えること』が、バーでもてる秘訣だと、その週刊誌には書いてあった。

黒いソフト、黒い背広、黒いネクタイ。これなら強烈な印象を与えることができるだろう。そして、職業を聞かれたら、殺し屋だと答える。それが、彼の計算であった。

むろん、彼も、そんな服装をしたところで、殺し屋だということを信じてくれるとは思っていない。気の利いたじょうだんと、受けとってくれるだろう。いずれにせよ強い印象を残すことは間違いない。

「あら？　田所さんじゃない。いまどうしているの？」

最初の夜、小夜子は、延一を見つけると、カウンター越しに話しかけた。『Ｐ・Ｐ』は、いわゆるスタンドバーで、ボックスは一つもなかった。

「うん。ごらんの通りさ」と、黒い服を着た延一は計画通りに答える。

「ごらんの通りと言っても、よくわからないわ」

「わからないか？　殺し屋だよ」

ほかに二、三人いた女たちも、その答えを聞いて面白がった。

それ以来、彼は『Ｐ・Ｐ』では、『殺し屋さん』というあだ名がついた。


「あら、殺し屋さん。ここのところ、しばらくごぶさただったわね」

『Ｐ・Ｐ』に、延一が通い始めてから、約一カ月経った。通うと言っても、彼の小遣いには限りがある。一週間に二回が、せいぜいだった。しかも、ハイボールを二、三杯のむのが、関の山である。小夜子にデートを申込もうかと思うのだが、自分の持っている千円札の枚数を考えると、言い出す勇気がなかった。

だから、せめて、カウンター越しに、彼女の顔を眺めていようというわけであった。

「うん、このところ、商売繁昌でね」

延一は軽く受け流す。ここにいる間だけは、本当の殺し屋らしく振舞うのである。小夜子を含めて、女たちも、それを喜んだ。

「そうかしら？　でも、最近、大きな殺しはなかったと思うけれど……」

小夜子が、タンブラーを押してよこしながら言った。

「そんなことはないさ。今朝の朝刊に、自動車事故で死んだ男のことが出ていたはずだ。あれは、ぼくの仕事なんだ」

「そうなの。それと今日は？　ここに来る前、何かやって来たの？」

「まあ、夕刊を読んでごらん。きっと出ているから……」

二人とも、笑いながら、こんな会話をする。それは、いつものことであった。会話の内容に、全く意味のないことは、二人ともよく知っている。いわば、ゲームとして、このような会話を楽しんでいるのである。

「あ、夕刊なら、ここにあるわ」

小夜子と同年輩の女が、そう言いながら、小夜子に夕刊を渡す。彼女も、この遊びが好きであった。

「ええと、どんな事件があるかな」

小夜子は、夕刊の社会面を探している。「三つのこどもが、電車にひかれたわ。まさか、これはそうじゃないでしょうね」

「うん、ぼくじゃない。こどもを殺すのは、殺し屋のエチケットに反するからな」

「あら？　殺し屋にもエチケットなんてあるの？」

また、一人、新しく口を挟んだものがいる。外形的には、彼は非常にもてている格好であった。

「そりゃあ、あるさ。殺される奴は、普通、殺されるだけの理由があるんだな。とてつもない高利で、金を貸し、しかも催促が烈しい奴とか、旦那の眼を盗んで、若い男とくっついている奥さんとか……。要するに、何らかの恨みを他人に持たれている奴だ。自業自得なんだよ。ぼくら、本職の殺し屋は、そういう奴らしか狙わないことにしているんだ。それが、エチケットさ。ところが、こどもは、他人に恨まれるようなことをしてはいないだろう。だから、いくら金を積まれても、こどもを殺したりはしないよ」

「そうね。でも、殺し屋の中には、そういうエチケットを守らない人もいるのじゃないかしら。そんな場合は、どうなるの？」

「そんな、とんでもない殺し屋は、仲間に殺されても、文句は言えないんだ」

延一は、言いながら思った。もし、こんなところを、本ものの殺し屋に見られたら、殺されてしまうかもしれないな。

「夕刊には、そのほかには、あなたがやったらしいような事件は出ていないわ。にせ札が出回っているそうだけれど、これは殺し屋とは違うのでしょう？」

夕刊を調べていた小夜子が言った。

「違うさ」と、延一はむきになって答えた。殺し屋全体が、愚弄《ぐろう》されたように思ったのである。「にせ札のような、人をペテンにかけるようなことは、殺し屋と関係はないよ。殺し屋は、もっと純粋なんだ」

「純粋はよかったわね。銀行ギャングのことも出ているけれど、これは？」

「違うな。要するに、殺し屋は殺しだけしかしないんだ。つまり、殺しだけに一つの情熱を感じている。銀行ギャングなんてのは、人殺しのできない、臆病ものがやることさ。いっしょにされては迷惑だよ」

「あら、そう？　それは、お見それして、本当に失礼いたしました」と女の一人が、わざと丁寧に頭を下げた。

延一は、ハイボールのお代りをした。

そのあと、しばらくの間、同じような、とりとめもない殺し屋ごっこをしてから、延一は『P・P』を出た。

帰りしなに、小夜子が、

「またね」と、ウインクをしてみせた。

『P・P』を出ると、顔や手のように、直接外気にさらされる部分に、いつになく寒さを感じた。

延一は、首をすくめるようにして、夜の道を歩いた。

彼の心は、妙にもの悲しかった。『P・P』での自分が、哀れになってくるのだ。あれでは、全くピエロと同じだなと思った。殺し屋の真似をして、結局、あの女たちを喜ばせているだけだ。そのくせ、まだ一度も、小夜子をくどいていない。

仮りに、金をたくさん持っていたら、旅行にでも誘うのだが……。しかし、彼女は承知しないかもしれない。

彼の足は、いつのまにか、人通りのない、裏通りを選んで歩いていた。心の寂しさが、却って、そういう道を選ばせたのでもあろうか？　盛り場からは、かなり離れてしまっていた。

石段があった。彼は、その一つ一つを、ゆっくりと踏みしめた。眼の前に、延一と同じくらいの背格好の男が立っていた。

「おい、殺し屋さん」と、だれかが呼んだように思って、延一は立止った。

「ぼくですか?」

「そうだ。お前、殺し屋だってな?」

ちょうど、有名な浪曲の『江戸っ子だってねえ?』というような口調だ。延一は、何となく心をゆるめた。

「いやぼくは、そんなものではなく」

「だめだ。おれは、さっきのバーで、お前の話をちゃんと聞いていたんだぞ。お前は、女と話すのに夢中で、気がつかなかっただろう?」

「ああ、そう言えば……」

「気がついたか、ところで、お前、いくらならやってくれるんだ?」

男は、からだとからだを、密着させるように、延一に近づいた。

不気味に感じて、延一がじりじりとうしろへ下ると、相手の男も、その離れた分だけ進んで来た。

「だめですよ。ぼくは……」

「だめ? どうしてだ? 金なら、いくらでもある。取りあえず百万円渡しておこう。それでどうだ?」

どこまで、本気なのだろう？　どうせ、この男は、金など持っていないのであろうが……。

延一は男の表情を読みとろうとした。しかし、相手は明るい方を背にしている。そのため、顔はかげになっていて、見ることができなかった。

「何だ？　嘘だと思っているのか？　ほら、百万円だ。一万円札で百枚ある」

男は、ポケットから、余り厚くない紙包みを出すと、延一のポケットに滑りこませた。

「あ、困ります」と、延一は悲鳴のようにわめいた。

「困る？　何を言うんだ。遠慮せずにとっておけよ。本当は、おれがやる相手なんだが、ほかに、もっとよいもうけ口があるものだからな。その百万円は手付金だ。成功したら、もう百万円やる。さっきのバーで会おう」

「じゃあ、全部で二百万円ですか」

延一は、つい、釣りこまれて聞き返した。

「そうだ。少ないか？　おれの相場は、いつもそのくらいなのだが、人によって、もっと高い報酬をもらっているそうだからな。遠慮なく言ってみてくれ」

「いいえ、少なくはありませんが……」

延一は、ほんの一瞬だったが、この金を元に、小夜子と一緒に、飛行機で旅行することを考えた。

「じゃあなんだ？　あまり、乗り気ではないようだな。とにかく心配することはない。ハジキを一発ぶちこめばいいんだ」

「ハジキで？」と、延一は、おうむ返しに聞いた。

「そうだ。お前、ハジキぐらい使えるのだろうな？　ハジキの使えない殺し屋なんて、ありはしない。これだ」

男は延一の手をとると、その手に、量感のあるものを載せた。

ピストルであった。

「でも、ぼくは……」

「いいか？　仕損じるなよ。相手の住所と名前は、この紙に書いてある。ポケットに入れておくからな。それから、ハジキには、弾がはいっているから、気をつけろよ」

言うだけのことを言うと、男は延一の肩を叩き、足早に去って行った。

追いかける暇のないほど、鮮やかな身のさばきであった。

延一の手には、鈍い色をしたピストルが残されていた。


どうやって下宿に帰りついたか、延一は、覚えていない。とにかく、何者かに、あとを追われているのではないかと、おびえながら、やっとたどりついたのだった。

その間中、彼は内ポケットに入れたピストルを、背広の上から、手で抑えるようにしていた。途中で捨てずに、下宿まで持って来たことが、むしろ不思議であった。

彼は部屋に閉じこもると、入口に背を向けてあぐらをかき、ポケットから、問題のピストルを出した。

彼も、現在の日本では、どんな理由があろうと、ピストルを所持してはいけないことを知っている。しかし、現物を眼にすると、手放すのが惜しい気もする。

彼は光沢の消してある銃口のあたりを、撫でてみた。冷やかな触感が快かった。そのピストルが、どうして彼の手に渡ったかをさえ、一瞬、忘れかけた。

引き金に指をかけてみた。弾がはいっているということだったが……。

これを、『P・P』に持って行き、小夜子に見せたら、驚くだろう。彼はそんなことを考えた。そして、息をつめた。

『P・P』には、あの男がこれからも、姿を見せるかもしれない。その事実に気がついたのだった。

延一は、あの男に命じられた殺人を行なうつもりはない。彼は本当の殺し屋ではないのだから……。

下宿に帰るまでの道で、尾行に始終気をつかったのは、今後もつきまとわれることを恐れてであった。幸い、気がつかれずに、無事帰り着いたが、もし命ぜられた通りを行なわなければ、あの男は何とかして、彼を探し出そうとするだろう。そして、『P・P』に張りこむに決っている。

「畜生」と、延一はどなった。以後、小夜子に会えないかもしれないということが、辛かった。

ところが、その瞬間、奇妙な現象が起った。ピストルから、プラスチックの弾が発射された。

たのだ。ピンク色のかわいい弾であった。叫んだ拍子に、引き金を引いてしまったものらしい。それにしても、プラスチックの弾とは……。むろん、ピストルは模型であった。

延一は、大声を出して笑った。いったい、あの男は、どんなつもりで、こどもっぽい、いたずらをしたのであろう。

翌日、延一は会社を休んだ。あの男から渡された紙に書いてあった場所へ、行ってみる気になったのである。そうすれば、なぜ、あの男が、百万円もの大金を、延一に渡したかの理由がわかるかもしれない。

しかし、遂に、延一はその場所を尋ね当てられなかった。というより、『千代田区本郷高輪町』なる町は、存在していなかったのである。これも、完全にいたずらであった。とすると……。あの百万円も、やはり、いたずらなのかもしれない。延一はそう考えた。世の中には、暇をもて余している人物がいるらしいから。

彼は不意に思い出した。『P・P』で聞いたにせ札の話である。都内の方々で、にせ札が発見されたということだった。

あの男はそのにせ札を、何らかの目的で、延一に預けようとしたのではなかったか？　そう考えた方が、道理に合っているように思った。にせ札でなければ、どうして、百万円もの金を、見も知らぬ男に渡すだろうか？

延一は、近くの銀行に行き、窓口に例の一万円札を出した。新しい、手の切れるような札であった。

「ちょっと伺いますが、これがにせ札ではないかどうか、調べて下さい」

「ははあ?」

行員は不思議そうな顔をしながらも、札を受取り、眼に近寄せたり、離したりして調べていた。

「本物のようですな。でも、ちょっとお待ち下さい」

行員は、奥の方へ姿を隠した。急に、延一の胸は躍り出した。《すると、自分は百万円の金を持っていることになる》このまま、ほかの県へ行って就職すれば、あの男も、行方を尋ねられないだろう。彼の頭の中に、小夜子の像が浮んだ。彼女は、ウインクをしていた。

と、不意に、彼は両腕を守衛につかまれた。理由を聞こうとするより早く、守衛の手が背広の上を這《は》い、例の模型ピストルが発見されてしまった。

「やっぱり、昨日の銀行ギャングというのはこいつらしい」

「え?　銀行ギャング?　ぼくはそんなこと……」

「まあいい。調べればわかるんだ。昨日のギャングは、六百万円をわしづかみにして逃げたのだが、そのうちの百万円は、新しい札束だったので、番号が控えてあったんだ。そこの銀行から、各銀行にその番号が手配されていた。お前の持って来た札には、その番号が書いてあったんだ……」

もう一人の守衛が、延一のポケットから、札束を見つけて、取り出した。延一は、その場に倒れかかった――。

（見習い天使曰く＝田所延一には、アリバイがあったということですが、それでも共犯者と見られ、何日も取調べのための拘留を受けました。彼の供述が余りにも奇妙なので、まじめで頭の固い警察官には、信じてもらえなかったのでしょう。女にもてようなどとは、考えないことです）

最初の嫉妬

天使にも性別があるかという質問を、ときどき受けます。それに対しては、どう答えてよいか、迷うのです。

というのは、性別があるにはあるのですが、人間が考えているような意味の性別ではないのです。

ちょうど人間世界の……。いや、適当な比喩を考え出せません。

しかし、天使の世界では、性が原因の嫉妬などというものは、絶対にないとだけは申上げられます。

最近は、毎日のように、ポストに郵便物が来る。だが、それらの郵便物のほとんどは、宛名が印刷されたものであった。証券会社、電機メーカー、デパートなどからのダイレクト・メールである。伊根子は、そういう郵便物は、封を切らないことにしていた。眼を通すだけでも、時間つぶしだと考えたからだ。

だが、ある日、彼女が自宅の郵便受から取出した手紙類の中に、一通だけ、ピンク色の角封筒があった。宛名はペン書きで、伏木三郎さまと夫の名が書かれてあった。差出人を見た。工藤益子、そして住所も明記してある。

不思議なことに、その封筒を見たときに、最初、伊根子が感じたのは、軽い安らぎであった。無味乾燥な、ダイレクト・メールの中に、一通だけ、人間が人間に宛てて書いた手紙が混っていたためかもしれない。

しかし、それを持って、茶の間に引き返した頃には、彼女の気持も変っていた。

何となく、のどが乾いた。コップの縁まで水を満して、乱暴に飲み干してみた。

彼女は、いままで、夫に対して持っていた優越感が、なくなりかけているのを感じたのだ。伏木とは、一年前に結婚した。見合いではないのだから、恋愛結婚と呼ぶべきかもしれない。しかし、彼女自身は、恋愛と言えるような激しい感情を、伏木に対して持ったのではなかった。結婚したのは、だから、一種の「はずみ」ではないかと思っている。

伏木のほかにも、彼女が交際していた男はあった。その男から求婚されれば、そちらと結婚したかもしれなかった。三輪というその男は、伏木と全く逆のタイプを持っていた。容貌やからだつきばかりでなく、性格も、伏木の持っていないものを三輪が持ち、三輪にない美点が伏木にあるというぐあいだった。《もし、二人を合わせたような男がいたら》と、そのころ、彼女は考えた。《自分はその男に、熱烈な恋愛をするであろうに》

結婚後、伏木は伊根子に、三輪との間には何もなかったのかと、聞いたことがある。

「失礼ね。なぜ、そんなことを聞くの」

彼女は、同じ蒲団の中で、からだをずらすようにして聞いた。

「いや、そのことが気になってしようがなかったんだ。それだけ、ぼくは君を……」

「やめて」と、伊根子は叫んだ。「愛情があるから嫉妬するなんて、古くさい弁明だわ。信頼していないから嫉《や》くのよ、そんな、じめじめした愛情なんて、大嫌いだわ」

「しかし、君だって、ぼくが過去にどんな女と交渉を持ったか、知りたくはないか？」

「ううん。あなたの過去がどうでもいいわ。だって、ほかにも女がいたとしても、それにも拘《かかわ》らず、あたしを選んだという事実は、あたしに自信を与えてくれるもの。嫉妬というのは、そもそも、自信がないからこそ……」

彼女は、かつて本で読んで得た考えを述べた。だから、表現も生硬であった。

「じゃあ、君はこれからも嫉妬しないか？」

「ええ、そんなことに気を使って、小さな世界にこもりたくないもの」

事実、それから後も、彼女は夫の帰宅がおそくなったりしても、その行動に疑いの眼を向けたことはなかった。

浮気ができるものならしてみろという意味の言葉を、日記帳に書いたこともある。その裏には、夫が自分に首ったけだという自信があったのであろう。男のくせに、妻の過去に嫉妬を感じる夫より、自分の方が、性格的に優れているのではないかと考えて、優越感を持ち続けて来たのだった。

その優越感が、一通のピンク色の封筒によって、もろくも崩れてしまった。

彼女は、蒸気と針とを使って、手紙の封をはがした。


『この間はすてきでした。次の日曜日、またあの家に来て下さい』


中には、只それだけが書かれてあった。

『あの家』というのは、恐らく旅館であろう。すると、夫はすでに、工藤益子と結ばれているのだろうか？

彼女の胸には、靄《もや》がかかり、それは、次第に濃度を増して行った。

しかし、伊根子としては、その手紙について、夫に問いただしたくはなかった。

封書を無断で開けるというような、自分の醜《みにく》い行為を夫に知られたくはなかったし、「工藤益子さんて、どんな方？」という質問さえも、いやであった。嫉妬について、一家言を持っていただけに、それを裏切るような、弱さを夫の前にさらしたくはないのだ。

相手は、下らない女だと、自分に言い聞かせてみた。手紙の文章の味気なさだけを見ても、それはわかる。そんな女と、自分を同列に置き、動物的な神経を使うべきではない。伊根子は、繰返してそう思った。

だが、そういう努力にも拘らず、夫と顔を合わせるとき、平静でいられる自信はできて来なかった。

彼女は、夕食の仕度を済ますと、睡眠薬を飲んで、床についた。夫には、『かぜをひいたらしく、頭が痛いので、先に寝ます』と手紙を書いておいた。

つぎの日曜まで、三日あった。彼女はその間に、私立探偵社に行って、二つのことを依頼した。第一は、工藤益子という女の身許調査であり、もう一つは、次の日曜日に於ける夫の行動調査であった。

夫の不貞が、完全にわかった場合に、どうしようという、具体的な考えが決っているわけではなかった。ただ、相手の女の正体もつかまず、夫との関係も知らずに、手紙が来たというだけで、嫉妬をしていても仕方がないと思ったのだ。少なくとも、それだけの冷静さは取戻していた。

土曜日の夜になると、伏木は言った。

「どうしても調べなければならないことができたから、あす、会社に出るよ」

彼の口調は、どこか、ぎこちなかった。

「…………」

伊根子は黙って肯いて見せた。

「え？　わかったのか？　あす、会社へ……」

「一度言えば、わかります。でも、いままで、こんなことは、余りなかったわね」

「ああ。しかし、最近、会社の業績が延びて来たのでね。これからも、ときどきあるかもしれない」

眼を逸らしたまま、伏木は口のなかで、つぶやくように言った。

そして、日曜日、伏木は新しい下着に着替えて外出した。その夜、彼に求められたが、伊根子は拒絶した。結婚以来、初めてのことであった。

「何か、気に触ったことでもあるのか？」と、隣の床から、伏木が声をかけた。その口調には、妙な明るさがあった。少なくとも、ほかの女に接して来て、妻にひけ目を感じている男の口調ではなかった。或いは、伊根子に拒絶されたことを、却って喜んでいるのかもしれなかった。

「いいえ、なぜ、そんなことを聞くの」

彼女は、夫に背を向けたまま答える。

「なぜということはないが、まさか、君は……」

「え？」

「ぼくが今日外出したことを怒っているのではないだろうな？」

「あたり前でしょう。会社の用で出勤するのは、サラリーマンのつとめですもの。そんなことは何も……」

「そうか？　それならいいが、そのことで、疑っているのではないかと思ったから……」

伏木の口調が、また、伊根子には気になった。それは、弁解のはずであるのに、暗いかげがないのだ。むしろ、誇らしげな響きがあった。

「まさか」と、伊根子も挑《いど》むように答えた。

「あたしって、そんな愚かな女ではないつもりよ」

「うん、そうだったな」

伏木は笑っているようだった。


翌日、伊根子は、秘密探偵社の応接室で、担当の調査員と会った。背は小さいが、眼の鋭い、三十前後の男であった。桜井と自己紹介をした。

「まず、第一に……」

桜井は、書類をめくりながら報告を始めた。「工藤益子という女ですが、これは、いませんでした」

「いない？　とおっしゃると、あなたがいらっしゃったときには、留守だったというわけ？」

「いやいや、そうじゃあ、ありません。奥さんからお話をうかがった住所には、住んでいないのですよ」

「まあ……。では、偽名だったのかしら？」

伊根子は、ふと浮んだ考えを言ってみた。妻のある男の自宅に、本名で手紙を寄越す女もいないだろうから、偽名と考えた方が自然であった。

「いや、それはどうだかわかりません。しかし、あの町には、丁目がないのですよ。それだのに、二丁目八二番地というご指定だったでしょう？　区役所の出張所へ行って、住民を全部調べてみたけれど、ついに、該当者なしということになったのです。いったい、この女は、どういう女なのです？」

「いえ、よろしいですわ。で、第二番目の依頼の方は、いかがだったでしょう？」

「ああ、ご主人の昨日の行動ですね。どうも、大したことはありませんな」

桜井は、別の書類綴《つづ》りを取り上げた。「お宅を出ると、すぐにタクシーを拾いました。うまいぐあいに、二台続けて来たので、私もあとから来たタクシーを摑えました。ご主人は、まっすぐに、渋谷へ行きました」

「渋谷へ？」

伊根子の声はかすれた。伏木の会社は丸の内にあるのだ。それにもかかわらず、渋谷へ出たとすれば、会社の用でないことは明らかだった。

「渋谷では、映画館にはいりました。封切館ではなく、三本立て興行をやっているところです。まだ早いうちだったので、ご主人は座席に坐ることができました」

「待って下さい。映画館へはいる前、だれかと待ち合わせしていたようなことは？」

「いいえ、そんなことはありません。タクシーを降りると、ほとんど脇目も振らずに、切符売場に行き、そこから、またまっすぐ中にはいって行ったのです。私も、こういう商売をやっていますので、だれかと待ち合わせしていたかどうかは、簡単にわかります。ご主人には、そんな様子はありません。完全にひとりでした」

「そうですの？　で、映画館を出てからは？」

「映画館を出てからは、また、まっすぐにタクシーで、お宅へ帰って来たのです。喫茶店にも行きませんでした。日曜だったので、タクシーは、割に楽に探せたのですね」

「でも、うちへ帰って来たのは、夕方でしたわ。いくら、三本立てだって、そんなに時間がかからないでしょうに……」

「それが、一つだけは、二回見ているのです。つまり、合計、四本見た勘定です。ですから、夕方にお帰りになったのも、別に不思議はないのですよ」

「まあ、何というんでしょう」

伊根子は呆れた。三本立ての映画を見るだけでも大変なのに、わざわざ、二度見た映画もあるという。伏木の真意がわからなかった。「じゃあ、ご飯はどうしたのかしら？」

その夜、伏木は、とりたてて食が進んだというほどではなかった。昼飯を一食抜いたとは考えられない。探偵の報告が、信頼できない気がした。

「いや、途中の休憩時間に、ホット・ドッグを買って召し上っていましたよ。それから、ジュースを二本飲みました」

「まあ」

伊根子は赤くなった。日ごろから、映画を見ながら、飲み食いするのは、都会人のやることではないと考えていたのである。口をもぐもぐ動かして、スクリーンに見入っている夫の表情を想像すると、恥ずかしかった。

「その間、もちろん、私はご主人から眼を離してはいません。監視し易いように、すぐうしろの席に陣取っていましたし、ご主人が席を立ってホット・ドッグを買いに行ったときは、私もそのあとを追いました」

「主人の隣の人は、どんな方でした？」

「最初両隣とも、アベックでした。彼らは、三本立て全部を見たのではありません。左隣の組など、一本目の途中で出て行ってしまいました。しかし、そのあとに坐ったのも、若い男でしたし、その男たちと、ご主人とが、何か連絡をしていたとは考えられません」

「そうでしたの……」

伊根子は、何か拍子抜けがした。探偵の話によると、伏木は全く、無駄に時間を費《ついや》したとしか考えられなかった。

《いったい、何のために、そんなことをしたのか？　それほど、見たい映画であったのか？》

十分に納得がいかないまま、彼女は私立探偵社を出た。

ふと、あることを考えついて、彼女は、家へ帰ると、例の手紙を調べてみた。

やはり、想像通りであった。男の筆跡なのである。なぜ、これに早く気がつかなかったのか、不思議な気がした。女名前と、ピンク色の封筒を見た瞬間に、気が顚倒《てんとう》して、落着きを失ったのだろうか？

いずれにせよ夫の真意はわかったと思った。伊根子に嫉妬を抱かせたいのだ。

嫉妬というのは、下らない感情であり、自信のない者だけが持つものだという、伊根子の説に、伏木が反撥《はんぱつ》を感じ、伊根子の嫉妬心を奮《ふる》い起さすために、あんな工作をしたのであろう。

考えてみれば、わざわざ、意味あり気なピンク色の封筒を使ったり、女名前をはっきり書いて寄越したことからも、もっと早く、夫の狂言だということに気づくべきだったのではあるまいか？　会社宛ではなく、自宅宛に手紙が来たのも、やはり、伊根子の注意を喚起する目的を持っていたからなのだ。

伊根子は、自然に頰に浮ぶ微笑を抑えることができなかった。夫が帰るまでの間、何かにつけて思い出し、彼女の顔の筋肉はほころび続けていた。

《かわいい》彼女は、伏木のことを、そう考えた。ただ、彼女に嫉妬してもらいたいだけのために、そんな工作までしたのか？　幼稚には違いないが、その幼稚さが、いとしかった。

しかし、それでもなお、彼女には自尊心があった。夫のために、嫉妬のまねごとをしてやろうという気は起きなかったのだ。

『ざまみろ。君だって、偉そうなことを言いながら、やきもちを焼いたではないか』と言われるのが、いやだった……。

彼女は、だから、その手紙のことを、夫に話そうとは、ついに考えなかった。

第一回の試みが失敗したにも拘らず、伏木は、その後、何回か同じようなことをやっていた。

Yシャツに口紅のあとらしいものをつけたり、バーのマッチを見せびらかしたりした。

ついには、

「実は、重大な告白があるんだ」という前置きで、ほかの女に、こどもを産ませたとまで言った。そのときも、伊根子は、

「そうお？　ちょうどいいじゃないの。あたし、こどもを産んで、からだの線を崩すのがいやだから、あたしの子として、引取ってもいいわよ」と、平然と答えた。無理な強がりではなく、嫉妬する気が、少しも起らなかった。それが嘘だということは、眼に見えていたから……。


二年経った。伏木は、流行性肝炎から、肝硬変を起し、伊根子に見とられながら、長くない一生を終えてしまった。

その葬儀の日、伊根子は眼をみはった。婦人の弔問客が、意外に多いのである。しかも、その婦人たちは、みなが同じように若く、同じように垢抜《あかぬ》けしていた。

最初、会社の事務員かとも思ったが、女事務員たちが、会社の勤務時間中に、わざわざ喪服に着替えて弔問に来るというのも、奇妙だった。葬儀を手伝ってくれた夫の同僚たちも、

女の正体に首をひねっていた。

ところが、あとしまつが一切済んで、弔問客の名簿を調べていると、あの『工藤益子』という名を発見したのである。名簿にあるそのほかの女たちの名も、何かの折に、夫の口から聞いた名であった。

《では……》と、伊根子は、急に襲って来た頭痛に耐えながら思った。《夫が、生前にした話は、すべて真実であったのだろうか？》

眼の前の机や火鉢が、不意に回り出した。それは、疲労のためではなく、生まれて初めて感じたほどの、強い嫉妬が原因のようであった。

じっと、眼を閉じると、伏木の弱気な微笑が浮んで来た。


（見習い天使曰く＝これだけだったら、至って平凡な話です。しかし、さらに深く考えてみようではありませんか？　つまり、婦人の弔問客というのは、すべて、雇われて来た人たちではなかったか、と考えてみるのです。生前、ついに一度も、妻の嫉妬を見ることができなかった伏木氏が、死が迫ったのを知ったとき、ごく親しい友人に頼んで、女性たちを葬儀に動員してもらったとしたら……。

夫として、一度も妻の嫉妬を見られなかったのでは、伏木氏も或いは、死んでも死に切れなかったでしょう）

親切で誠実な男

下界からのニュースによると、最近は『親切』とか『誠実』とかいう、かつての美徳が、再び価値をまして来たそうです。
これは、非常によいことです。それでこそ、われわれ、天使たちが、神と人間とのかけ橋をしている甲斐があると言えます。
でも、美徳にも、やはり、程度ということがあるのではないでしょうか？　過ぎたるは何とやらと申しますから……。
「あ、運転手さん、そこでいいわ」

彼女は、そう声をかけてから、シートに並んでいる男に言った。「車は、ここまでしかはいりませんの。ですから、どうぞ」

「いや、それなら、ぼくも降りますよ」

男はタクシー料金を払って、彼女に続いて外へ出た。

「でも、このへん、あとで車を拾おうとしても、むずかしいのよ」

「かまいません。足が二本あります」

そのまま、男はゆっくりと歩き始める。

《やっぱり、この人も……》彼女は、軽い失望を味わっていた。《何とか口実をつけて、キスをする機会を狙っているのだろう》

そこから、彼女のアパートまでの約百メートルは、片側が石垣で、反対側には高い塀の住宅が並んでいる。そして、それらの住宅では、電灯料を惜しんでか、門灯を消しているから、時とすると、道が真暗になる。男が強引に唇を奪うのには、適当な場所であった。

彼女は、今夜、あるダンス・パーティで男と会った。二、三曲、一緒に踊ったが、とくに、強い印象を受けたわけではない。ほかにも、二、三人いるボーイ・フレンドと同列ぐらいの関心しか、彼女は持たなかった。帰途が、同じ方向なので、送ってくれたのだが……。

車の中では、彼は、彼女との間に、十センチぐらいの間隔を置き、カーブで車が傾いたようなときにも、彼女のからだに触れないように、足を突張っていた。むろん、手をのばして、彼女の手を探るような、はしたない行為はしなかった。そのため、彼女は、《この人は、別に野心があるわけではなく、本当に親切心で送ってくれるのか？》と、考えていたのであった。しかし、その彼も、結局は、ほかの男と同じことを、狙っているらしい。

彼女は、こういうとき、男の腕に手をかけてやれば、彼が喜ぶことを知っていた。だが、とくに好きでもない男に、それほどのサービスをしてやる必要はない。わざと、三十センチぐらいの間隔をあけて、並んで歩いていた。

そのうちに、男が足を止めた。いよいよ来たかと、彼女は思った。もし、強引に唇を奪おうとしたら、頬を叩いてやるまでのことである。ハンドバッグを、左手に持ち替えた。しかし、彼女は誤解したようだ。彼は、彼女のうしろを回り、反対側に並んで立ったのだった。

「同じ並んで歩くなら、この方がいいです。もし、うしろから通り魔が来ても、ぼくが邪魔になって、あなたを刺せませんから……」

「まあ、通り魔だなんて……」

「いや、こういう夜道を歩くときは、あらゆる可能性について考え、警戒しておくべきですよ。それにしても、この道は暗い。大丈夫ですか？」

「ええ」と、彼女は短く答えた。《何を言っているんだ。自分が送り狼《おおかみ》のくせに……》

しかし、この送り狼は、彼女の予想にもかかわらず、なかなか、牙をむかなかった。

それどころか、

「あ、そこに水たまり」と、彼女のからだに手をかけるには絶好のチャンスがあっても、口で言うだけで、手で肩をつかむようなこともない。

却って、彼女は不気味になり出した。或いは、焦りと言った方がよいかもしれない。軽い不満と呼んでも、まちがいではないだろう。《この男は、いったい……》と、考え、横眼で男をうかがった。

男は両手をオーバーのポケットに突込み、呟《つぶや》くような低いハミングを鳴らしながら、真直ぐ、前を向いて歩いていた。

「ここですの。このアパートの二階、こちらから、二つ目の窓ですわ」

彼女は、彼に向い合って立った。アパートの玄関には、まだ灯りがついている。その灯りを背景に、彼女は男の表情をうかがった。眼と眼が合った。映画で、こういう場面があれば、つぎの動作は決っているのだが……。

「ほんとうに、きょうは、ありがとうございました。もし、およろしかったら、お茶でも飲んでいらっしゃらない？」

そう言ってしまってから、彼女は自分でも驚いた。こんなせりふを言うつもりではなかったのだ……。

「いや、女性一人の部屋に、夜、男が上ると誤解されるでしょうから……」

彼は、かすかな笑みを浮べて、断った。「その代り、握手させて下さい」

「ふふふ。いいわ」

《何という、こどもっぽい要求だ》彼女は手袋を脱いで、手を差出す。彼の手は、意外に冷たかった。

「じゃあ、お休みなさい」

「お休み……」

彼女は、アパートの中にはいり、階段をのぼり、手洗いを済ませてから、自分の部屋のドアを開ける。

電灯をつけたとき、ふと、窓から外をのぞいてみる気になった。別れたばかりの彼の、うしろ姿を見てみたいという気持である。

カーテンを開く。

そのとたん、暗い道で、光るものがあった。マッチの光だった。

「あ」と、彼女は声を洩《も》らす。マッチを擦ったのが、あの男だったからだ。《では、いままで、彼は外にたたずんで、この窓を見上げていたのだろうか？》あの、冷たい手が、いっそう冷たくなるだろうに……。

彼女の胸を、何かが刺した。それが、熱いものであるか、冷たい氷のようなものであるか、彼女自身にはわからない。とにかく、最近の彼女が経験したこともない感覚であった。

彼女は窓を開けて、彼に向って、手を振った。彼も、それに答えて手を振った。

そして、彼は、初めて安心したように歩き出した。オーバーの衿を立て、うつむき加減に歩く彼の姿は、いかにも寒そうであった。

《いまの世に、あれほど親切で、誠実な男がいたのか……》

窓ガラス越しに見送っている彼女は、不思議な気がした。

道がカーブを描き、視野から消えかかるころ、彼は、もう一度振り返った。そんな彼を、何も報いずに返してしまったことが、何か気の毒のように思った。


しかし、彼女は、彼を気の毒に思うことはなかったのだ。

彼――つまり、石沼道雄は、十分に満足していたのだから……。

もっとも、石沼の満足は、彼女と握手をしたり、部屋に上って行けと勧められたりしたからではない。自分が、『親切で誠実な男』の演技を、渋滞なくやってのけたことに満足していたのだった。

夜道を歩きながら、彼は今夜の演技を、いろいろ振り返ってみる。どこにもミスはなかった。そして、演技過剰と思われる場所もない。自分で点数をつければ、九十五点というところだった。

《もう、これで大丈夫だ》彼のハミングは自然に音量を増した。

この夜の演技で、彼女は石沼を、誠実で親切な男と思いこんでしまったはずであった。ということは、以後の作戦が、極めて容易になってくるのだ。機会さえつかめば、強引に押すまでもなく、彼女は、よりかかってくるであろう。

彼にしても、こんや、あの暗い道が、唇を奪ってしまうのに最適であることを知っていた。しかし、そうやって、たとえ成功したとしても、それが何であろう？　今後の二人の関係が、そのために不利になることだってありうるのだった。

それよりも、誠実だという印象さえ与えておけば、例えば、金を借りるときにも、便利なのだ。

「ほんとに、言いにくいのだけれど、一枚貸してくれない？　今月は、ちょっとした物入りがあったものだから……」

この彼の言葉を、彼女は疑わないだろう。何しろ、石沼道雄という男は、誠実な男ということになっているから……。


石沼道雄の、女性に対する態度は、すべてこのような演技の積み重ねであった。ときには、自分でも、演技だということを、忘れてしまうことさえある。

例えば、A女と逢い引きの約束をして、そこへ急ぐ途中、ばったりとB女に会う。

「あら、お珍しい、お急ぎなの？」

「ええ、ちょっとした用で……」

たいていの男なら、このまま、B女に別れを告げ、A女のもとに走るであろう。しかし、石沼道雄は違うのである。

道で逢ったB女が、例えば、大きな荷物を持っていたとすると、

「大変ですね。どこまでですか、持って差上げましょうか？」と言う。

「でも、お急ぎのようですわ」

「そうですねえ」

彼は、子細らしく、腕時計に眼をやる。「いや。ちょっと電話をしておけば大丈夫ですよ」

そして、わざわざ、赤電話に十円を入れ、待っているはずのA女に電話をかける。

「本当に申しわけないのだけれど、課長に変な用を言いつかってしまって、三十分ぐらいおくれるかもしれないのです。かまいませんか？」

「そうね。でも、しかたがないわね」

A女は納得する。誠実な石沼が、嘘をつくはずはないからである。

こうして、彼はB女の荷物を持ってやり、タクシーを呼んで、彼女の目的地まで運んでやるのだ。むろん、B女は彼に感謝するであろう。

《急がしい仕事があったらしいのに、わざわざ、私のために……》何という親切な男だろうと、B女は感激するのだ。そして、その感激は、後日に於て、必ず、何らかの形となって、彼に返ってくるはずであった。

この場合、彼がA女とB女の、どちらを深く愛しているかなどということは関係がない。A女をより愛していたとしても、A女のための時間を割いて、B女に奉仕するのである。常に網を張ることを忘れず、また、あらゆる機会を利用するのだ……。

そして、三十分おくれると、電話しておいて、さらにおくれそうになった場合はどうするか？　その時間の切れるまぎわに、もう一度、電話を入れるのである。

「ほんとうに申しわけない。相手がわからず屋なものだから、説明に時間を食ってしまって……。あと、二十三分ぐらいどう？　待っていただけないかしら？」

これは、ちょうど、借金をした場合、期限にいくらかの金を返し、誠意を見せるのと、似ている。催促されないのをいいことにして、あるいは、『敷居が高くて』、挨拶を怠ったばかりに、相手の機嫌を損じてしまうことがよくあるが、石沼に言わせれば、それは、全く愚かなことなのだ。一言、挨拶をして頭を下げれば、よいのだから……。

女を待たせるのも、これと、同じこつなのである。二十三分と限って、それでも腹を立ててしまう女はいないだろう。ことに、石沼の場合、平素から、誠実だという印象を植えつけているのだ。

さて、いよいよ、A女の待っている場所に現われる。その付近、五十メートルぐらいのところで、タクシーを降り、ネクタイをゆるめる。そして、A女が待っている喫茶店まで、走るのだ。

ドアを開けながら、ハンカチーフで汗を拭い、店の中を見回す。A女の姿を見かけたら、客席を急ぎ足で縫う。そのとき、他の客たちから、多少、変な眼で見られようとも、意に介する必要はない。

肩で息をしながら、A女の卓に近づき、

「ああ疲れた。車の洪水で身動きがとれないので、走って来た。あ、すまないけれど、その水下さいね」と言う。

A女の眼の前には、必ず水の一ぱいはいったコップがあるはずである。それをいきなり握って、一気に飲み干してしまう。これで走って来たということの証明ができるわけなのだ。

「まあ……」

A女は、恐らく、赤くなるだろう。そして、周囲の人の眼を気にして、恥ずかしいと感じるかもしれない。しかし、それ以上に、彼女に会うために、息を切らして、かけて来た石沼の誠意を認めるであろう。その誠意に免じて、二十二分や三分の遅刻は、許すに違いない。いや、翌日になれば、遅刻の方は忘れて、彼の誠実さだけが、彼女の胸に残っているであろう……。

彼は、このように、『親切で誠実』というレッテルを、自分のものにしたのであった。

ところが、この『親切で誠実な』石沼道雄が、ある日、死んでしまった。しかも変死であった。

場所は喫茶店である。

「あ、だれか……」という女の悲鳴に驚き、ウェイトレスが駈けつけたときは、彼は手足を痙攣《けいれん》させて、息絶えてしまった。

「どうしたのです。いったい」

マスターも飛んで来て、先刻、悲鳴を上げた女に聞いた。

「すみません。あたくしが悪かったのです。あたくしさえ……」

女は、そう言って、テーブルに泣き伏しているだけだ。

すぐに、警察へ連絡し、刑事たちがやって来た。

「あ、これは青酸化合物の中毒死だな」

刑事が、死体の口もとを見て言う。

「死体は、コップを握っているが、この中に、毒がはいっていたのだろう」

そして、尋問が始まる。まず、彼と同じテーブルにいた女に、刑事の質問が集まった。

「どうしたのです？　詳しく、説明して下さい」

「はい。今日、どうしても、石沼さんにお会いしたい用があって、待っていたのですけれど、中々いらっしゃいません。それで、もし、来なかった場合、あたくしとしては、生きる望みがありませんので、自殺するつもりでした。コップの水に、青酸カリを入れておいたのは、そのためだったのです。ところが、石沼さんは、四十分ぐらいおくれて来て、ここにくるなり、あたくしが飲むつもりだった水を飲み干してしまったのです。何でも、タクシーでは、よけいに時間がかかるというので、走って来たのだそうです。だから、ここに見えたときは、はあはあ言っていました。きっと、のども乾いていたのでしょう。ほとんど、とめるひまもなく、毒のはいった水を飲んでしまったのです……」

女は、涙をいっぱい浮べて、こう供述した。嘘を言っているとは見えなかった。

そして、喫茶店の、ウェイトレスや、ほかの客たちも、彼女の供述を支持した。

「はい」と、ウェイトレスの一人は言った。

「あのお客さんは、ずいぶん前から、ここでどなたかを、お待ちになっているようでした。

コーヒーと、ケーキをご注文になったのですが、どうしたわけか、手をつけようとなさいませんので、注意して見ていたのです。ドアが開くたびに、入口の方に眼をおやりになるのですが、待つ方ではないらしく、すぐ悲しそうに下を向いてしまいます。何か、悩みをお持ちのようすは、私たちにも、よくわかりましたわ。何度も何度も溜息をつき、ハンカチで、目頭を抑えていらっしゃいました。そうですか？　自殺なさるおつもりだったのですって？　たしかええ、あれは、自殺前の表情だったと思います」

そして、客の一人は、つぎのように説明した。

「ぼくも、人を待っていたので、ドアの方を見つめていたのですよ。すると、片手に上衣を持ち、ネクタイをゆるめた、威勢のいい格好で、一人の男がはいって来ました。よほど急いで来たらしく、肩で、こまかく呼吸をしていました。彼は、ちょっと、中を見回してから、この席へやって来たのです。あまり急いでいたので、ほかの客の椅子の脚に、つまずいたりしていました。そして、この席へ来ると、大声で弁解をしながら、いきなり、水を飲んでしまったのです。え？　たしかに、『その水をもらうよ』とは言ったようでしたが、その前に、手をコップに伸ばしていたのでしょうね。止めることは、できなかったでしょう。もちろん。彼がコップに手をのばしてから、毒を入れるようなことは、できないはずです」

結局、石沼の死は、事故死と認定された。

女が毒を飲ましたのではないかという説も、最初は、捜査陣の一部にあったようだが、やはり、それは無理な解釈のようであった。

第一、喫茶店で、いきなり、他人の水を飲んでしまうということが、常識的には考えられない以上、女が、殺人の目的で、毒を準備していたとは説明できないからだ。やはり、女の供述通り、彼女が自殺するつもりだった毒を、誤って石沼が飲んだと見るべきであろう。

警察は、このように判断したのだった。

『親切で誠実な男』にしては、不運な最後であった。

(見習い天使曰く＝しかし、彼女は、事件が落着してから、こんなひとりごとを言っていました。

「石沼さんて、やはり、死ぬまで、親切だったわ。おかげで、あたしは、殺人者ではなくなったのですもの」)

盗作計画

最近の情報によりますと、下界では、和歌の盗作問題とかが、起っているようです。見習いの悲しさ、作品を盗むということが、どんなことか、よくわかりませんので、先輩の天使に聞いてみました。

先輩の天使は、結局は人間の欲望に関係しているのだと前置きをしながら、つぎのような話をしてくれました。

四人の男がいた。仮りに、春山、夏村、秋田、冬木としておこう。いずれも、ペンネームである。現在は、ある会社に勤めていた。ところで、断っておかねばならないのは、ペンネームと言っても、彼らは、作家になるつもりではないと言うことである。よからぬことをする上に、偽名を使った方が都合がよいのだが、偽名というのでは、体裁が悪い。そこで、ペンネームと称しているわけであった。

よからぬこと――しかし、彼らは、腕力もあまりなかったし、強盗をするだけの度胸もない。せいぜい、小利口に立ち回り、人をだまして、ポケット・マネーを得るくらいのことであった。

だが、そんなことをして、もうけた金は、高がしれている。バーを、二、三軒回れば、なくなってしまうのだ。

このため、最近では、顔を合わせるたびに、

「何か、もっと確実な、しかも、まとまった金を手に入れる方法はないか？」と、話し合うようになっていた。

「懸賞小説はどうだろう？」と、春山が言った。「小説なら、頭を使うだけで、大して労力はいらない。しかも、一等が、十万円、二十万円というのだから、こたえられないぜ」

「うん。しかし、だれが書くんだ？」

夏村が、面倒くさそうに聞く。

「そりゃあ、四人いるのだから、だれか書けるだろう」

「そうかなあ。とにかく、おれはだめだよ。秋田や、冬木はどうだ？」

「だめさ」と、二人が一緒に手を振った。「いびきや、あぐらなら、いつでもかくが、小説

は書けない。言い出した春山はどうなんだ？」

「おれだって同じだ。原稿用紙の桝目《ますめ》のような、小さなところに字を書くのは、苦手なんだ」

　提案者の春山も、尻込みをする。結局、この案も、実現はしそうにない。

　そのとき、寝そべって、天井に煙草の煙を吹きつけていた夏村が、むっくりと上体を起した。

「そうだ。いいことがある」

「何だ？」と、他の三人が、いっせいに、夏村の口もとを見つめた。

「盗作をしようじゃないか？」

「盗作？　つまり、前にほかの雑誌に出た作品を、応募するのか？」

「ああ」と、夏村は、自信あり気に笑っている。

「だが、いずれはばれるぞ。審査員の眼はごまかしたところで、読者はたくさんいる。作品が誌上に発表になれば、必ず、読者から投書が行って、当選は取り消しになる」

「そうだ。作品が、雑誌に発表になればな。だが、問題は一等にならなければいいのだよ。どんな懸賞にも、選外佳作というのはある。これは、作者名が、発表になるだけで、作品自体は、誌上に出ない。むろん、一等にくらべて、賞金もすくないが、それは仕方がないだろう」

「なるほど、で、具体的にはどうするのだい？」

「そうだな。まず、古本屋に行って、古雑誌を集めてくる。その中から、選外佳作向きの作品を選び出し、四人が一篇ずつ書き写して応募するわけだ。あまり、名の売れている作家のは、やめるんだな。審査員が読んでいると困るから……」

夏村の提案は、他の三人の賛成を得た。こうして、彼ら四人は、盗作計画に着手することになった。

しかし、いざ、古雑誌を集めて、作品を選ぶ段になって、新たな問題がもち上った。普段から、小説を読みつけていない彼らには、選外佳作向きの作品とは、どういう種類のものか、判断ができないのである。

あまり面白くなくては、選外佳作にもならないだろうし、優れた作品を引きうつして応募した結果、一等に入選してしまっても困るのだ。一等になれば、たちまちのうちに、盗作が露見するであろうから。

四人とも、至って不精であった。だからこそ、よからぬことを企んだのであろうが、確実に金になるという保証もないのに、原稿用紙に何十枚もの小説を書き写す気にはなれない。

「あまり、名案ではなかったな」という声が、だれからともなく起った。

「うん。少し不確実だなあ」

提案者の夏村もそれは認めた。しかし、彼は、買いこんだ古雑誌のページを繰って、何か、名案を探しているようでもあった。

「そうだ！」と、彼は、やがて膝を叩いた。

「なんだ？　また、いいかげんな案なのだろう」

三人は、取り合わない。

「そうではない。こんどこそ、確実だ。うまくやれば、三十万円ぐらいにはなるだろう。下手をしても、十万円は動かない」

夏村は眼を輝かせている。「イギリスの探偵小説で、似たのを読んだことがあるが、やはり、盗作に関係しているんだ。これは、絶対にうまく行く」

「盗作？　しかし、それだったら、結局、だめだったじゃないか？」

「いや、こんどの場合は、おれたちが盗作するのではなく、相手の作家にやらせるんだ。そして、金を出さなければ、あなたの作品が盗作だと、新聞社、雑誌社に訴えると、おどかしてやるのさ。そんな評判が、一度でも立てば、その作家の生命はなくなったも同様だ。だから、金で解決できるのなら、幸いだと思うだろう」

「それはそうだが……」

他の三人は懐疑的である。夏村の言葉を、まだ理解できないらしい。

「盗作をやらせるなんてことが、そう簡単にできるのか？」

春山と秋田が、こう言って、夏村にくってかかった。

「ばかだな。本当に盗作させるわけではないよ。させられるはずもないし」

「じゃあ、どうするんだ」

「要するに、同人雑誌を作るのさ。活字のちゃんとした奴の方がいい。金もかかるが、その分は取り返せる。たしか、冬木には印刷屋の親類があったな。そこに頼んで、代金はあと払いでやってもらおう」と、夏村は、ひとりで、ベラベラとしゃべった。自分の思いつきに興奮しているらしく、話しながら、何度も、うなずくように、首を振っていた。

「まあ、それくらいのことなら、頼めばやってくれるだろうが、もっと詳しく事情を話せよ」と、冬木が不安げに言う。

「そりゃあ話すさ。だが、その前に、これを読んでくれ。春山や、秋田も……」

夏村は、手に持っていた雑誌を開いたまま、三人の眼の前に押しやった。

三人が、顔を寄せ合うようにして、それをのぞきこむ。

いろいろな作家に対するアンケートがのっていた。

①あなたのところへ、同人雑誌が贈られて来ますか?

②贈られた同人雑誌には、眼を通しますか?

③同人雑誌に、よい作品があった場合、積極的に、推薦なさったりしますか?

以上の三項目が、アンケートの質問であった。

「ここのところを読んでみろ。蛯沢《えびさわ》竜介の項目だ」と、夏村が指で一人の作家の名を示した。

『同人雑誌は贈られて来ますが、読みません。そもそも、同人雑誌は、既成文壇に対する抵抗を意図していなければ、意味がないのではないでしょうか。そして、そういうものである以上、既成作家に、読んでもらう必要はないと思います』

それが、蛯沢竜介の回答だった。

「どうだ？　自分が面倒がって、読まないいいわけに、尤もらしいことを言ってやがる。こいつから、しぼり取ってやろうじゃないか」

夏村は、肩をすくめてみせた。

「蛯沢というのは、去年の秋ごろ、泥棒にはいられたとかいう作家だろう？　しぼりとるだけの金を持っているかな」と、心配性の冬木が眉の間にしわを作って聞いた。

「大丈夫さ。あれから、半年近く経っている。盗まれた分ぐらい、稼いでしまっているさ」

もう一度、夏村は、うなずいた。

翌日から、四人の新しい陰謀が始まった。夏村の計画に対し、最初のうち、他の三人は、危惧《きぐ》を感じていたのだが、夏村が懸命に説得して、首をたてに振らせてしまったのだ。その計画というのは――。

まず、最近の雑誌に、蛯沢竜介が発表した小説から、適当な長さのものを選び出す。そして、文章の末端などに、ちょっとした手を入れてから、印刷所に渡す。ほかに、古雑誌から、あまり名の出ていない作家の作品を、二、三篇抜き、これらを、蛯沢の小説と一緒に、印刷して本を作るのである。それが、夏村の言った、『同人雑誌を作ろう』ということであった。

この同人雑誌には、『監視』という名をつけた。表紙は、題名、『創刊号』という文字だけの、殺風景なものであった。人に読ませるのが目的ではないので、なるたけ、金のかかることはやめたのである。

蛯沢竜介の小説の、元の題名は、『暴風雨』というのであったが、それを『灰色の嵐』と改め、作者名に夏村の名を刷りこんでおいた。

同人雑誌『監視』は、このように、第一ページから最終ページまで、すべて、他人の作品で充《う》めてあるわけだった。

経費を節約する意味で、五十部だけ刷った。しかし、このうち、四十九部は、無駄にするつもりであった。役立てるのは一部。それで、十分に採算がとれることになっていた。

『監視』にも、普通の雑誌と同じように、奥付は つけられてある。発行者として、四人の名を、ずらりと並べた。ただ、この奥付には、一点だけ、トリックが使われている。それは、発行年月日を、四カ月前のものにしてあることだ。

彼らが準備したもう一つのものは、「『監視』寄贈先名簿」というノートである。そのノートには、作家の名が、五十人ほど並べて書かれてある。その中には、蛯沢竜介もはいっている。そして、ノートの表紙には、やはり、四カ月前の日付けが書きこまれてあった。

こうして、一切の準備ができたとき、夏村が、蛯沢の家へ電話した。

流行作家とは言えないまでも、毎月、かなりの作品を書いているのだから、簡単には、電話に出ないかとも思ったが、いきなり電話口に出て来たのが、蛯沢本人であった。

「あ、先生でいらっしゃいますか？」

夏村の声は、自然にかすれた。「私は、先生が先日ご発表になった、『暴風雨』を拝見したものでございますが……」

「ええ、ええ、それで？」

受話口を通して、マッチを擦《す》る音が聞えて来た。恐らく、蛯沢は、電話を受けながら、煙草に火をつけたのだろう。

「それで、一度、お目にかかって、ご相談したいのですが……」

「相談？　何でしょう？」

「はい、作品のことなのです。実は、私も小説を書いておりまして……」

「ははあ」

急に、蛯沢の声から、張りが抜けた。

「失礼だが、わたしは、そういう相談には、一切応じないことにしているのですよ。小説を書くのだったら、既成作家に、作品を見てもらうようなことでは、だめだと思いますね。もっとも、そういう面倒をよくみる作家も、いらっしゃるから、その方たちにご相談になった方がいいでしょう？」

蛯沢は早口に言った。電話を切ってしまいそうな気配だ。あわてて、夏村は言い足した。

「あ、先生、ちょっと待って下さい。ぼくは作品を見ていただこうなどとは言っていません。先生の『暴風雨』についての、相談なのです。だから、先生でなければ……」

「どうも、何を言っていらっしゃるのか、よくわからないが……」

「そうですか？　では、先生は、夏村という名に覚えはありませんか？　或《ある》いは、『灰色の嵐』という言葉に……」

「さあ……」

「では、申し上げましょう。先生の『暴風雨』は、四カ月前に、ぼくが同人雑誌に発表した小説と、まるっきり同じなのです。ですから、先生は……」

「四カ月前？」と、蛯沢の声が震えた。

「そうです。ちゃんと、証拠もあります」

夏村は、そこで、わざとらしく咳払いをした。

「じゃあ、とにかく、その証拠を持って、来て下さい。お会いしましょう」

蛯沢は、夏村の強引さに負けたようであった。


蛯沢の家には、四人が揃って行った。同人雑誌『監視』の代表者という名目である。夏村一人では、さすがに心細いので、数で威圧を与えるつもりであった。

応接室で待つ間もなく、蛯沢はやって来た。和服の着流しである。はいって来るなり、鋭くひっこんだ眼で、四人を眺め回した。蛯沢のわきには、三十近い男が付添っている。秘書であろうか？

「とにかく、用件にはいって下さい。お話の趣旨は、電話でお聞きしたから、証拠とかいうものを……」と、ソファーに腰をおろすなり、蛯沢は言う。

「これです」

夏村が『監視』を差し出した。むろん適当に手あかをつけ、四カ月以前に発行されたもののような、体裁は作ってあった。「ちょっと読んで下されば、わかると思います」

「どれ……」

蛯沢は、着物の懐から、老眼鏡を出してかけると、『監視』を読み始めた。

そして、一分と経たないうちに、首をひねって、

「これはひどい」と言う。

「いかがです。全部お読みになれば、もっとはっきりすると思いますが、ほとんど変りありません。先生のお作は、明らかにぼくの作品の盗作です」

「盗作？」

蛯沢は、雑誌をひっくり返して、奥付を見た。「なるほど、日付けは、たしかに四カ月前になっていますな。しかし、わたしは、この雑誌を拝見していませんよ」

「ですが、それは言いわけにはならないと思います。ここに、雑誌を寄贈した先生方の名簿がありますが、ちゃんと、先生にもお贈りしています。ですから、たとえ、先生がごらんにならないとおっしゃっても、世間には通用しません」

「いや。わたしが、同人雑誌に眼を通さないということは、世間周知の事実だし……」

「しかしそれだって、悪く疑えば、先生のカモフラージュともカングれるわけです。また、先生がご覧にならなくても、助手か秘書の方が読んで、先生に話をする。それを先生が書いたとも考えられますな。或いは、先生は代作者を雇っておられ、その代作者が盗作したのかも……」

「わたしは、代作者など雇っていない」

蛯沢は、よほど、腹を立てたのであろう。夏村を睨みながら、唾をとばした。

「そうですか？　では、先生が盗作をなさったわけで……。これは重大なことですよ。ぼくらが新聞社に駈けこめば、先生の作家としての生命は……」

このあと、適当な時期を見はからって、金額の交渉にうつる予定だ。夏村以外の三人も、身をのり出した。

「しかし、あなたの雑誌が、本当に四カ月前に出たのかどうか……。わたしの作品を見てから、それを写して印刷に回したのではないかな？」

蛯沢も、さすがに、トリックには気がついたらしく、腕を組み直して、からだをそらした。

「先生」

夏村は立ち上った。「ひどい言いがかりですね。もうがまんできません。これから、すぐに新聞社に行きます。あなたを没落させるのが気の毒だと思ったのだが、そんな誠意のない回答ではがまんできない。明日の朝刊が楽しみですな」

その瞬間である。蛯沢に付添っていた男が、大声を出した。

「動くな。窃盗容疑で、緊急逮捕する」

「え？　窃盗」

夏村たちは、声に驚きながらも、事態が理解できなかった。

「そうだよ。この人は刑事さんだ」と、蛯沢が満足げに笑っている。「半年前、うちに泥棒がはいった。いろいろなものと一緒に、どういうつもりか、ちょうど書き上げて、書斎に置いてあった『暴風雨』の原稿も盗んで行ったのだな。しかし、そのままにしておくのは惜しいので、メモを見ながら、もう一度書き上げた。それが、今月の雑誌にのった小説だった。だから、四カ月前に、あれと、寸分違わぬ小説を発表した君は、半年前、ここへ泥棒にはいった男ではないかな？」

蛯沢の話の途中で、夏村の手には、手錠がかかっていた。


（見習い天使曰く＝作品を盗むと、普通は著作権法に触れるだけなのですが、この場合は、窃盗罪になってしまいました。何でも、窃盗罪の方が、刑が重いそうですね）

当方独身

天国の統計では、地上の男女は、ほぼ同数ということになっています。それだのに、地上では、一方に、配偶者がいなくて困っている人がいるかと思えば、他方に、一人で何人もの愛人を持っている人もいます。

人間とは、何と知恵のない動物だと考えざるを得ません。見習い期間を終ったら、キューピッドの矢をたくさん仕入れ、地上の男女関係を、是正しようと考えています。

それはさておき、今週の話題は——。

島本保夫、二十七歳。勤め先では、美男子として通っていた。女子事務員たちは、彼が誘

えば、喜んでデートに応じた。これは、或いは、美男子の標準が変って来たためかもしれない。

昔、例えば、小学生時代、彼は「意地悪な眼つきの、愛嬌《あいきょう》のない子」と呼ばれていた。そのころと、容貌上の変化は、さしてないにもかかわらず、いまや、彼は美男なのだ。アメリカのギャング映画、或いは某社のアクション・ドラマの影響で、日本に於ける美男の標準が、明らかに変って来ているのだろう。

その島本が、最近、会社勤めをやめた。依願退職という形をとり、退職金ももらったが、実は、詰腹を切らされたのである。ある上役の細君と、親しくなり過ぎ、それが彼女の夫に知れたからである。

彼女に対して、島本は、彼なりに真剣な愛を捧げていた。だから、いざというときには、彼女も夫を捨て、彼のもとに走って来てくれると考えていた。

しかし、それは誤算だった。

「あなただって若いんでしょう?　いままでのことは、忘れてしまって。ね、お願い。夫も、こんどだけは、許してくれるというし……」

彼女は、こう言って、彼に別れを告げたのである。

退職金は、二カ月分あった。だから、さし当っての生活には困らない。二カ月の間には、新しい職が見つけられるであろう。

しかし、彼には、就職口を探す気持がないのだ。年上の女との情事が、彼から勤勉を奪い取ってしまったのかもしれない。勤め先を変え、また、ぺこぺこ頭を下げるのはいやだと思った。

《何とかして、遊んで暮せる方法はないだろうか？》考えてみると、少し前まではよかった。例の年上の恋人は、彼の愛をつなぎとめるために、背広を作ってくれたり、ときには、小遣いさえもくれた。会社からの給料は、全額、遊ぶことにもつかえた。

自分が女だったら、問題はないのだが、とも彼は考えた。金持ちのパトロンを見つけ、生活費を出させて、遊び暮していればよいのだから……。こういう点、たしかに、女の方が得だと思った。

しかし、この考えは、彼の中で、次第に妙な形の発展をとげて行った。

女なら、男のパトロンを見つけることができるのに、男が女のパトロン（つまりパトローヌ）を持つことが、なぜ許されないのだろう？　それを咎《とが》める理由は、何もないではないか？

一度、こんな考えに取りつかれると、それを忘れることは難しい。最初のうちは、論理の遊戯のつもりだったが、やがて、真剣に考えるようになった。

一石二鳥だと、彼は思った。

第一に、彼はいまさら、新しい仕事を求めたくはない。だから、パトローヌによって、経済の保証を得る。もちろん、これが目的である。

そして、第二に、彼の性的要求も満されるのだ。年上の女の洗礼を受けた彼は、若い娘には、あまり興味がなかった。一方、パトローヌになるほどの女だったら、彼よりは年上であろう。恐らく、彼女は、知っている技術のすべてをつくして、彼を迎えてくれるに違いない……。

こうして、彼の気持は固まって行った。それを妨げる要求は何もなかった。男としての自尊心、そんなものは、すでに彼の中にはなくなっている。

彼は、具体的な計画を樹《た》て始めた。

島本は、ある三流娯楽新聞社の広告部に行って尋ねた。

「お宅の三行広告欄に、雑件というのがありますね。そこに、広告を出したいのですが……」

「はい、どうぞ。これが規程です」

係員が、刷り物を渡してくれた。その裏側が、申込用紙で、広告の原稿を書くようになっている。

「ところで、できることなら、こちらの名前を出したくないのですがね。そういうことはできないのでしょうか?」

名前を出すと、或いは、厄介なことに巻きこまれるかもしれない。島本は、それを恐れたのである。

「ああ、構いませんよ」

新聞社の社員は、そんな客は、扱いなれているというような口ぶりで言った。

「姓名在社にすればいいんです」

「姓名在社？」

「ええ。広告には、番号だけを出すのです。その広告を見て、必要な人は、社の方へ連絡を寄越す。それを、こちらから、あなたへ伝達するわけです。うちでは、絶対に秘密を守りますから、ご安心下さい」

相手が、何も怪しまず、事務的に話してくれるのが、島本にはありがたかった。

「じゃあ、それでお願いしましょう」

「広告料が、少し高くなりますが、よろしいですか？　ご連絡の手数料という意味です」

「いいですよ。仕方がありません」

彼は承知した。この計画が成功しさえすれば、経済的には困らないはずであった。投下資本を惜しんではいけない……。

彼は、所定の用紙に、広告の文面を書いた。それは、あらかじめ考えて来たものであった。


『当方独身青年。理解ある未亡人の援助を求む。秘密厳守。姓名在社五三号』


相手の資格を、未亡人に限ったのには、それだけの理由がある。

最初は、ただ、『理解あるご婦人の』と書くつもりだったのだが、アヴァンチュールを求める若い娘や、人妻が応募して来ては困ると思ったのだ。

人妻には、彼は懲《こ》りていた。亭主の眼をかすめてというスリルがあるには違いないが、絶えず時間を気にし、だれか知人に見られはしないかと恐れているのでは、神経がすり減ってしまう。それに、こんどの場合は、遊びではなく生活なのだ。人妻では、自由になる金にも、限度があるだろう。その点、金持ちの未亡人の方が、しぼり甲斐があるというものだ。

また、もし人妻と親しくなり、それが相手の夫に知れた場合のこともある。最悪の場合、彼女は離婚される。すると、行き場のなくなった女は、彼に救いを求めはしないだろうか？いくら逃げても、つきまとって来たら、どうにもならない。よけいな荷物は、しょいこみたくなかった。

以上が、未亡人と限定した理由であった。


広告は、二日後の新聞に掲載された。そして、その翌日には、新聞社から連絡が来た。世の中には、金と暇があり、しかも性的欲求不満を持っている未亡人が、予想以上にいるらしい。応募者は、全部で六人あった。

「しかし、この相手が、みんな本名でしょうかね？」

「さあ、それはわかりません。向うだって、自分が傷つきたくはないから、或いは偽名を使っているかもしれませんよ。しかし、構わないじゃないですか？　連絡先は、ちゃんと申出て来ているのだから、あなたの方で、そこへ連絡すればいいのです」

係員は、卑しい笑いを、唇に浮べていた。或いは、島本を羨《うらや》んでいるのかもしれない。

「どうでした？　どれが一番美人でした？」島本は聞いた。

「そんなことはわかりませんよ。本人がここに来たわけではない。電話や葉書で申込んで来たのです」

急に、相手の口調は、つっけんどんになった。

島本は、礼を言って、新聞社を辞した。毎日、満員電車に揺られながら、出勤して、広告の受付をしている相手の男に、軽い哀れみを感じながら……。


しかし、島本は、その六人の未亡人に、直ちに連絡をしようとはしなかった。遊びではなく生活なのだから、すべてに慎重を期さなければならないのだ。

まず、六人のうち、一人を選ぶ必要がある。こういうことは、相手が多ければよいという性質のものではなかった。何人もの相手をすれば、或いは経済的には、多少、楽かもしれない。しかし、何人もの相手と、支障なく親しくなるには、相当な神経を使わなければならないだろう。そのマイナスを考えた場合、最も頼りになる一人に、集中した方がよい……。

《それに、この『職業』では、まだ新米なのだ。慣れるまでは、無理をしないことだ》

では、選考の基準は、どう決めるか？

第一、未亡人であること。これは絶対条件である。応募して来た以上、六人が、すべてこの条件に当てはまると考えてもよいが、一応疑ってみるべきだろう。また、法律的には未亡人であっても、だれか他の男の世話を受けていないとは限らない。その男が老人であるため、若い男と浮気がしたくなったという女も、いるかもしれない。その場合は、やはり、人妻と同じく、絶えずおびえていることになるだろう。だから、現在の彼女に、全く男関係がないことを確めなければならない。

第二、こどもがいないこと。そのこどもが大きければ、母親はこどもの眼を恐れるし、赤ん坊の場合にも、厄介はつきまとう。せっかく逢い引きの約束をしていながら、「ごめんなさい。坊やが急に熱を出して」ということになるのは、好ましくなかった。ときには、こどものご機嫌をとっておもちゃのおみやげを持って行かねばならない。《そんなわずらわしさは、まっぴらごめんだ》と、島本は思った。

第三、それと同じように、兄弟が少ない方が望ましい。おせっかいな兄弟が、二人の仲を割こうとしたり、いやがらせをしたりするのでは、かなわない。

第四、美人であること。『仕事』の性質上、ぜいたくは言えないが、美人の方がよいに決っている。

第五、文字通りの、まじめな援助者であっては困る。それほど、奇特な婦人がいるとも思えないが、彼の広告文面を誤解し、単に経済的な援助だけをしてくれるつもりでは、やはり、都合が悪かった。そういう女性は、彼に謹厳さを求め、いろいろ束縛するであろうから……。それに、年上の女の愛撫《あいぶ》を求める彼の目的が、達成されないことになる。

第六、金持ちであること。親しくなってから、

「あら、援助とはお金のことだったの？　あたし、もっと別な意味かと思っていたのに」と言われたりしては、とんでもないことになる。そういう女に限って、いつまでも彼につきまとい、別れ話を持出すと、無理心中をしかけかねない。

取りあえず、彼は以上の六つの条件を考えた。ほかにも、『吝嗇《りんしょく》でないこと』『嫉妬深くないこと』など、思いつく条件は、いろいろあったが、それでは、該当者がなくなってしまうかもしれない。だから、人柄については、彼自身の力で直して行こうと思った。

さて、次に問題なのは、これらの条件に合致する女性を、六人の候補者の中から、選び出す方法だ。

最も簡単なのは、直接面会して、一種の口頭試問をすることであろう。むろん、彼はまっ先にこれを考えた。しかし、その方法には、かなり高い危険度が伴っていた。相手に顔を知られてしまうということである。

条件に合わないので、断ったにも拘らず、何らかの方法で彼の身許を探り、うるさく交際を求めてくるかもしれない。それに、面と向って、

「せっかくのご好意ですが、少々考えるところがありまして……」などと、断るのも気の毒に思った。彼は、それほど厚顔でもないつもりだった。

つぎの方法として、島本は、私立探偵に依頼することも考えてみた。彼らは、職業だから、相手の女性が、島本の条件に合うか否かを、ちゃんと調べてくれるだろう。その調査資料に基づいて、彼が選考すればよいのだ。最も楽な方法かもしれなかった。

しかし、島本は、私立探偵というものに、一種の偏見を持っていた。《金で雇われた者である以上、相手方から、さらに多額の金銭が提供されれば、裏切るのではないか？》という考えである。実際のところ、彼は私立探偵に知人はいなかったし、そんな実例を聞いたわけでもない。ただ、漠然と、そのような不安を持っていたのだ。あるいは、テレビ・ドラマの影響かもしれない。

島本は、数時間にわたって頭をひねった末、一つの着想を得た。それは、彼には、かなりの名案に思われた。

彼は、さっそく、ある大学のアルバイト対策委員会を訪れて、求人の申込みをした。

人員は六人、職種は調査、報酬は一人二千円であった。

「調査というのは、どんな仕事でしょうか？」と、学生委員の一人が聞いた。

「ははあ……。それを言わなければいけないでしょうか？」

「いや、いけないということはありません。ただ、統計的調査でしたら、社会学科の学生がよいでしょうし、経営調査なら経済学部の学生というように、いろいろ、向き不向きがあるわけです。山の中の地理調査は、山岳部に協力を求めて……」

「なるほど。しかし、そういう調査ではありません。まあ、学生さんなら、だれでもいいようなものですが、あまり、うぶな人は困りますね」

「は？」

学生委員は、島本の答えに、眼を丸くした。聞き違いではないかと思ったのかもしれない。

「うぶと申しますと?」

「つまり、品行方正で、女を見ると、だれでも美人だと考えるような人では、困るのです。むしろ、すれていると考えられる人の方が好都合ですな」

多少、すれている方が、人間観察が深いだろうと、島本は考えたのである。

「そうですか? 変な条件ですね? まさか、犯罪に関係あるのでは?」と、学生委員は、疑うような眼つきで、島本の服装を眺め回した。

「むろんですよ。犯罪の片棒をかついでもらうのだったら、わざわざ、アルバイト学生を頼んだりはしません」

「まあ、そうでしょうね」

学生委員もやっと納得した。

翌日、アルバイト学生六人が、彼のところへやって来た。

その前に、彼は応募して来た六人の未亡人に、それぞれ、会見の場所と時刻を指定しておいた。六人が六人とも、別々の喫茶店である。目印として、花束を持っていてくれと、要求してあった。

島本は、学生たちに、調査の要領を話した。

「どういう方法でもかまわない。とにかく、六つの条件にあてはまるかどうかに重点を置いて調査して下さい」

「では、直接話しかけてもよいのですか?」

　抜け目なさそうな顔の学生が聞いた。

「そうだな。あまり望ましいことではないが、場合によっては、しかたがないね。そこは、臨機応変にやって下さい」

　島本は、あまり難しいことを言っては、学生たちの手に余るだろうと考えた。それに、学生たちが顔を覚えられたところで、島本に迷惑はかかって来ない……。

「それから、これは言うまでもないことだが、調査依頼人、つまり、ぼくの名は絶対に出さないで下さい。ほかの点については、あなた方の良識に任せます」

　学生たちの名は、学生証の提示を求めて、メモしておいた。調査料の前渡しをするので、持ち逃げを警戒したのだった。

「じゃあ、行って来ます」

　学生たちは、意外に節度正しい頭の下げ方をして、割り当てられた相手の調査に出かけて行った。

　それを見送りながら、島本は軽い満足を味わっていた。《アルバイト学生の、こういう利用法を考えついたのは、恐らく、自分が初めてであろう》もし、これを私立探偵に頼めば、一件当り、五千円ぐらいはとられるに違いない。

　夕方になって、彼ら、臨時調査員たちは、帰って来た。

　第一の報告「だめですよ。こぶつきでした。それも三人です」

第二の報告「未亡人なんて言っていますけれどね。本当は、病気の夫がいるのだそうです」

第三「金は持っていませんね。旅館で働いているそうです」

第四「未亡人で、金持ちには違いありません。こどももいません。しかし、六十五歳だそうです」

第五「弟が柔道五段だそうですよ。姉の身が心配なのか、迎えに来ましてね。いやな眼つきで、にらまれました」

そして、最後の一人も、

「未亡人というから、どんな人かと思ったのですが、あれはどうも……」

「というと？」

「恐らく、いままで結婚したことがないのではないでしょうかね。大ていの男は敬遠しますよ」

こうして、島本の『当方独身計画』は、不毛に終ったのであった。


（見習い天使曰く＝揃いも揃って、なぜ、失格者ばかり揃ったか？　それは簡単です。学生たちが、みな『当方独身』だったからです。相手のご婦人方も、学生の方が、新鮮でよいと考えたのでしょう）

指名手配コンクール

天使は、神の使いですから、その気になりさえすれば、人間の一人一人の行動を、見通すことができます。

しかし、人間には、そんな能力がないので、警察というものが必要になってくるのでしょう。それでもなお、不十分で、最近では、容疑者の顔写真を、人眼につくところに貼っておく、公開捜査とやらが、はやって来たようです。

今回は、それに似た話です。

『週刊推理』は、最近号に、大々的に社告を出し、新企画の発表を行なった。

『読者参加〝指名手配コンクール〟の容疑者募集』

というのである。

『週刊推理』は、二年前に創刊された。発行所は、推理小説の出版で有名な、推理出版株式会社であった。

しかし、名前は『週刊推理』だったが、推理小説や、殺人事件のニュースばかりで、誌面を充《う》めていたのではない。いくら、推理小説ブームとか言われている時代でも、それだけでは、読者に飽かれてしまうだろう。誌面から受けた感じは、他の週刊誌と、さして変らなかった。ただ、ときどき、名前にふさわしい、変った企画を発表するのだ。その企画が、いわば、『週刊推理』の売り物と言えた。発行部数は、順調に延びているらしい。

指名手配コンクールというのも、こうした、この雑誌自慢の企画の一つであった。

『これは、米国推理作家ウィリアム・ピアソンの〝すばらしき罠《わな》〟から、ヒントを得たものです』と、誌面には、最初に断り書きがあった。

簡単に言うと、読者から、仮想容疑者を募集し、選び出された五人が、ある日いっせいに姿を消す。それを、『週刊推理』の読者が探し出すのである。言わば、大がかりな隠れん坊であった。

五人の〝容疑者〟の写真は、『週刊推理』に毎号掲載され、また、駅の売店、週刊誌立売スタンド、書店などには、『週刊推理』の広告と一緒に、指名手配写真も貼られる。読者は、それを頼りに、容疑者を見つけ出すのだ。発見者には、賞金十万円が支払われる。

一方、容疑者に選ばれた者は、潜伏中の生活費として八万円が支給されるが、もし一カ月間、無事に姿を隠していられたら、コンクール終了の日に、百万円を貰えるのである。

以上が〝指名手配コンクール〟の要旨であった。

そして、容疑者募集とは、そのコンクールで指名手配される者を公募するという意味である。

応募資格は、三十歳以上、五十歳未満の男子。前科のない者と決められていた。応募者は履歴書、写真を編集部に送り、編集部が選考することになっている。

なお、新企画のヒントだと言われるウィリアム・ピアソンの〝すばらしき罠〟について、一言触れておこう。

――この小説の主人公は、〝指名手配コンクール〟と、ほぼ似たような企画を、出版社に売りこむ（尤も、この小説では、主人公自らが、身を隠す役を引き受けるのである）。そして、三十日間、彼は見事に隠れているのだが、自宅に帰ってみると、そこに人が死んでいる。彼は殺人事件に巻きこまれてしまったのだ。アリバイを立証しようにも、変装して逃げ回っていたのだから、それは不可能だ。警察は、彼を殺人犯人として手配する。彼は自分の手で、真犯人を見つけなければならない……。（以下略）

それが、〝すばらしき罠〟の発端である。だから、『週刊推理』の編集部でも気になったの

か、

『仮想容疑者になられた方々が、小説のように、殺人事件などに巻きこまれることはないと思いますが、万一、そうなった場合には、できる限り、当社で善後処置をとるように致します』

と断ってあった。

応募者は、かなりの数にのぼった。そして、社告の通り五人が採用された。

その仮想容疑者の逃走ぶりを、二、三紹介しよう。

松田太郎、四十歳。東京都内洋品店主である。彼は、おとくいや同業者の間では、勤勉で商売熱心な男として通っていた。しかし、実情は、彼の勤勉さも、細君に尻を叩かれての結果であるようだ。細君は、彼以上に商売熱心で、同業者の店を、それとなくのぞいては、「どこでは、店内を改築して、明るい店に直した。あそこは、ネクタイの新柄を大量に仕入れた」などと言って、夫を督励するのである。こどもがいないので、男と同程度、或いはそれ以上の事業欲に燃えているようだった。

松田に、コンクール参加を勧めたのも彼女であった。一カ月で百万円なら、悪くないと考えたのであろう。臨時収入が百万円あれば、かねて計画していた店の改造もできるのだから……。

しかし、松田は、コンクールに、細君とは違った意味の期待を持った。《公然と外泊できる》と、考えたのである。これは、大きな魅力であった。結婚二年目に、彼は一度外泊をした。翌朝、恐る恐る帰宅すると、まだ若かった彼女は、救急車で病院に運ばれて行ったあとだった。睡眠薬で自殺を図ったのである。生命だけはとりとめたが、それに懲りた彼は、一度も、妻以外の女を抱いていない。

ところが、こんどは、家を留守にして、どこをどう歩き回ろうと、構わないのだ。浮気には絶好のチャンスだった。彼の心理の力点は、勢い、一カ月間潜伏するということより、浮気をしようということに置かれていた。

コンクール開始の日、彼は朝、まだ暗いうちに、細君に激励されて家を出た。近所の人々に見つかるのを恐れたのだ。しかし、やがて明るくなり始めると、町の中を歩くのが恐ろしくなって来た。

まず、彼は駅付近の週刊誌売場に、自分の写真が、麗々しく貼られているのを見て、オーバーの襟《えり》を立てた。国電に乗ると、車内にぶら下っている『週刊推理』の広告にも、自分の写真があった。彼は座席で首を深くうなだれ、顔を人眼にさらさないようにしていた。《こんな調子では、一日も持たないかもしれない》これほど、人の眼を恐れたことは、生まれてこのかた、ないことであった。

変装用の眼鏡を買おうと思って、眼鏡店に足を踏み入れかかったのだが、店員の一人が暇つぶしに読んでいるのが『週刊推理』らしかったので、それも諦《あきら》めた。

最後の逃げ場は、映画館であった。映画館なら、上映中は真暗になるし、ほかの客の顔に興味を持つものもいるまい……。彼はそう考え、一日を映画館の客席で過すことにした。休憩時間には、ハンカチーフを顔にかけて、眠っているふりを装った。だから、閉館までの間に、大して面白くもない映画を、数回見続けなければならなかった。

食事は、館内で売っているホット・ドッグである。しかもそれを買うとき、手を口にあてがい、咳をする真似をしながら、指で注文の品を指すような偽装もしなければならなかった。

彼は、すっかり、神経が参ってしまった。これでは、第一目的たる浮気をしないうちに、発見されるか、気違いになるかのどちらかである。

《それでは、余りにもばからしい。せめて、今晩一晩でも……》と、彼は暗闇の中で考えた。一カ月、逃げようなどとは思わずに、この一夜だけに、すべてを賭《か》けよう。

そう決めると、名案が浮んだ。彼を発見して、取り抑えたものには、十万円が支払われるのだから、それを種に買収すればいいではないか。二日目につかまろうが、二十五日目に発見されようが、彼が百万円貰えないという点では変りない。

彼は、閉館と同時に、映画館を出た。しばらくは、人波が続く。その中にはいり、一緒に動いていれば、彼を特別な人物だと思う者はあるまい。周囲の人々と、同じ早さで、彼は足を運んでいた。

ふと見ると、アルサロのネオンが、眼の前にあった。

上って行った。

それを見た瞬間、彼の心は決った。彼は、うつむき加減にしながら、ほこりっぽい階段を上って行った。

彼のボックスに来たのは、眼の大きな、二十一、二歳の女だった。肩を露わにしたドレスの胸から出した名刺には、季子と書かれてあった。

《浮気の相手には若すぎるだろうか？》彼は、そのことばかりを考えていた。

さして広くない店内には、狂躁《きょうそう》が満ちている。何組かが、互いにぶつかり合うようなフロアーで踊っていた。薄暗い光の中でさえ、ほこりが目立つようだった。

「おじさん、踊らない？」

季子のアクセントには、妙ななまりがあった。しかし、彼はそれが気にならない。浮気をしなければならないという固定観念だけが、彼の中で育っていた。

ただ、お互いのからだに腕をかけ、腰を振っているだけのダンス。彼は、女をひきつけながら言った。

「どうだ？　今晩、つき合わないか？」

「あら？　おじさん、今日初めてでしょう？」

「初めてじゃあ、いけないのか？」

「だって……」と、季子は腕をふりほどいた。「あたしたちにも、プライドがあるもの。もう、一、二回来てくれて……」

「そうか？　しかしなあ……」

彼はボックスに戻ると、上衣の内ポケットから『週刊推理』を取り出した。「これを見てみろ」

そこには、『仮想容疑者』五人の顔写真が並んでいる。彼のものも、むろん、あった。

「え？　あら……。似てるわね」

季子も、さすがに興味を持ったようだ。彼と写真とを、しきりに見くらべていた。

「似ているはずさ、本人だもの」

「ちょっと待ってね」

女は、あかりが薄暗いためか、雑誌を、眼にくっつけるようにして、活字を追っていた。

「嘘よ。本人じゃないわ」

「なぜだ？　写真が似てないか？」

「だって、本人だったら、わざわざ、名乗るはずないもの」

言い負かしたつもりなのだろう。彼女は得意げな表情をした。

「いや、そうじゃないんだ。どう考えても、一カ月間、隠れているのは無理だ。だから気に入った女の子に、手柄を立てさせようと思ったのさ」

「じゃあ……」と、早くも季子は立ち上りかけた。

「待て待て」

松田はあわてた。「かんの鈍い奴だな。むろん、それには条件がある。そう言えばわかるだろう？　どうだ今晩？　そうすれば、明日、君はこの出版社から、十万円が貰える。悪い話じゃないだろう」

「でも、どこかおかしいわ。今晩、言うことを聞いて、ホテルへ行った。あしたになって、この出版社に電話したら、偽者だってことになるんじゃあいやだもの。そうでしょう？」

季子はまっかに口紅を塗った唇を、鮮やかに動かした。

たしかに、それも一理あった。話が本当なら、十万円は彼女のものになる。しかし、そんな、降って湧いたような話を、彼女が信じられないのも無理はなかった。松田が季子の立場にいたら、やはり疑ってかかるだろう。

だが、話自体には、異常なほどの興味を持っているらしい。再び、彼の顔と写真との間を、視線が往復していた。

「あ、そうだ。こういうのはどう？」

季子は、真向いの席から、松田の隣に腰を移した。

「え？」

「これで読むと、おじさんは、一カ月分の生活費八万円を貰っているのでしょう？　それだったら、今日は、その八万円を渡してくれて、あした、おじさんが本物だということになって、十万円あたしがもらったら、その八万円を返す。もし、偽物でも、あたしは、おじさんから預った八万円を貰って行けるから……」

「八万円は高いよ。五万円にしておきなさい。いくら何でも、全部持って行かれては、わたしも困る」

「だって、どうせ返すお金なんだから、少しぐらいあたしを喜ばせてくれてもいいじゃないの?」

「しようがないな。まあ、どうせおなじことだから……」

季子は、はだかの腕を、松田の首に巻きつけて、ひき寄せた。

「ああ、口紅が付くじゃないか?」と、彼はあわてて、頰を撫でた。家へ帰らなければならないというような錯覚をしていたのだ。

「いいじゃないの。契約成立の判この代りですもの」

季子は、松田にもたれかかり、背広の内ポケットに、手をのばした。


翌朝、松田は連れこみ旅館のベッドで眼を覚ました。最初朦朧《もうろう》としていた意識が、次第に鮮明になってくる。それと同時に、妙な空しさが、彼をさいなむ。《これが、あれほど憧れていた浮気だったのか?》

彼の記憶する限りでは、前夜の季子は、すべてに事務的であった。彼も充実感は味わえなかった。《結局、自分は、浮気という言葉に、憧れを持っていたのか?》

せめて、自分の金を一文も使わずに、浮気ができたことで、諦めるべきなのだろう。

しかし、彼は浮気の相手、季子のいないのに気がついた。

部屋の中を見渡すと、ベッド脇の椅子にかけてあった、彼女の衣類も見えなかった。

彼はベッドを飛降りた。季子がいなくなったところで、あわてる必要はないのだが、いやな予感がしたのだった。

ドアのノブを回そうとしたが、動かなかった。《どういうことなのか?》監禁されてしまったのか?

すると、部屋に備えつけの電話が鳴った。

「もしもし、こちらは、『週刊推理』の編集部ですが、あなたは、松田太郎さんですね」

「そうです、しかし……」

「まちがいありませんね。あとで、うちの記者が行って、人違いだなんてこと言われても、困りますが……」

「まちがいありません。しかし……」

「こちらに、あなたを発見したと申出ている方がいます。いま、その方に賞金を渡すところです。多分、間違いはないと思いますが、いま、係をそちらに行かせますから、その部屋を出ないで下さい。では……」

電話は、一方的に切れてしまった。

そして、やがて到着した、『週刊推理』の編集部員は、彼の問いに答え、季子は、賞金を受取ると、どこかへ行ってしまったと、教えてくれた。

結局、松田太郎は、このコンクールに参加して、ただ一度の浮気を経験しただけで、経済的には、何の得るところもなかったのだ。

ほかの『仮想容疑者』も、大同小異であった。

ある者は、夜、ひそかに自宅に帰ってみたところ、妻がほかの男を引き入れているのを知って、棄権を申出た。しかし、それより早く、ほかならぬ妻の愛人から、第一発見者だという申出があったため、賞金は、その男に支給された。

また、他の一人は、パトロール中の警官を見て、思わず逃げようとしたため、職務質問をされ、正体がわかってしまった。この場合、警官が賞金をもらった。

このように、三人は、第一週が終らない中に発見され、四人目も第二週には失格した。町のあちらこちらに見られた、『仮想容疑者』の写真のうち、四枚に×印が記入された。

残りは一人である。『週刊推理』では、とくに賞金を倍額にした。その一人だけの写真を新たに刷り直し、新しい広告にして前と同じように、書店や街頭に貼り出した。『週刊推理』の売行きは三割程度、上昇したという。

しかし、ついに、一カ月の期限が過ぎた。百万円を獲得する権利が、彼には生じたのである。

その翌日、推理出版株式会社に、一人の婦人が現われた。そして、最後まで隠れ通した男の妻だと名乗った。戸籍謄本、写真などの証明資料も持っていた。

「しかし、できることなら、ご本人に来ていただきたかったですな」

編集長が、当惑げに言った。

「はあ、でも、主人は何か都合が悪いのだそうで……」

「どうしましょう？　社長」と、編集長は、なぜかいらだたしげな社長に、伺いを立てた。

「まあ、しようがない。とにかく、潜伏に成功したのだから……」

社長が、紅白の水引きのついた袋を、婦人に与えると、カメラのフラッシュが光った。『週刊推理』のグラビヤ用写真であろう。

「ところで奥さん。ご主人がどこに潜伏していたかご存じですか？」

「ええ、知っていますとも……」

「そうですか？」と、急に社長の顔はほころんだ。「では、そっと、わたしに教えてくれませんか？」

「社長さんに？」

「ええ、ちょっと必要なんです」

社長がこう言いかけたとき、重役の一人が、あわただしく、部屋に駈けこんで来た。

「社長、手入れです。例の大脱税が発覚しました」

「畜生！　おそかったか」

社長は、くやしそうに歯嚙《はが》みをした。

（見習い天使曰く＝『週刊推理』が、奇妙なコンクールを催した理由も、これでお分りでしょう。しかし、潜伏に成功した男の居場所は、どこなのでしょうか？　案外、庭先の土の中かも知れません）

唯一の方法

上から見ていると、どうも、人間たちは、互いをだますことだけに、神経を使いすぎているようです。うまく、他人をだませる人間が、いわゆる成功者になるのでしょうか？たまには、だまされ方がうまいために、得をする人間がいてもよいと思いますが……。

尤も、人間の全部が正直だったら、天使の存在理由がなくなるかもしれません。

それがなくなっていることを発見したとき、迪夫《みちお》は下宿を飛び出そうかと思った。下宿の主人である先輩の矢野夫婦、或いはその妹の牧子たちに、それを見られていたら、とても、いままで通り、同じ屋根の下に住んではいられないから……。

迪夫は、何回も、自分に割り当てられた二階の四畳半を探してみた。坐り机の引出しはもちろんのこと、あまり数のない書物の一ページ、一ページをさえ、丁寧にめくって調べたのだ。しかし、それはなかった。

とすれば、考えられることは一つだった。彼が大学へ行っている間に、この部屋を掃除してくれただれかが、それを見つけ、どうかしたのであろう。

では、だれなのか？　女手は、二人だけなのだから、矢野の妻照子か、牧子としか考えられなかった。

もし、照子だったら、多少は救われると、迪夫は思った。思慮深い彼女は、それを、矢野や牧子に見せることなく、処分してしまうだろうから……。だが、そうではなく、牧子がそれを手にし、しかも眼を通したのであれば……。そう考えただけで、迪夫のからだ中の汗腺は、開いてしまうようであった。牧子は腹を立てたであろう。それは、考えるまでもなく明らかなことだった。彼女をモデルにして、しかも事実無根のことが書かれてあるのだから、怒らないとすれば、むしろ不思議である。

面倒なことになったと、彼は思った。下宿を出ること自体は、かまわない。大学を卒業して就職したら、どこかのアパートに移るつもりでいたのだから。しかし、矢野との仲がまずくなるのは困った。矢野は、こんど迪夫が勤めることになっている会社で、係長をしていた。入社の際の、身許保証人にもなってもらっている。その矢野と不仲になることは、迪夫の将来に喜ばしいことではなかった。

いっそのこと、自分から謝まろうかとも思う。矢野に責められてからよりも、その方がよいかもしれない。だが、まだ矢野の耳に達していないかもしれないのだ。それの発見者が照子であれば、矢野に告げ口する可能性は、五分五分であった。そう考えると、何も言われないうちに謝まるのも、ある意味では危険だった。

迪夫は、夕食の食卓で、三人と顔を合わせたおり、それとなく表情をうかがってみた。あれを、だれかが読んでいれば、何らかの反応が、顔や態度に現われるだろうと思ったのだ。しかし、迪夫が期待したようなものは、三人のうちの、だれにも見出せなかった。彼らは、いつもと同じように、とりとめもない世間話を交わし、たまには、迪夫を会話に引きずりこみながら、箸を運んでいた。

食事が終るころには、迪夫も平静に返った。久しぶりのスキヤキを、うまいと思った。《結局、あれは、ただの書き損じ、或いは紙屑とまちがえられ、屑かごに入れられてしまったのだろう……》彼は、そう結論を出した。そして、いつか、彼の意識から、そのことは脱け落ちた。

約十日間が過ぎた。

迪夫の部屋に、矢野がはいって来た。手に、週刊誌らしいものを持っている。

「これ読んだよ。なかなか、文章がうまいね」

週刊誌のページを開いて、矢野は迪夫に渡した。

「はあ？　何ですか？」

しかし、そう言いながら、週刊誌に眼を落した瞬間、迪夫は頭に血が上って来るのを感じていた。ことに、耳のほてりがひどかった。

そこに、井草迪夫という、彼自身の名を発見したからである。名前の右肩には、住所もはいっていた。

『懸賞入選手記、泥沼の愛欲』という題までがつけられていた。

《あれだ！》迪夫は激しく瞬きをした。しかし、なぜ、それが週刊誌の活字になってしまったのか？

「あ、それは……」と言ったきり、次の言葉が出ない。

「君、これは、本当の話なんだろうね？」

「いやそれが……」

迪夫の舌は、もつれてしまっている。声を出すだけが、やっとであった。

「しかし、知らなかったよ。牧子が君を誘惑していたなんて……。あれも、今年の七月で三十だ。未亡人というのは、やはり……」

矢野は、ひとり合点をして、うなずく。迪夫の頭は、ますます、うなだれて行った。

——その手記というのは、矢野が誤解していたように、事実を綴《つづ》ったものではなく、全く迪夫の妄想の産物であった。

その妄想は、しばらく前、卒業論文のために徹夜をしているころ、彼に訪れたものであった。

そのころ、夜十二時近くなると、矢野の妹牧子が、握り飯を作って、彼の部屋に運んでくれる。彼女は、寝化粧をする習慣があるらしく、襖《ふすま》を開けたとたんに、香水のかおりが、彼の部屋に立ちこめた。

「毎晩大変ね。でも、からだをこわしてはだめよ」

必ず、そんな言葉をかけ、牧子は夜食を置いて行く。彼女が去っても、しばらくの間は、なまめかしい女の匂いが残っていた。

その匂いが、彼に妄想を抱かせたのであろう。

——牧子が、何かのはずみで、夜食の盆を手から落す。急須が転がり、あたりを茶が濡らす。

「あら！　ごめんなさい」と、ハンカチを探る牧子。そして、畳を拭く手が、迪夫の手とぶつかる。急いで、彼がひっこめようとすると、牧子はそれを押えてしまった。眼と眼が、のぞき合う。次の瞬間、迪夫の肩は抱きよせられ……。

「お兄さんたち、もう寝てしまったわ」と、牧子がささやく——。

そんな状景を考えることが、迪夫には楽しかった。ときには、彼の方が積極的に出ることもあった。そんなとき、牧子は、喘《あえ》ぎながら、つぶやくはずであった。

「あたくし、本当は、こうなるのを待っていたの……」

こういう数々の妄想を、彼は卒論を仕上げたあとで、原稿用紙に書いてみたのだ。一種の代償行動である。

『私』という一人称を使い、女の名はM子とした。部屋の描写などは、すべて、事実のままであった。彼としては、むろん、発表する意志などはなく、欲望をなだめる手段に使っただけである。

と言って、牧子への思慕を、小説に結晶させたというのでもない。腰のあたりに、すでに中年肥りの傾向が見られる牧子を、美しいと感じたことはなかったし、恋愛や結婚の対象とも考えていなかった。ただ、牧子の方から誘ってくれれば、応じるだけの気持はあった。つまり、牧子は、純粋に性欲の対象であった。

ところが、その原稿用紙が見えなくなったと思っているうちに、週刊誌に、手記として載っているのだ。

彼は、弁解の言葉に窮した。

「実はそれ……」

やっとの思いで、迪夫は言った。「嘘なんです」

「嘘?」

「ええ、第一、その週刊誌の実話募集に応じた記憶もありません。だから、あした、ぼくはこの編集部に行って、手記を取消して来ます。ご迷惑をかけてしまって、本当に申しわけありません……」

言い終って、迪夫は掌で額を拭いた。そこに、冷汗が吹き出していた。

「いや、いや」と、矢野は大げさに手を振った。眼が笑っている。「そんなことをする必要はないよ。あの手記を、編集部に送ったのはぼくなんだから」

「矢野さんが？」

「ああ。ちょっとした目的があってね」

矢野は、声をひそめた。「君が、編集部に取消しに行ったりしないのなら、それを教えてやってもいい」

「はあ？　どういうことでしょう？」

「牧子は、妹と言っても、腹違いだ。そんなせいか、どうも気が合わない。ところが、あいつの死んだ夫というのが、遺産をずいぶん残して行った。実のところ、この家も正式には、あいつのものなんだよ。そこで、もし……と、考えてはいけないだろうか？」

矢野は、迪夫に顔を寄せて来た。息が煙草臭かった。

「もしも？　それ、どういうことです？」

「うん。なんて言ったらよいかな？　君だって、推理小説の一つや二つ、読んだことはあるんだろう？」

「ははあ……」

迪夫は、やっと、矢野の言わんとすることがわかった。「しかし、それと、この手記とどんな関係があるのですか？」

「いいか？　この週刊誌は、極めて発行部数が多い。床屋や、美容院、医者の待合室などにも、たいてい置いてある。そうだろう?」

「ええ、それは事実ですが……」

「そして、こういう手記というものも、案外に、たくさんの人に読まれているんだ。ことに、この場合、挿絵がいいからな」

矢野は口を歪《ゆが》めた。

たしかに、この記事の挿絵は、人眼を惹《ひ》くだろうと思われた。机に向っている大学生のうしろから、女が挑んでいる図であった。画面でのM子、つまり牧子は、寝巻の上に、羽織をひっかけていた。その寝巻の裾《すそ》が、乱れている……。

「ええ、そうかもしれません。でも、ぼくにはまだ、矢野さんの言う意味がよくわからない」

「鈍いんだな君は。当然、この近所の人だって、この記事を読むだろう。そうすれば、ここに載っている番地から、筆者が君だということは、すぐにわかる。そうなれば、このM子が牧子だと推理するのは、ごく簡単なことだよ。そうだろう? その結果は、だれにでも想像がつく。牧子が使いに出ると、近所のおかみさんたちが、振り返って見ながら、『あの人が、大学生を誘惑したのよ』と、ささやき合うだろう。ご用聞きの眼つきも違って来る。どうだい? 牧子の選ぶ道は一つじゃないか?」

テレビ・ドラマや小説では、殺人の相談をする場面によくぶつかる。しかし、これまで、迪夫は、そんなことを、大っぴらにやるはずはないと考えていた。相手の気持もわからない中に、殺人計画を喋《しゃべ》っては、危険なのだから……。

ところが、現実に、矢野は迪夫に対して、それと似たことをしている。《この人は、本気なのだろうか？》と彼は思った。

「君は……」

矢野は、考えこんだ迪夫を見て、言葉を継いだ。「そんなにうまく、自殺してくれるかどうか心配だと言うのだろう？　ところが、それがうまく行くのだ。ぼくには自信がある」

「…………」

迪夫は、息をのんだ。矢野の本当の腹がわかったと思ったからだ。

必ず、牧子が自殺をするとは、どういうことであろう。それは、自殺に偽装して、殺してしまうのでは、あるまいか？

一般に、毒を飲んで死んだような場合、自殺か他殺かの決め手になるのは、遺書の有無、或いは動機の有無である。

牧子の場合はどうであろうか？　死体のそばに、この週刊誌でも展《ひろ》げられてあれば、年下の大学生を誘惑した結果、週刊誌に公表され、周囲の白眼視に耐えられなくて、死を選んだとは見られないだろうか？　つまり、多少、貧弱ではあっても、動機はあるのだ。警察も納得するだろう。

「しかし、矢野さん」と、迪夫は言った。「もし、ぼくがそんなことは嫌だと言えば？」

「いや、君は嫌だなどと、言いはしないさ。せっかく決った就職口を逃したくはないだろうからな」

矢野は無気味な微笑を続けていた。迪夫が彼の言葉に従うことに、自信を持っているようであった。

「就職口を逃す？　なぜです」

「君が、ぼくの言いつけに従わなかったら、この週刊誌を、人事部長に見せ、実は、こんな男でした。操行が香しくなかったようですと言えば、採用取消しになるだろうな。どうだい？　それでもいいのか？」

「じゃあ、ぼくは、牧子さんに、本当のことを打明けますよ」

「あいつは、信じやしないよ。こんな手記を書いた君と、たとえ腹違いにもせよ、兄のぼくと、彼女が、どっちを信じるかな」

矢野は、前以ってすべての答えを用意していたらしい。迪夫の言葉を、見事に反駁《はんばく》してしまった。

「すみませんが、とにかく、もう一晩考えさせて下さい」

迪夫は、溜息とともに言った。


その夜のことである。彼は早目に蒲団にはいった。いまは、徹夜で勉強する必要もないのだった。

うとうとしかけたとき、階段をのぼって来る足音が聞えた。そして、襖が開き、かぎなれた香水の香が漂って来た。それをかいだだけで、迪夫には、牧子だということがわかった。

「あ、もうおやすみ？　お夜食を持って来たんだけれど……」

「え？　それはどうも、しかし、もう卒論も終りましたし、結構ですよ」

彼は蒲団の上に起き上った。そして、眼を見張った。牧子の化粧がいつもより、念入りなのだ。そして、あの挿絵と同じように、タオル地の寝巻に、羽織をひっかけていた。

「そう？　でも、ちょっとお話ししたかったの。夜食というのは、口実よ」

牧子は、しなを作って笑った。

「はあ、話ですか？」

「ええ、あの週刊誌の記事読んだわ。ひどい人ね」

「え？　あれは……」

彼は何度も唾をのもうとしたが、口の中が、完全に乾いていた。

「ううん、いいわ。いまさら、弁解してもらっても、仕方がないもの。それに、あれは、あなたのラブレターでしょう？　そう思って、嬉しく拝見したわ」

牧子は、怒っているのではなかった。まぶしげに、二、三度瞬いた眼は、むしろ、濡れているようであった。或いは、瞬きにも、意味があるのかもしれない……。

「ねえ」と、彼女は言った。「いっそのこと、あの手記を、本当のものにしない？」

「………」

彼は言葉では答えず、手を牧子の肩に伸ばしていた。

「待って」と、牧子が電灯を消した。

翌朝、迪夫は矢野の部屋に行った。

「やあ、君か？　どうなった、きのうの話は。一晩考えて、決心がついたかね？」

矢野は、新聞から眼を離し、あたりを見回すようにしてから、声をひそめた。妻の照子も、牧子も、台所で朝食の仕度をしていた。

「ええ」と、迪夫は胸を張って答えた。「編集部に行って、訂正するようなことはしません」

「そうか？　じゃあ、協力してくれるんだな？」

矢野は、新聞を下に置くと、腕を差しのべて来た。握手を求めているのだ。しかし、迪夫は、その矢野の手を押し返した。

「いいえ、そうじゃあないのです。訂正しようにも、できなくなったからです」

その言葉が、思ったより、すらすらと出た。羞恥らしい羞恥は感じなかった。

「訂正できない？　なぜだ？」

「つまり、あの手記が、全くの事実無根とは言えなくなったのです。昨夜のことです」

「ふうん……」

矢野は唸《うな》った。腕を組んで、しばらくの間、瞑目《めいもく》していた。

「どうもすみません。しかし、これは……」

「君、まさか、嘘ではあるまいな？」

「はい。第一、こんなこと、嘘を言っても、始まらないでしょう。それから、ぼくは牧子さんと、正式に結婚したいと思うのです。かまいませんでしょう？」

「結婚？　本当か？」

「ええ。そうすれば、牧子さんが死んだ場合、財産は矢野さんにではなく、ぼくが相続することになります。従って、矢野さんが、彼女の死を願っても無意味なわけですね。第一、ちゃんと結婚するのですから、彼女は自殺しないでしょうし、彼女の死が、自殺と判断される理由もなくなりました」

迪夫は、前夜、牧子と結ばれたあと、懸命に考え抜いたことを、誇らかに言った。それが、矢野の邪悪な計画を妨げる唯一の方法だと結論を出したのである。

「ううん。なるほどね。じゃあ、君、ふつつかな妹だが、よろしく頼みます。まあ、あの手記の通りになったとしたら、ぼくとしても、君に結婚してもらいたいと思うよ」

矢野は満足そうに、こう言った。


（見習い天使曰く＝この場合、迪夫君は、最初から、矢野一家の計画にかかり、再婚の牧子を押しつけられたのではないでしょうか？　財産の話？　そんなもの、当てになりませんん）

親ごころ

何回も申しましたように、天使にも性別はあるのですが、生殖はいたしません。だから、人間世界に見られるような、親子の関係というものはないのです。

なぜ、親が子を愛し、子が親を慕うか？　まだ、よく理解できません。〝見習い期間〟が終り、正式の天使に昇格するころまでには、よく勉強して、わかるようになるつもりですが……。

浅井家の朝食が始まった。

当主の浅井正太氏は、健康上の理由から、トマト・ジュース一杯、夫人の赫子女史は美容上の理由で、グレープ・ジュース一杯。だから、どうにか、食事らしい食事をとっているのは、長男で一人息子の雄吉君だけであった。その雄吉君でさえ、トースト二枚と、ミルク、ゆでたまごという、簡単な食事である。

「ねえ、パパ」と、雄吉君が、顔をしかめながら、まずそうに濁った赤い汁をのんでいる父親に言った。

「何だね？」

浅井氏は、眼を細めて聞き返す。会話の間だけは、あまりうまくないトマト・ジュースから解放されるので、それを喜んでいるようだ。

「野球のグローブが傷《いた》んじゃったの。それに、もう中学の最上級生になるんだから、スパイクも欲しいな」

「そうか……。グローブが傷んじゃあ、野球はできないからな。いくらなんだ？」

そう答えながら、浅井氏の右手は、上衣の内ポケットに差しこまれた。

「あなた」

赫子夫人が、グレープ・ジュースのコップをテーブルに置いて、眼くばせをした。

「うん？」

「この前、新しいグローブを買ってから、まだ半年ぐらいしか経っていませんわ。傷んだと言っても、大したことはありません。縫目が、ほどけただけなのですから、あたしが直してやれます」

「そうか……。それでは、グローブの方はお預けだな」

「ちえっ。でも、スパイクはいいんでしょう？」

恨めしげに、母親の顔を睨んでから、雄吉君は鼻を鳴らした。

「雄吉」と、赫子夫人が諭《さと》すように言う。「あなたのクラスで、スパイクを持っているのは何人ですか？」

「ううん、まだ一人もいないよ」

「じゃあ、何も、あなただけが買う必要はないでしょう？」

「だけど、だれか一人が買えば、みんなも、それにならって、買ってもらうことになっているんだ。みんなで相談して、結局ぼくが先例を作ることに……」

「ほう？　なぜ、お前が突破口になったのだね」と、浅井氏が、興味あり気に聞いた。

「なぜっていうことないけどさ。いままでもそういう、新しいものを買うときは、いつでも、ぼくが最初だったんだ。ぼくが買えば、藤本君も、柏木君も……」

「藤本君や柏木君というと、二人とも大会社の重役の息子たちじゃないか？　それでも、お前が突破口を受け持たなければならないのか？」

「そうさ。重役よりは、社長の方が偉いんでしょう？　そして、パパは社長じゃないの？」

雄吉君の口調には、当然の主張をしているという、自信がこめられていた。

「なるほどなあ……。ママ、どうだい？」

浅井氏は、くすぐったそうな顔をして、夫人を顧みた。

「だめです」と、夫人はいかめしく言った。

「なぜ?」

雄吉君は不服そうだ。

「たしかに、パパは社長です。でも、何でもねだれば買ってもらえると思っていては、あなたの将来に差支えます。それに、パパだって、これだけの財産を作るためには、ずいぶん苦労したのですよ。ときには、ケイ……」

「ママ、よけいなこと言わなくてもいい」

あわてたように、浅井氏が口を挟み、夫人の言葉を遮った。

「本当ですか?　パパ」

雄吉君は不思議そうに、浅井氏に質問の矢を向けた。

「うん?　何がだ?」

「パパが苦労したという話ですよ」

「それは本当だ。しかも、過去形ではなく、現在進行形だと理解して欲しいな。いまだって、苦労しているんだ」

「変だなあ。だって、パパはいつも、ぼくよりおそく家を出て、夜だって、夕食前には帰って来ます。家の中では、テレビを見たり、新聞や週刊誌を読んでいるだけでしょう?　ちっとも、苦労しているように見えないけれど……」

「雄吉!」と、また夫人の叱責《しっせき》が飛んだ。「何も知らないくせに、失礼なことを言うものではありません。この社会で、苦労なしでお金もうけができるはずはないでしょう」

「そうかなあ？　でも、お父さんの会社は、どんな仕事をしているんですか？　この間も先生に聞かれたのだけれど、わからなかった」

「うん。そうだな」

浅井氏は、考える眼つきになった。

「雄吉は、いま、中学二年か……。もうそろそろ、いろんなことを知ってもよいころかな」

「ええそうですよ。ぼくが小学校のころは、父兄の職業という欄に『自由業』と書きましたね。それで、『自由業とは何のことだ？』とお聞きしたら、ママは『いまにわかる』と言いました。そして、中学にはいると同時に『会社社長』が、パパの職業になりましたね。そんな事情なども、いつか聞きたいと思っていたんです」

自分が、すでにこどもではないということを示すためか、雄吉君は、大まじめな口調で、両親に聞く。

「うん。パパの仕事は……」

浅井氏がそう言いかかったとき、テーブルの下の夫人の足が伸び、浅井氏のスリッパをつっついた。

そして、夫人は、さらにいかめしい口調で言った。

「雄吉、早く仕度なさい。学校がおくれますよ」

「ええ、でも……」

雄吉君は不服そうに、二人の顔を見くらべていたが、やがて、あきらめ、食卓を離れて行った。

「あなた」

雄吉君の姿が見えなくなると、夫人が開き直って話しかけた。

「何だね？」

浅井氏は、その夫人の言葉を誤解したらしく、トマト・ジュースを一気に飲み干し、眼を白黒させた。

「あなたは、今、雄吉に何をおっしゃろうとしたのですか？」

「いや、中学二年の終りごろなら、わたしの仕事も理解できるだろうと思ってね」

「だめですよ。あなたのお仕事は、教えて理解できるものではありませんわ。そういう才能があって、その上、その仕事に興味を持っているものしか、できないお仕事です。今のあたくしは、あなたのお仕事を、恥ずかしいなんて思っていませんけれど、雄吉がどう考えるか、心配ですわ。あの年ごろが、一番むずかしい時期ですからね」

「ああ、そのことはよく知っているさ。だからこそ、ちゃんとした知識を与えておいてやろうと思ったのだが……まだ早いかな？」

浅井氏は、さびしげに、空になったトマト・ジュースのコップを眺めていた。

「ええ、早いですとも」

「じゃあ、仕方がない。もう少し時期を待つか？」

浅井氏は食卓から立ち上った。

雄吉君が、また、食堂にはいって来た。

「パパ、ママ、行って参ります」

「ああ、気をつけてね。それから、スパイクのことだがな。自分で小遣いをかせいで買ってみろ。中学二年生なら、それくらいのことはできるはずだ」

「はい。やってみます」

雄吉君は、自信あり気に微笑を返した。


株式会社浅井コンサルタント事務所は、銀座裏のビルにある。毎日、浅井氏は、国電を利用して、そこに通勤している。

浅井氏の財力を以てすれば、自家用車を買い、運転手を雇うことぐらい、わけはないのだが、駅まで歩き、国電に揺られて通う方が健康によいというので、この習慣を持ち続けているのだ。それに、国電の中では、サラリーマンが上役の悪口を言ったり、会社機構の不平を語ったりで、浅井氏の職業上のヒントがいろいろ得られるのだ。混んだ電車に乗り、若い女性の香水の匂いをかぐのも、楽しくないことはない。

浅井氏は、この日も、いつものように、ゆっくりと駅まで歩いていた。社長なのだから、ほかのサラリーマンのように、からだを前に倒し気味にして、せっせと足を動かす必要もないのだった。

駅のそばの宝石店のショー・ウインドウをのぞいたり、新聞立売りスタンドの広告ビラをにらんだりしながら、平然と、駅の階段をのぼって行く。その途中、ちょっとうしろを振り向いて、微笑を浮べたが、電車におくれまいと、駈け足をしている通勤者たちには、見とがめられなかったであろう。

国電の中。浅井氏のすぐ前には、B・Gらしい若い女性がいる。彼女は、ほとんど、もたれかからんばかりに、からだを浅井氏に押しつけて来る。もっとも、それは彼女が悪いのではない。一千万を突破したという東京都の人口のせいでもあろうか？

浅井氏は、しかし、この混雑にまぎれ、彼女の尻を撫でるような悪趣味なことはしない。ほとんど身動きもせず、両脚を拡げて立って、彼女を支えてやっている格好だ。ときどき、思い出し笑いのような微笑をもらすが、それは、オーバー越しに感じる彼女の体温を楽しんでいるのではあるまい。

やがて、新橋に着き、浅井氏も降りる。事務所まで、やはり、前と同じように、ゆっくりと歩いて行く。一度だけ、うしろを振り返ったようである。

会社では、五人の社員と、女秘書の甲斐珠子嬢が、口々に挨拶をして、浅井氏を迎えた。

浅井氏の机の上には、たくさんの書類が置かれている。それに眼を通している浅井氏に、秘書の珠子嬢の視線が、何回となく投げかけられた。彼女は、しかも、ときどき、大きな溜息をさえつく。ことによると、彼女は浅井氏に思いをかけているらしい。無理もないことだ。ダブルの背広を、きちんと着こなした浅井氏には、中年事業家らしい魅力があふれている。

珠子嬢が、三十歳になるまで独身を通したのは、或いは、この浅井氏の魅力に当てられてしまったためかもしれない。

「あ、甲斐君」

とつぜん、浅井氏が呼びかける。

「はい」

珠子嬢の声は、もしやというような、期待に溢れていた。

「まだ、昼食には時間があるが、飯を食いに行かないか?」

「は?　本当ですか?」と、珠子嬢は椅子から飛び上がった。

「うん。トマト・ジュース一杯だと、どうも腹が減っていかん。どうだね?」

「ええ、もちろん、お供しますわ」

彼女の手には、すでにハンドバッグが握られていた。そして、いそいそと、ロッカーからオーバーを出し、浅井氏に着せてやる。思いがけない幸運に、彼女は上気しているようであった。

「お?　香水を変えたな?」

「あら!　おわかりですか?」

彼女の声は、一オクターブ高くなった。

「まあね」

こうして、二人は事務所を出た。

あとに残った男の社員は、不思議そうに話し合っていた。

「おい、社長が彼女を誘ったぜ。どうした風の吹き回しだろう?」

「いや、社長だって男だ。ときには、情事を楽しみたくなるのじゃないかな?」

「まさか……。午前中から、温泉マークにしけこむわけには行くまい。あれも仕事だよ。相手によっては、アベックで行った方が成功することもあるから……」

「まあそうだろうな。社長ぐらいの男前なら、あのオールドミスに手を出さなくっても、据《す》え膳《ぜん》はたくさんあるだろうから……」

浅井氏がアベックで外出したのは、仕事上の必要からだということに、意見が一致した。

しかし、社員たちの予想に反して、浅井氏が珠子嬢を伴って行ったところは、いわゆる温泉マークだった。

そこにはいるとき、浅井氏は珠子嬢を振り返りもせず、決められたコースに従ったままだというような、自然な態度をとった。催眠術にかけられたように、珠子嬢も、おとなしく、そのあとについて行った。もっとも、日頃から、浅井氏に秘かな思慕を寄せていたことも、彼女が拒まなかった理由になろうが……。

バス、トイレ、テレビ付、暖房完備の部屋であった。

その部屋で、二人きりになってからも、珠子嬢の催眠状態は続いたようである。

「さ、風呂にはいりなさい」と、浅井氏が言うと、おとなしく、

「はい」と答え、浴室の方に消えて行った。

湯をバス・タブに注ぐ音がする。恐らく、珠子嬢は、浅井氏が続いてはいって行くことを、恐れとともに期待していたのではあるまいか？

しかし、彼はそのような気配を見せない。テーブルの前に坐り、ゆっくりと煙草をふかしている。ネクタイをゆるめようともしなかった。

五分足らずで、珠子嬢は出て来た。備えつけの浴衣に着替えている。暖房完備だから、そんな格好でも、寒くはないのだ。

「いいお湯ですわ」

頬を上気させながら、彼女は言った。彼女ぐらいの年齢になると、恥ずかしさを、日常的な会話でごまかす方法を知っているのらしい。

「そうかね」

満足そうに、浅井氏は答えた。しかし、彼は依然として、最前からの姿勢を崩さない。

珠子嬢は、困ったように、からだをもじもじさせていた。

「…………」

会話がとぎれる。二十分ぐらいが過ぎた。急に、浅井氏が珠子嬢に命じた。

「忘れものをしていたよ。すぐ帰らなければならない。食事は、また次の機会にしよう」

「社長さん」

珠子嬢の声はかすれ、泣き顔になった。

「いや、どうも、申しわけない。またいずれ……」

浅井氏は、そう言っただけで、この不思議な行動の説明をしようとしない。黙って、彼女が着替えるのを待っている。

ついに、珠子嬢も、浅井氏に背を向け、この家にはいって来たときの服装に戻った。

浅井氏は女中を呼んで、勘定を払った。その間、珠子嬢は壁の方を向き、肩を震わせていた。

それでも、旅館を出るときは、二人は仲よく、肩を並べて、恋人同士のように振舞った。それは、珠子嬢の屈折したプライドによるものだろう。

旅館を出て、十メートルほど歩いたころ、二人の背後から、声をかけるものがあった。

「パパ」と、その声は呼びかけた。

驚いたように、珠子嬢が振り向いた。

「何だ？　雄吉か？　お前、学校では？」

「ええ、スパイクの金を、自分で稼げとパパはおっしゃったでしょう？　だから、家を出たときから、パパをつけていたのです。いま、ぼくが見たこと、ママに言わないでいてあげるから、さ、いさぎよく」

雄吉君は、嬉しそうにこう言うと、右手を父親の前に突き出した。

「しようがない奴だな」と、浅井氏は呟いた。しかし、決して不機嫌な表情ではなかった。

「何がです？」

「あのね、坊ちゃん」と、横から珠子嬢が口を挟む。「お父さまとあたくしとは、別に何でも……」

「いや、よし給え」

浅井氏は、弁解する珠子嬢を押しとどめた。そして、雄吉君の肩に手を置いて言い添えた。

「雄吉、こういうときは、ちゃんと写真を撮るものなんだ。そうしなければ、証拠がないからな。写真さえ撮っておけば、そのフィルムが、高い値段で買ってもらえる。つまり、こういうことは、商取引きの形式を整える必要があるんだ。わかったか?」

「はい」と答えながらも、雄吉君は不思議そうに、父親の顔を見つめた。「でも、パパはまさか、卑怯な弁解をするわけでは……」

「ああ、そんなことはせん。まあ、これで、スパイクでもグローブでも、好きなものを買いなさい」

浅井氏は、内ポケットから、一万円札を出して、雄吉君に渡した。手を震わせて、それを受けとると、この中学生は、あとも振り返らずに走り去った。

それを見送る浅井氏の眼には、涙が光っていた。そして、

「あいつも、ついに、仕事を覚えたか……。父親というものは、息子に、自分の職業を継がせたいものなんだよ」と、誰にともなく、呟いていた。

（見習い天使曰く＝よくわかりませんが、どんな仕事でも、親のすねをかじるよりは、ましなのでしょうか？　浅井コンサルタント事務所は、ますます繁栄することと思います）

大きな遺産

先日、ある手紙をいただきました。地上からのものですが、それによると、地上にも、『見習い天使』がいるということです。その論旨は——

看護婦を、『白衣の天使』と呼ぶ習慣がある。とすれば、見習い看護婦は、『白衣の見習い天使』ということになる。

これを読んで、なるほどと思いました。そこで、今回は、看護婦さんの話を、紹介することにしました。

「ねえ、ちょっと」と、有沢秀子が、読んでいた本を閉じて、起き上った。突拍子もない声である。

「なによ、本を読むんだから、静かにしていてなんて言っていたくせに。もう、勉強は済んだの?」

同じ部屋の、少し離れたところから、山崎竜子が応じる。彼女は、もう一人の同室者、天野藤江と、焼き芋を食べていたのだ。天野藤江が、何も言わなかったのは、ちょうど、芋を頬ばったところだったからだろう。

「そうじゃないのよ」と、有沢秀子は眼をくりくりと動かした。

「そうじゃないいって、何が?」

「あのねえ、何だったたっけ?」

有沢秀子は、頬を叩いた。

N大付属病院の看護婦寮である。三人とも、一日の勤務から解放され、自室でくつろいでいるところだった。若い娘なのだから、外出して、映画の一つも見たい気持は持っていたが、給料日前で、懐がさびしかった。

「いやな人ねえ。自分から言い出したんじゃないの。その本の中に、何か書いてあったのと違う?」と、山崎竜子が笑った。

「あ、そうそう。日本人って、けちなのかしら?」

「何言ってるの?　そんなこと、どうでもいいじゃないの。あたしたちと関係ないわ」

「ううん、関係あるのよ。いま読んでいるのアメリカの推理小説だけど、お金持のお婆さんが、死ぬときに、莫大なお金を、看護婦に贈るの。親身になって、看病してくれたお礼というわけね。だけど、日本じゃあ、そんな話を、ついぞ聞いたことないわ。特別個室に入院して、死ぬまでぜいたくをし、しかもあたしたちに、いろいろわがままを言っていながら、何もしてくれないじゃない。たまには、かたみをわけてくれる人もいるけれど、古い柄の羽織なんかで、あたしたちにはちっとも嬉しくないものでしょう?」

「そう言えばそうね。入院中に見舞いにも来なかったこどもに遺産を残すくらいなら、あたしたちに、その十分の一でもわけてくれた方が、いいのにねえ。ケチって言うのじゃないけれど、日本人は、血を大事にしすぎるということね」

「血?」と、有沢秀子は聞き返した。

「何のこと?」

「血がつながっているとか、いないとかいう問題のことよ。自分がいくら冷たくされていても、血がつながっている方が、親しいように誤解しているのじゃないかしら……」

「そうね。だけど、どこかの大金持が、遺産を残してくれないかな」

最後に、有沢秀子がこう言って、その話題に終止符が打たれたときである。廊下にとりつけられた拡声器が、叫んだ。

「産婦人科づきの有沢さん。ご面会の紳士が、寮の玄関に見えております。至急、おいで下さい」

「あら? あたしだわ。面会って、だれなのかしら……」

有沢秀子は、本能的に、髪に手を当てた。

「今の放送、ヤッコの声だったわね」と、天野藤江が、眼を輝かせて言った。

「ヤッコが紳士と言うときは、若いハンサムな男のことよ。だから……」

「ほんと？　でも、心当りないわ」

「嘘つけ、お安くないぞ」

山崎竜子が、男の口調で言って、秀子の背中を叩いた。


「突然で驚かれたことでしょう」と、男は秀子に言って、頭を下げた。男は二十六、七歳だろうか？　そして、ハンサムと言えないこともなかった。軽い期待が、秀子の胸に宿る。

「何でしょうか？　失礼ですが、あなた様は？」

「お忘れですか？　無理もありませんね。しかし、ぼくの方は覚えていますよ。で、いかがでしょう？　一緒に外出していただくわけには……」

「はあ……。でも、どんなご用なのでしょうか？」

「実は、ぼくの母が一週間ほど前になくなりました。次田はるよという名です。覚えていらっしゃいませんでしたか？　ぼくは、その次男で、次田昭二です」

男は、おだやかな眼をしていた。話をすると、白い歯が、薄い唇からのぞく。その歯の白さに、秀子は惹《ひ》かれた。

「ああ、あの次田さんですか？　やはり、お亡くなりになりましたの？　お苦しみでしたでしょうか?」

　こういう挨拶が秀子は苦手だった。白衣を着ているときなら、遺族たちにも、ただ黙って頭を下げているだけでよいのに……。

「いいえ。思ったより、苦しみ方が少なかったので、それが慰めとも言えるのですが……」

「そうですか? あのご病気は、痛みも烈しいのですけれど、それでしたら、ご病人の方も……」

　次田はるよは、子宮癌《しきゅうがん》であった。N大の産婦人科に来たときには、手術も手おくれだと診断されていた。あれから、約一年。《むしろ、よく持った方だ》秀子はそう考えた。《しかし、なぜ、あたしに挨拶に来たのだろう?》

「どうでしょう? もし、お暇でしたら、どこかでお茶でも飲みながら……。実は、お礼を申し上げたいこともあるので……」

「はい、では、今仕度して来ます」

　秀子が、次田の誘いを受け入れる気になったのは、先刻の遺産の話を思い出したからであった。《あのおばあさん、親切そうな人だった。だから、ことによると……》

　寮の自室に、着替えに帰りながら、秀子は口笛を吹きたい気持になっていた。《きっとそうに違いない》

　そうでなければ、わざわざ、遺族がやって来るはずはないのだから——。

　——次田はるよは、産婦人科病棟に五日ばかり入院しただけで、退院したのであった。退院は本人の希望であった。本来なら、入院を続けて、コバルトの照射を続けた方がよいのだろうが、教授も退院を許した。そのとき、教授は家族に言っていた。

「コバルトを続けても、病気が癒《なお》るとは言い切れませんし、ほかの部分を衰弱させてしまうことも考えられます。ですから、ご本人やご家族が希望なさるなら……」

こうして、次田はるよは、退院したのである。教授は、本人に、

「よかったね。いろいろ調べたが、悪性のものではなかったよ」と言いきかせた。癌だということ、死期が迫っているということを、患者に知らせないのは、医者のエチケットであった。

しかし、退院するとき、次田はるよは病院の廊下を、一人で元気に歩いた。近い将来、確実に死が訪れて来る人とは見えないほどであった――

外出用のスーツを着て、秀子が玄関に戻ってくると、寮の庭先に、自動車が待っていた。そして、運転台から、次田が顔を出して、手でさし招いた。ハンドルが左側についているところを見ると、外車なのだろう。

「これ、次田さんのですか?」と、秀子は眼を丸くして尋ねた。

「ええ、亡くなったお袋が買ってくれたのです」

「まあ」

秀子は、自動車の頭の方を回り、次田の隣の席に身を滑らせた。

《こどもに、こんな立派な車を買ってやるくらいなら、あたしにも……》

しかし、秀子自身も、この考えは、虫がよすぎるということを、知っていた。なぜなら、次田はるよに対し、とくに親切にしてやったという覚えがないのだから……。《でも、お礼が言いたいと聞かされた以上、期待しても悪くはないだろう……》

車は、ほとんど震動もなく動き出した。シートのクッションも快適であった。

「おふくろは……」と、やがて、次田が話し始めた。ハンドルに手をかけ、前を見たまま、ひとり言を言うような調子だった。「退院したあと、五カ月ぐらいは、とても元気でした。前から、隠居仕事に、生命保険の外交をやっていたのですが、いっそう、仕事に精を出すようになりましてね。毎日のように外出し始めました。入院前は、一週間に一度か、二度だったのですよ。だから、先生に何でもないと言われて、気を強くしたのだと思っていました」

「そういうことってありますわ。病は気からということわざは、あるていど、本当かもしれませんね。これが逆に、教授先生から、あなたは癌だなどと言われたら、大てい参ってしまいますわ」

「そう。大ていはね。よほど、精神のしっかりしている人なら、別でしょうが……」

「ええ。でも、そんな方、滅多にいらっしゃらないわ。だから、あたしたちも、言葉の端に気をつけなければいけないと言われてますの」

秀子は、ちょっと身をずらすようにして、半分、次田の方に向きを変えた。

「そうでしょうね」

　そのとき、車が大きく右にカーブを切った。彼女のからだが、次田にもたれかかる。

「あら、ごめんなさい。でも……」

「え、何です」

「でも、保険の外交など、なさらなくても、生活にお困りではなかったのでしょう？」

　それは、先刻から、彼女の気になっていることであった。彼女の知識によれば、保険の外交では、収入も、たかが知れている。とても、息子に外車を買ってやることはできまい。まして、看護婦に遺産を残したとは思えなかった。《尤も、このハンサムとのドライブも悪くはないが……》

　次田は、あまりスピードを出したがらないようだ。その脇を、タクシーが何台も通り抜けて行く。しかし、抜きながら、タクシーの運転手たちは、羨望《せんぼう》の眼で、次田の車を見て行くようであった。どうせ、車を運転するならという気持なのだろう。秀子は、ちょっと得意になった。

「いや、そうではないのですよ。別に財産があったわけでもなく、ぼくらの月給も大したことはありませんでした。ほら、お宅の病院でも、健康保険の利く、三等病室に入院したのでした。覚えていらっしゃるでしょう？」

「あら、ほんと、そうでしたわ」

　たしかに、その通りであった。秀子は、北に面した窓のガラスが破れ、画用紙で風の侵入を辛うじてふさいでいた、三等病室の、暗い雰囲気を思い浮べた。そのガラスの割れ目の、すぐそばに、次田はるよのベッドがあった——。

「ところが、退院以来、おふくろが懸命に働いてくれたおかげで、我が家の生活は、ぐんと楽になりましてねえ。こんな自動車まで買ってくれたり……」

「本当ですの?」と、思わず秀子は質問した。そんなに働いたのが本当かという意味と、この自動車は本当に彼のものなのかという、二つの意味があったのだった。

「本当ですよ。嘘を言っても、何の得もありません」

「それはそうですけれど、亡くなられたお母さんは、たしか、六十歳を過ぎていらっしゃったですわね。その方が、いくらお働きになったとしても……」

「まあそうでしょうね。ぼくら身内のものも、不思議でしたから……」

「何か、とくべつの勧誘方法でもあったのかしら?」

何気ない口調で、秀子は聞いた。そんな秘訣があり、また、だれにでもできる方法なら、自分も保険の外交をやってもよいと考えたのだった。あんなおばあさんが、わずか半年で、外車を手に入れるほど、稼げたのなら、若い彼女には、もっと儲《もう》けられるはずだ。手に消毒液の匂いを浸みつかせ、意地悪の婦長に叱りつけられている現在の生活より、どんなによいかわからない。

「ええ、たしかに、特別の勧誘方法だったようです。しかし、これは、だれにもできるという方法ではありませんよ。ぼくのおふくろだから、できたのかもしれない」

次田は、秀子の心の中を読んだように、そんなことを言った。

「ずいぶん、お母さんを尊敬していらっしゃるのね。でも、そんなお話を聞くと、よけい、その方法を教えていただきたいわ」

「そうですか？　じゃあ、お話をしましょう。ところで、お茶を飲むのが目的でしたね。どこか、感じのいい喫茶店は……」

「でも、あたしはどうでもいいわ。ごみごみした喫茶店では、落着いてお話もうかがえないし……」

　秀子は甘えるように言った。

「お宅に入院したころから」と、次田は話し始めた。「おふくろの顔色は悪かったでしょう？」

「ええ、土色っていうのかしら。あの病気は、本人は気づかなくても、少しずつ出血しているから……。先生の診断がある前に、あたし、はっとしたわ。癌の三期、或いは四期にさしかかっているのじゃないかと思った。そうしたら、やっぱり、そうだったのね」

「うん。おふくろは、そんな、土色の顔のまま、保険の勧誘に歩いたんですよ。それが、意外に効果あったようだ」

　相変らず、ゆっくりとした運転を続けながら、次田は言う。広い舗装道路へ出ていた。ラッシュ・アワーを過ぎているのか、車の交通量は少なかった。

「でも、どうして？　顔色が悪い方が、保険の勧誘に便利なの？」

「うん。そうらしい。もっとも、ただ、土色の顔を見せたってだめですよ。却って、気味が悪いから、断られてしまう。そこに、弁舌が伴わないと……」

「弁舌？　どんな？」

「つまりねえ……」

次田は、説明を始めた。それによると――

――生命保険の外交員だというと、たいていの家では、玄関払いをしようとする。そのとき、次田はるよは言うのだった。

「奥さん。あたくしの顔色で、何か気がついたことは、ございません？」

「ええ、そう言っては失礼だけれど、どこかお悪いのでしょうか？」

相手は、つい、つりこまれてしまう。

「そうなんです。癌の第四期。いつ、大出血があるかわからないからだなんですもの」

「え？　本当でしょうか？」と、相手は気味悪そうに、しかし、しげしげと次田はるよの顔を眺める。

「本当です。発見が早ければ、手術もできたのでしょうが、今となっては……。それで、死期が迫ってみると、いろいろ気がかりもあって、生命保険にはいっていてやれば、あとに残されたものも、どんなに助かるかと思うのですが、こんなからだでは、加入させてくれる保険会社なんかありません。でも癌というのは……」

こうして、彼女は、滔々《とうとう》と、生命のはかなさ、癌の恐しさを述べる――。

――次田は、こう言ってから、註釈《ちゅうしゃく》を加えた。

「明らかに病人だと思われる老婆から、そういう話を聞かされると、やはり、色々心配になってくるのでしょうね。癌の初期症状について、質問して来た人もいるようです。おふくろは、いつの間にか、そんなことも調べておいたのでしょう。その知識の確実さが、相手の人たちにも信頼を与えて、大会社の社長とか、重役クラスの人たちが、夫婦揃って加入したりしたのです。保険の外務員というのは、歩合制だから、加入者が多ければ、それだけ、おふくろの収入も……」

「でも、おかしいわ。お母さんは、癌だということを知っていらっしゃったの？」

「ええ。そうなんです。もっとも、おふくろは、自分が、それを知っているということを、ぼくら息子たちには隠していたのですね。ぼくらは、子宮筋腫《きんしゅ》だと教えておいたのですが、母はそれを信じているふりをしていたわけです。ところが、死んでから、日記を見て、おふくろが、ちゃんとそれを知りながら、ぼくらにはだまされたふりをしていたことがわかったわけです。死期の迫っているのを知りながら、ぼくらのために働いてくれたおふくろ。兄弟はみな泣きましたよ」

「でも、どうして知ってしまったのかしら？　だれかが……」

「そう。おふくろに、それを教えたのは、あなたなんです」

　不意に、次田は車を止めた。

「あたしが？　そんなこと……」

「いいですか？　おふくろが診察を受けて、病室に帰ったとき、あなたは、付きそっていたぼくに聞いた。

『先生、何とおっしゃいました？』

そこで、ぼくは、

『子宮筋腫だそうです。しばらく、入院してコバルトをかけるようにと……』と答えた。

ところが、そのときあなたは何と答えたか、覚えていますか？

『子宮筋腫でコバルトを？　変ねえ』と言ったのです。そして、おふくろの土色の顔を、もう一度見て、首をかしげた。ぼくのおふくろは、昔から、非常にカンのいい人だった。それで、一切を悟ったのだという」

「そうですの？　もし、それが本当なら、申しわけありませんわ。どうしようかしら？」

「いや、謝まる必要はないですよ。反対に、あなたが、不注意に、そんな言葉を洩《も》らしたおかげで、おふくろが稼ぎまくってくれたのだから、ぼくら兄弟は、あなたに、お礼を言わなければならないわけだ。そうでしょう？　そこで、こんな自動車でもよかったら、プレゼントとして、受けていただけませんか？」

「え？」

秀子は、思わず立ち上りかけた。たしかに、自分の不注意が、次田はるよに死期を悟らせ、残されたこどもたちに、経済的恩恵を与えたことにはなろうが、それにしても、この乗用車一台とは……。

「本気ですの?」

「ええ、本気です。もっとも、これは、ぼくら兄弟からの贈りものです。おふくろからは別に……」

次田は、また車をゆっくりと走らせ始めた。

「あら?　おかあさんも……」

「ええ、人間、自分の命がもうないと知った苦しみは、大変なものですよ。その苦しみを教えたのが、あなたなのだから……」

そう言うと同時に、次田は車に速度を加え、ハンドルを右に切って、自分は左側のドアから外へ飛降りた。

「あっ」と、秀子が叫んだときは、眼の前に、ダンプカーが迫っていた。


(見習い天使曰く＝白衣の天使も、天使である以上、言行に注意すべきでした。それから、次田の乗っていた車は、盗難車だったそうです)

まいた種

神を信じない人がいるそうです。そういう人たちは、常日ごろ、

「おれは、こんなに働いているのに、不幸にばかり遇っている。それに反し、あいつは、いくら悪いことをしても、ばれずにうまい汁を吸っている。実際、神も仏もあるものか」

と言っているとか……。

以下の物語りは、そういう人たちに、読んでもらいたいと思って、報告する次第です。

玄関のブザーが鳴った。出てみると、高原の知らない男が立っていた。
「何か?」と、高原は眉をしかめる。

「いやどうも、しばらくでした」

その未知の男は、頭も下げずに、親しげな口調で言う。

「は？　失礼ですが、どなたでしたっけ？」

「ごじょうだんを……。ほら、半年前にお会いしたばかりじゃないですか？　あれは、ずいぶん寒い夜でしたが……」

「………」

《半年前を、高原は宙に眼を据えて考えた。とするとちょうど、あのころだが……》しかし、やはり、男の顔にも覚えはなかった。

男は、いまはやりの背広を着ていた。三つボタン、そして、ズボンは細かった。男には、その服装がよく似合う。脚が長く、しかも肩幅が広いせいだろうか？　年齢は二十七、八歳。容貌も活劇俳優にしたいほど、現代的であった。《これだけのマスクを持っている男なら、もし会っていれば、覚えているはずだ》高原は、もう一度首をかしげた。

「申しわけないのですが、どうも、最近、忘れっぽくなって……」

「なるほど……。例の事件のショックですか？」

「え？」

「いや、眼の前で奥さんが殺されたのですから、ショックは大きかったでしょう。そのショックで、精神のバランスがくずれ、記憶の再生機構に、欠陥ができる。それはありうることですな……」

男は、若いくせに、もって回った言い方をした。

しかし、男の口調よりも、その言葉の内容が、高原には気になった。《なぜ、そんなことを言うのだろう？　こいつは、あの事件と関係があるのか？》

「いったい、あなたはどういう？」

「まあ、とにかく、立話というのはいけません。ほんの少々、時間を割いていただきたいのですがね？」

「そりゃあ、かまいませんが……。ただ、わたしは、いま、やもめ暮しだから、お茶も差上げられませんよ」

「ええ結構です」

男は、靴を脱いだ。靴下の柄が派手である。白地に、赤い縞が鮮やかにはいっていた。とても、高原には、こんな靴下は、はけない。いや、高原だけではないだろう。彼の勤めている銀行には、いくら若い男でも、こういう靴下を着けて来ていない。だから、眼の前の男は、高原と異質の人間ということができるのではあるまいか？

高原は、仕方なしに、彼を玄関脇の応接室に通した。

「ははあ、いいお住いですね」と、男は薄笑いを浮べて言う。「ここにおひとりで？」

「ええ、まあね」

「じゃあ、彼女は、ときどき通って来るのですか？」

男は、特別に勘が働くのか、最もスプリングの利いたソファーに腰を据えた。まだ、名乗ろうともしない。

「彼女？」

「ええ、坂川善子さんとおっしゃいましたかね？　背が高く、ウエストのよく締った……。それに、あの長い髪も魅力的ですね？」

「………」

高原は、圧倒された。言葉が口に上って来ない。着物の袂《たもと》に手を入れ、煙草を探った。だが、そこには煙草はなかった。

「あ、煙草ですか？　これでいかがです？」

男はピースの箱を差出した。そして、自分もそこから一本抜き出す。だが、直ちに喫おうとはせずに、指を使って、その一本の煙草を平な形に潰していた。そうするとピースがウエストミンスターと同じ形になる。

高原は、男のその動作にひっかかった。妻の赫子が、生前、煙草を喫うとき、必ず、そういう扁平な形に押し潰してから、火をつけたのだ。

「高原さん」と煙草の形を変え終った男は呼んだ。

「何です？」

「高原さんは、ほんとうに、わたしの顔をご存じないですか？」

「ええ、申しわけありませんが……」

高原とその男とは、年齢が十歳くらい違うだろう。しかし、高原は丁寧な言葉遣いをしていた。それは、必ずしも、彼が銀行員だからというだけではなかった。男の正体も、来訪の目的もわからないことが、高原を不安にしていたのだ。しかも、男の言葉から推すと、彼は高原について、いろいろな事情を知っているらしい。そして、坂川善子のことまで知っているとなると、油断はできなかった。

「申しわけないということはないでしょうが……」

男は、奇妙な笑い方をした。それは、心から笑ったものではなく、笑いそのものが、演技のようであった。

「じゃあ……」と、男は喫いかけの煙草を灰皿に置き、ポケットから、白いものを出した。

白いものは、マスクであった。男はそれを掛け、前髪を、わざとらしく垂らした。

「どうです？　こうすれば、覚えがあるでしょう？」

「あ……」

高原の口から出たものは、声ではなかった。と言って呻きとも違っている。彼の意志に反して声帯が振動し、音を出したようであった。

白いマスク、垂れた前髪――。それには、たしかに覚えがあった。《では、この男だったのだろうか？》

「驚かれたようですね？　まあ、それは当然でしょう。何しろ、半年前の強盗が、眼の前に現われたのですからね……」

男は、また、マスクを取りはずした。

「しかし、あなたは……。しかし……」

すっかり、高原は動顚《どうてん》していた。言っていることが、自分でもわからなかった。混乱を収拾できない……。

「いや、何も、ご心配になることはありません。今晩はただ、お礼に……いや、あなたから、お礼を言っていただくために来たのです……」

「お礼を？　わたしが……。だって、あなたは……」

強盗に対して、『あなた』と呼ぶ滑稽さを、高原は意識していた。しかし、その意識に先立って、言葉が口から吐き出されてしまうのだ。

「なるほど」と、男は再び煙草をくわえながら言った。

「高原さんのおっしゃることは、わからないでもない。奥さんを殺したわたしに、お礼を言ういわれがないとおっしゃるわけですね？」

「………」

高原は、男の眼を見つめたまま絶句していた。何かを言おうとすれば、言葉がすべて、自分を裏切るように思われるのだ。

「ええと……。それでは、ご説明しましょう。何から申し上げたらいいか……。そうですね。まず、ご質問を致します」

男は、言葉を切って、考える眼つきをした。それからおもむろに、もったいぶった口調で言った。

「第一にですね。高原さんは、耳が遠いのですか？」

「いや……」と、高原は、おうむ返しに答える。相手のペースに、巻きこまれてしまっていた。

「そうでしょうね。まだ、そんなお年ではない。では……」

男は、そこで急に口調を変えて言った。「よけいなことをするな。そこを一歩でも動けば、こいつを殺すぞ」《ああ、そのせりふ……》と、高原は思った。それは、半年前のあの夜、強盗が言ったものだった。

「どうです？ 高原さんには、いまの、ぼくの言葉が聞えましたね？ いや、そればかりではない。ちゃんと、記憶にあったわけですよ。あなたは、いま、はっきりと顔色を変えましたから……」

「………」

喫いかけの煙草を、灰皿で消そうとして、伸ばした高原の手が震えて、灰が落ちた。

「さあ、そこで、第二の質問です」と、男はたたみかける。高原がどう答えようと、構わずに、言いたいことだけは、言ってしまおうと考えているらしい……。

「第二の質問はですね。あのとき、あなたには、ぼくの警告が聞えたはずです。また、奥さんの胸元に、ぼくが匕首《あいくち》をつきつけていたのを見ていたはずです。そしてさらに、奥さんの言葉も聞えたでしょう？ ほら、『あなた、だめ、おとなしくして……』と、奥さんは言ったはずです。そうでしたね……」

「いや……、あのとき、わたしは、すっかり逆上してしまって……」

高原は、喘ぎ喘ぎ言った。額に汗がにじんでくる。

「ほう？　そうでしたかね……。まあ、それなら、それでもいいですが……」

男は、ばかにしたように、唇を歪めた。しかし、高原も、男に言われるまでもなく、自分の言葉が嘘であることは知っていた。ことに、男が口にした赫子の言葉。

『あなた、だめ、おとなしくして……』というのは、高原の耳にはっきりと焼きつけられ、半年経ったいまでもときおり、幻聴となって現われるほどだ。

いや、言葉ばかりではなかった。強盗に、うしろから抱きつかれ、からだの自由を奪われながら、顔だけを高原の方に向けた赫子の哀願の表情は、四六時中、彼の網膜に張りついていると言ってもよかった。例えば、妻の死後、公然と訪ねて来るようになった坂川善子と、抱擁し合っている瞬間にも、急に、あのときの赫子の顔が、意識いっぱいに拡がり、彼の情事を妨げることとさえあった。

現在、坂川善子との関係が、妙に停滞してしまっているのは、彼の中に生きている赫子の哀願の表情と、声のためだと言ってもよかった。

《しかし、それにしても、この男は何を言い出そうとするのか？》

男は、大きな咳払いをしてから続けた。

「高原さんは、逆上してしまって、何が、どのように起ったか、覚えていないとおっしゃる。そこで、一つ、あの日のことを、復習してみましょう。いいですね。たしか、九時ごろでしたね。外から見ると、お宅の電気は、すっかり消えていた。だから、てっきり、家族そろって外出中だと思ったわけですよ。そこで、しのびこみ、金目の物を探そうとしているうちに、『だれです』という、女の声がしました。振り返ると奥さんでした。そして、そのうしろには高原さんがいました。翌日の新聞によるとご夫婦で、映画に行って、帰って来たのでしたね。ぼくは、とっさに、奥さんに飛びついて、羽交絞《はがいじ》めにしました。こういうこともあろうかと思い、匕首を持っていたので、抱きかかえた奥さんの背中に当て、あなたに言いました。『動くな』しかし、あなたは、そろそろと、左の方に移動して行きます。見ると、その方向に、電話があります。そこで、さっき言ったように、『こら、よけいなことをするな。そこを一歩でも動けば、こいつを殺すぞ』とどなったのです。そして、奥さんもぼくの腕の中で、『あなた、だめ。おとなしくして……』と泣き声で言いました。何しろ、背中には、匕首の切先をつきつけられているのだから、奥さんにしたら、必死でしたでしょう……。そのときのことなんですがね。高原さん、覚えていませんか?」

「あなたは……」と、高原は辛うじて言った。しかし、のどが乾き切って、声がかすれていた。「なぜ、そんなことを……。わたしが、いま、その気になれば、警察に電話することだってできるのですよ」

「ええ、それは知っていますよ。しかし、あなたは、決して、その気にならないでしょう。

そのことも、ぼくは知っているのです」

　男は、皮肉な口調で言った。あらかじめ、せりふを考え、練習して来たかと思われるほど、それはなめらかであった。

「なぜ、そんな」

「高原さん。なぜだなどと、ぼくに聞くまでもないでしょう。あなたは、ちゃんと知っているはずです。いま、警察を呼んで、ぼくを引渡したりすれば、困るのは、高原さん自身なのですからねえ。そうでしょう？」

　口惜しいが、それは事実であった。高原はソファーから腰を上げることもできずに、ただ、相手を睨みつけているだけだった。

「高原さん、正直言って、ぼくは翌日の新聞を見て、驚いたのですよ。被害者の夫高原さんの言葉というのが、各新聞に出ていましたが、それによると、強盗は逃げようとする赫子さんに、うしろから追いすがり、匕首で刺すと、そのまま、逃走したというのでした。ぼくが、奥さんを抱きかかえていたことなど、どの新聞にも出ていませんでした。いや、それはかりじゃない。強盗の人相や身体つきについても、高原さんは、全然、別のことを言っている。ちょっと読んでみましょうか？」

　男は、一方で高原を見据えながら、片手をポケットに突込み、折畳んだ紙を引出した。それは、新聞記事を、藁半紙《わらばんし》に貼りつけたものであった。

「いいですか？　犯人は小柄で黒縁の眼鏡をかけ、頭は五分刈、ジャンパーを着て、一見工員風であった。そう書いてあります。多少、表現に違いがありますが、どの新聞も、大体、同じですね。これは変じゃありませんか？　ぼくは、決して小柄ではありませんよ。眼鏡も掛けていない。髪はこの通り、房々《ふさふさ》しています。そして、あのときは、ジャンパーなど着ていなかった。スキー用のセーターですよ。なぜ、こんなでたらめが、新聞に出たのでしょう？」

「それは……」と、高原は、なかば自棄的に言った。

「新聞社の方で勝手に……」

「なるほど……。そういう弁解もありますね。ぼくも、新聞を読んで、最初に考えたのは、それに似たことでした。つまり、こうです。各新聞が同じことを書いている以上、警察がこのように発表したのだろう。とすれば、これは、警察の罠ではないか？　わざと、違った人相を発表し、犯人を安心させようとするのではないか？　ところが、二、三日後、モンタージュ写真というのが、新聞に出ました。驚きましたね。まるで、ぼくと違った人間の顔なのですから……、最初の記事に出ていたように髪は五分刈で、眼鏡をかけている。唇も、ぼくより、はるかに薄い。だれが、どう見たって、ぼくには似ていません。こう言っては何ですが、我国犯罪史上、モンタージュ写真と、実際の犯人とが、あれほど違っていたという例はないのじゃありませんかね？　いったい、あれはどうしたのです？　まさか、モンタージュ写真まで、新聞社が勝手に作ったというわけではないでしょう？」

「それは……。あんな、とっさの場合、よくあなたの顔を見られなかったからで……」

「嘘おっしゃい」

男は、高飛車に言った。「ぼくが、さっきマスクをかけ、前髪を垂らしたところ、あなたの顔色は、はっきりと変わった。つまり、犯人がマスクを掛けていたことも長い髪をしていたことも、高原さんは、ちゃんと知っているんだ。それなのに、モンタージュ写真は、それと全然、別なものになった。つまり、これは、あなたが警察に嘘を言ったとしか考えられないじゃないですか？　そうでしょう？　では、なぜ、そんな嘘を言ったか？　これが第三の質問です」

《いったい、自分はどうすればよいのか？》高原の膝は震えていた。もともと、彼には貧乏揺るぎをする癖があったが、単に、それればかりではなかった。男が、いまにも飛びかかってくるのではないかという恐怖もあった。からだつきから考えて、腕力では、相手に及びそうもなかった。

「ぼくはねえ、不思議でたまりませんでしたよ。そりゃあ、ぼくにとって、あんなモンタージュ写真が出されたことは、この上なく、好都合でしたよ。大手を振って、町の中を歩けるのですから……。匕首を使うときは、手袋をはめていたので、指紋が残っている恐れもない。たとえ、ほかの窃盗事件でつかまっても、あの殺人と結びつけられる可能性が全然ないわけですよ。しかし、人間というものは、奇妙なもので、好奇心を抑えることができないのですな。なぜ、高原さんは、あんな嘘を言ったのか？　それが気になって、仕方がなかったのです。そこで、ぼくは調べる気になりました。銀行に行って、それとなく観察したり、尾行したり、そして、二週間後には、坂川善子という女性の存在を知りました。同じ銀行に勤めている二十六歳の美人です。銀行というところはきっと、風紀問題について厳格なんでしょうね。高原さんは、実に用心深く、彼女との関係を隠していらっしゃった」

「そのことが……」

高原は、こういう問題について、自分があまりにも無能なのが、口惜しかった。先刻から、ほとんど、断片的な言葉しか、口にしていなかった。

「殺人事件と、何の関係があるかと、おっしゃるのでしょう？　いや、あるんですよ。高原さんは、奥さんがありながら、奥さん以外の女性を愛していらっしゃった。そこで、奥さんが死んでくれたらというようなことを、考えたことがありませんでしたかね？　ないとは言えないでしょう？　もちろん、自分で殺す気はしなかった。しかし、例えば、自動車事故や、急病で、ぽっくり死んでしまったらと、空想した経験は、あると思うのですよ。そうでしょう？」

《いや、そうではない》と、高原は唇を噛んだ。自分は少なくとも、そういう具体的な形でそのことを考えはしなかった。ただ、いつかは、善子との関係が妻に知れるかもしれない。その点、妻にとっては、知らないうちに早死した方が幸福ではあるまいかとは、たしかに考えたが……。

「そこでですよ」と、相手は高原の気持など、少しも忖度《そんたく》しないように、一方的に、喋りまくる。

「ぼくが、奥さんの背中に匕首をつきつけ、『動くと殺すぞ』と言ったとき、高原さんは、わざと動いて、電話機に駈け寄ったのだと思いますね。ぼくが、反射的に、奥さんの背中を刺すだろうと予想したわけですよ。つまり、高原さんは、『殺せ』というような言葉を、一ことも口にせず、また、何の意思表示もせずに、自分の意志を通してしまった……。そうでしょう？」

「違う」と、高原は叫んだ。「たしかに、あんたの言う通り、赫子の背中に、匕首の刃がつきつけられていた。しかし、わたしは、それを、おどかしだと思ったんだ。強盗殺人と言うのは、つかまれば、無期または、死刑ですよ。だから、まさか殺すようなことはしないだろうと考えた。不自然ではないでしょう。そういう判断をしたとき、どういう行動に出るのが、市民の義務か、言うまでもない。そこで、わたしは、電話機に走ったんだ」

「なるほど、非常に明晰なお答えです。では、お聞きしましょう。いまのご説明によると、高原さんは、非常に冷静だったわけですねえ。強盗殺人が、死刑か無期だなどということまで、考え浮べたのですから……。それほど冷静だったのなら、犯人の顔も、ちゃんと観察できたでしょうに、なぜ、あんなモンタージュ写真ができてしまったのです？」

「…………」

高原は、自分の息遣いが、次第に荒くなっていることに気づいていた。それは、心臓の鼓動とも一致している。《どうすべきか？　そして、相手はどんな目的を持っているのか？》

「高原さんは、犯人が逮捕されるのが恐しかったのでしょうね？　そうとしか考えられませんでしたよ。犯人が逮捕される。真実を並べる。すると、動けば妻の命が危いと知りながら、その危険を犯した高原さんの行動が、明るみに出る。本当は、何でもないことなんでしょうが自分に疚《やま》しいところがあったために、その行為の動機を悟られるのが嫌であった。だから、高原さんは、警察に向って、全然、違った状況を申し立て、そして、犯人の人相やからだつき、服装にも、嘘を言ったのではないでしょうか？」

「そんなこと、全部、あなたの妄想です。何の目的で、ここに来たのか知らないが、とにかく、そんなでたらめを聞く必要はない。早く帰ってくれ給え」

高原は叫んだ。それは、決して、計算した上の言葉ではなかった。窮鼠が猫に向って行くようなものであった。

「へえ？　急に強くなって、どうしたのです？」

「どうしたも、こうしたもない。帰らなければ、警察を呼ぶぞ」

「どうぞ、ご自由に……。警察に何と言うのです？　『女房を殺したのは、こいつです』と言っても、警官は信用しませんね。モンタージュ写真は、全然、ぼくに似ていないのですから……。ご自分で撒いたタネですよ」

男は、勝ち誇ったように笑った。腕を組み、ソファーに倚《よ》りかかって、完全に、高原を見下していた。

（見習い天使曰く＝ほんとうは、ここで終りたいのですが、一応、この次に起ったことをご報告しなければなりません。つまり……）


「君は……」

高原は、そう言いながら立ち上った。彼と男との間にテーブルがある。そして、その上には、灰皿が載っていた。高原の手は、その灰皿を握った。

二分後、高原は、頭から血を出して、そこに倒れている男に向って、低く呟いていた。

「こいつも、自分でまいた種にやられた口か……」

女の条件

寝言をなぜ言うのか？　夢を見るから……。では、夢はどうして見るのか？　フロイトを始め、いろいろな解釈があるようです。

しかし、私たち天使が、睡眠中の人間に囁きかけるからだとは、だれも考えていないようです。

不思議と言うほかはありません。

苦しかった。鼻に水が流れこんで来る。このままでは溺れ死んでしまうと、吉永は思った。彼は、懸命になって、顔を動かした。そうすることだけが、助かる方法だという、動物的直感に頼ったのだった。それは、効果があったようだ。息苦しさは、急激に、吉永から去って行った。

「ふふふ」

と、いたずらっぽく笑う女の声が、すぐ近くでした。

「あ……」

吉永は、眼が覚めた。いまの、あの苦しさは、夢であったのか……。

「やっと、眼が覚めたようね」

ベッドの傍に、女が立っていた。すでに、着替えも、化粧も済ましたらしい。口紅が、眼にしみるほど鮮やかだった。

「やあ……」

言いかけて、吉永は顔をしかめた。頭の深奥部に、鈍い痛みがあり、それが、声を出したとたんに、強く意識されたのだ。

「あんまりお寝坊だったから、鼻をつまんで上げたの。苦しかった?」

女は笑った。少し上向き加減の鼻が美しい。

ゆっくりと、吉永は頭をもち上げ、部屋の中を見回した。

「ここは……」

どこだろうというつもりになって、途中で気がついた。霞がかかっていた吉永の意識も、次第に晴れかかって行った。

そこに、女がいるわけも、彼女の名が真理子であることも、やっと思い出した。

「あたしねえ」

と、真理子は鼻にかかった声を出した。

「もうそろそろ、出かけなければならないんだけれど……」

吉永の眼の前に突出された時計は八時を指していた。

「出かける？　どこへ？」

吉永はベッドに身を起こした。そして、自分が裸であることに気づき、タオルで下半身を覆った。

「会社よ。これでも、あたし勤めているのよ」

「勤め？　そんなもの、どうでもいいじゃないか、それより、ここへ来て……」

彼は真理子の方へ手を伸ばした。彼には、彼女が会社勤めの女だとは思えなかった。

「いいのよ。無理しなくても……。インテリは弱いんでしょう？」

真理子は、伸ばしかけた吉永の手を巧みにすり抜け、ベッドから、二、三歩遠ざかった。

ベッドの傍に、籐椅子が二つ、小さなテーブルを挟んで置かれてある。真理子はその一つに腰を沈めて、煙草に火をつけた。

「あ、ぼくにもくれよ」

「黙っていても、あげるつもりだったわ」

口紅のついた煙草を、真理子は吉永の口にくわえさせてくれた。

吸いこむと、全身に行きわたっているけだるさが、また蘇って来た。

「ここの払いは、全部済ましたわ。案外に安かった」

真理子は、ぽつんと、全然関係のないことを喋った。

「え？　そりゃあいかんよ。ホテル代ぐらい、ぼくが払う……。その背広とってくれ。中に財布がある」

「いいわよ。たいした値段じゃないんだもの。その代りこの次払ってもらうわ」

「この次？」

「いいでしょう？　それとも、もうわたしと会う気ないの？」

「そうだなア……」

吉永は、もう一度、煙を吸いこんだ。煙草の灰が、ベッドに落ちる。

「はっきりおしなさい。きのうで、すっかり、自信をなくしちまったのかな？」

「きのう？」

会話は、すべて真理子のペースで進められていた。吉永は、彼女の言葉に、ひとつひとつ反応しているだけで考える暇もなかった。

「そうよ」

と、真理子は、からかうような眼でいった。

「さんざ、えらそうなことをいっていたくせに、いざとなったら、ぐうぐう高いびき、ばかにされたみたいだったわ」

「ああ……」

吉永は、生返事のまま、煙草を持った手を、真理子の方につき出した。どうも、からだの調子がおかしいらしい。煙草が、いつもほど、うまくなかった。

前夜不首尾だったのは、或いは、このからだの不調のせいかもしれない。それとも、あのとき以来の、精神的疲労が、まだ尾を引いているのだろうか？

吉永は、前夜、久しぶりに夜の街を歩いた。日中の残暑は、嘘のようにどこかへ行き、風が肌に快かった。

彼には、街を行き交う男女が、すべて幸福そうに見えた。明滅するネオン、自動車のヘッド・ライト。電話ボックスの中の明り。吉永は、ひとつひとつ、一種の懐しさを以って、それらを数え立てた。

《もし、あの処理が失敗していたら……》と、人波の中を、ゆっくり歩きながら、吉永は考えた。《このネオンとも、長い間、別れなければならなかっただろう……》

そう考えると、今度は、道を行く人々が、急にばかに見え出した。

楽しそうに腕を組みながら、話し合っている男女。美人の女を抱えていることに、男は得意げであった。

『しかしね』と、吉永は彼に向かって、秘かに呼びかける。『お前は、女を喜ばせるために無理をしているのではないだろうか？　使いこみ、高利貸しからの借金。そして、そういう事実が、ばれそうになったとき、お前なら、どうする？　うまく切り抜ける自信があるかい？』

そして、彼の中に、優越感が拡がる。自分こそは、そういう苦境を、巧く切り抜けたという自信であった。

しかし、切り抜けるためには、彼もそれだけの犠牲を払っていた。あれ以来二週間というもの、会社の仕事が終ると、あとも振り返らずに、アパートまで、真直ぐに帰ったのだから……。夜の街の楽しさを知っている吉永にとって、それは、犠牲以外の何ものでもなかった。

もっとも、『あとも振り返らずに』というのは、嘘である。現実に、彼はあとを振り返った。会社を出ると、何げない風で左右を見回し、電柱の陰にでも、何者かが隠れていないかと注意をした。改札口、電車に乗降の際、吉永は、慎重に、尾行者の有無を確めた。そして、二週間の間に、一度も尾行者がなかったという事実の上に立って、彼は行動を昔の状態に戻す気になったのだった。

彼は、時計を見て、まだ早いかなと思ったが、かまわずに、ガラスのドアを押した。何の匂いとは指摘できないが、懐しい匂いが彼の鼻粘膜をくすぐる。

店内を見回したが、式子の姿は見えなかった。

「あ、いらっしゃいまし……。きょうは、ずいぶん、お早いですね」

顔なじみのボーイが、彼の姿を見て寄って来た。

「彼女は？」

吉永は、自制できずに聞いた。ホステスは、すでに十人近く出勤していて、ボックスのあちこちで、雑談していた。客は、奥の方に一組いるだけだった。

「あのう……」

ボーイは、当惑したように、せわしげに眼を動かした。

「え？　どうしたんだ？」

「式子さんですか？　やめたんです。すみません」

「やめた？　じゃあ、店を変ったの？」

「さあ……。何でも、いなかへ帰るとか……。でも、まあどうぞ……」

ボーイは、吉永をボックスへ案内しようとした。女たちの一人が立ち上って、吉永を見た。吉永も、二、三度話したことのある女だった。

だが、彼女は、吉永を認めると、笑いかけようともせずに、眼を逸らした。それは、明らかに、意味のある動作であった。

「あのう……。しばらく、いらっしゃらなかったものですから……。式子さん、会社の方へ、電話をおかけしても、いつでも……お留守だったとかで……」

ボーイが、弁解がましくいった。

「そうか……。じゃあ……」

吉永は、ボーイが慌《あわ》てて止める声を聞き流して、そこを出た。

《たった二週間が、がまんできなかったのか？》ばかな女だと、吉永は思った。

──秘かに『処理』と名づけていたことをするに当って、彼は細心の注意を払ったから、発覚することはないという自信を持っていた。しかし、万が一の場合を恐れ、式子にもいっておいたのだ。

「しばらくの間、ぼくは店に行かないからな」

「なぜ？　しばらくって、どれくらい？」

「理由は今言えないが、それがお互いのためなんだ。まあ、そんなに長いことではない」

「でも、電話ぐらいはくれるんでしょう？」

「そうだなあ……。いや、それもやめよう。ちょっと、そうする必要があるんだ」

「そう……」

式子は勝気な女だった。こういうとき、心変りしたのだろうなどと、泣き言をいうのは、彼女の自尊心が許さない……。唇を嚙んで、吉永の眼に見入っただけであった。

しかし、彼女は、あのとき自分が捨てられたと思ったのだろう。そして、勝手にどこかへ行ってしまった。或いは、前から彼女を口説いていたという、石油会社の重役の誘いに乗ったのかもしれない──。

《ばかな女だ……》もう一度、吉永は思った。しかし、その女に入れあげ、公金に手をつけた吉永自身は、ばかではないのだろうか？　むろん、その公金費消は、うまく『処理』して、いま彼は安全圏にいるのだが……。

吉永の足は重くなっていた。明滅するネオンが、うるさくなり出した。空気の味までが苦かった。

たかが女一人と思う。しかし、すぐに忘れ去るには、式子の記憶が強すぎた。その、記憶の中の式子は、ふだん、何となく思い出すとき以上に、官能的な雰囲気を持っていた。

《そう簡単に忘れられるものではないかもしれない》吉永も、そう認めざるを得なかった。

だからこそ、公金を使いこんでまで、彼女に夢中になったのだった……。

彼が、そんな感慨にふけっていたとき、その彼の横を通り抜け、くるりと振り返った女がいた。

「どう？　退屈しているみたいね」

女はスタイルもよく、鼻にかかった声にも魅力があった。彼を真正面から見据えて、わざとらしい、瞬きをした。

「うん？」

「失恋したんじゃない？　本当は、わたしもそうなの。だから、今晩どう？」

「失恋か？　そう言えばそうだな……。じゃあ……」

そのあとは何も言わずに、二人は肩を並べた。女の正体は判らなかった。街娼にしては崩れたところがない。純粋にマンハントをしている不良B・Gか？

しかし、吉永はどうでもいいと思った。まさか殺されることはあるまい。殺されたところで……。

その女が真理子だったのだ。

吉永と真理子とはスタンドバーを三軒ばかり飲み歩いた。彼女は酒に強かった。三軒のうちの、一軒の勘定は、彼女が払った。

どうでもいいとは言っても、彼女の正体が判らないことに、多少の気がかりはあった。吉永は何回となく、彼女の意図を聞き出そうとしたが、そのたびに真理子は、

「ふふふ、あとでわかるわよ」

と、皮肉めいた微笑をつくり、言葉を濁すのだった。

そして、最後には、彼女にともなわれ、このホテルへやって来たのだが――。


これから、会社に行かなければならないと言ったくせに、真理子は、なかなか立とうとしなかった。

「ちょっと、向こうを向いていてくれ、服を着てしまうから……」

「あら？」

と、真理子は、わざとらしい声を上げた。

「ずいぶん、水臭いわね、もっとも、無理ないわね。まだ、二人は他人のままだから……」

それは、皮肉かもしれない。彼女が娼婦であろうとなかろうと、そのつもりでホテルに来たのに、何もなかったとすれば侮辱されたように感じるだろう。

「おい」

吉永は、ズボンをはき、Yシャツの裾を、それに突込みながら聞いた。

「ほんとうに、ぼくたちは、他人のままなのか」

「そうよ。あなた、全然覚えていないの？」

「ああ……」

それは、嘘ではなかった。まっぱだかでベッドの中にいたのだから、そこにはいるときは、真理子を抱く気であったのだろう。しかし、腕に抱いたという記憶はなかった。唇を合わせたか否かさえ、覚えていない。

「ほんとかしら？　ここに来るとき、そんなに酔っぱらってないみたいだったけど……」

「うん。いままでも、酔いつぶれた経験なんてないんだ。ここ二週間ばかり、アルコールから離れていたせいかもしれないいな」

もともと、彼は、酒に酔って前後不覚になったことはなかった。それが、一つの誇りにもなっていた。毎日、会社からの帰りには、必ずアルコールを胃に入れていた……。それが、この二週間、『処理』したあとの配慮から、アルコールを遠ざけていたのだ。そのために、からだが、なまってしまったのかもしれない。

「二週間？　それ、どういうこと？」

真理子が聞きとがめた。

「二週間前に、何かあったの？」

「いや。なぜ、そんなことを言うのだ？」

吉永の声には、とげがあった。ネクタイを締める手が止まった。

「あなたねえ……」

真理子は、脚を組み替え、上半身を椅子の背にもたせかけた。

「ゆうべ、この部屋にはいってくるなり、あたしに抱きつこうとしたわ。でも女って、いくら酔っていても、ムードが欲しいの。だから、ビールを一本だけという約束で、おつまみとビールを取り寄せたわ。それは覚えているでしょう?」

「うん。そう言われてみると、たしかに、そんなこともあった。ビールで乾杯しながら、インスタント三々九度とか言ったっけ……」

「そうよ」

と、真理子は吉永を睨んだ。

「そのあと、あたし、バスにはいって来ると言ったら、あんた、じゃあ先にベッドにはいると言って……。それで、あたしがバスから出て来たら、もうぐうぐう高いびき。あんたって、いびきがすごいのね?　それから寝言も……」

「何?」

吉永は息をのんだ。いびきをよくかくことはこどものころ、兄に言われて知っていたが、自分が寝言を言うとは知らなかった。

「寝言だって?　ぼくが何か寝言を?」

「そうよ。何だか、とてもうなされていて……。高崎をどうとかしたとか……。証拠がないだろうとか……。あれ、何のことかしら?」

吉永は、黙って真理子の顔を見つめていた。高崎という名が出た以上、彼が寝言を言ったのは事実であろう。それを聞いて、この女はどう思ったか？

「なあに？　ルージュがはみ出している？」

女は、吉永の眼を見返して言った。口紅の形は、ちゃんと整っていた。彼女は、鏡を見ながら化粧したのだから、そのことは、ちゃんと、知っているはずである。いま、ルージュのことを言ったのは、だから擬態ではないだろうか？

「そのほか、ぼくはどんな寝言を言ったんだ？　君はちゃんと聞いているんだろう？　教えてくれ」

「どうしたの？　まるで、おびえているみたい。寝言なんて、忘れちまったわよ」

彼女は立ち上がると、わざわざハンガーから背広をはずし、吉永のうしろに回った。その動作には、何の疑わしいところもなかった。先刻の疑問は、結局、考えすぎだったのだろうか？

「あ、そうそう。さっき、あんたが寝ている間に、名刺いただいといたわ。今日の午後、電話するかもしれない。いいでしょ……」

「…………」

吉永が返事をしぶっていると、彼女は、ベッドの乱れを直し始めた。

その日の午後、吉永は真理子からの電話を待った。寝言の話をもう少し聞き出し、どこまで聞いたかを確める必要があったのだ。

——吉永は、自分の公金費消を、同じ会計課の同僚、高崎に感づかれたらしいと知ったとき、彼を殺すことを考えた。会社をくびになれば、職を捜すこともできないだろうから、吉永の人生は狂ってしまう。それよりも、高崎を殺し、公金費消の方も、彼になすりつけてしまえば……。

吉永は計画を練った。高崎を殺すことには、何の抵抗も感じなかった。性格も彼とは全く逆の男で、敵意なしにはつき合うことのできない相手だったせいかもしれない。

ある夜、彼は会社の帳簿を持って、高崎のアパートを訪れ、

「重大な告白をしに来た」

と言った。それだけで、高崎には用件がわかったようだ。

「まあ上がれよ」

という口調にも彼の優越感が溢れていた。

……吉永は、高崎の出してくれたコーヒーの中に、毒を入れたのである。それは、工場回りをした際に、手に入れておいたものだった。

そのあと、コーヒー茶碗を洗い、ガラスのコップを、彼の手につかませた。来客のあった形跡を全部消し、高崎の倒れている前に、帳簿を拡げておいた。なまじ、にせの遺書を書くより、この方が有効だと思ったのだ。

この結果は成功だった。

「まさか、高崎君が、あんなに使いこみをするとは……」

と、首をかしげる同僚もあったが、警察も公金費消を苦にしての自殺と判断した。

それ以来、二週間が経っていた。もう絶対に大丈夫だと思っていたのに、寝言を言ってしまったとは……。

吉永は、真理子にその点を聞き、もし少しでも彼女が疑っているようなら、次の手を打たなければならないと考えたのだった。

やはり、電話はあった。

「今日は、もう少し、ムードを楽しもう。計画は全部、ぼくに任せてくれ……」

と、吉永は真理子の電話に向かって答えた。

最初、彼らは映画を見た。

「デートを、映画から始めるなんて、こどもみたい」

と、真理子は笑ったが、それでも、映画館の中ではおとなしく画面に見入っていた。吉永が手を探ると、柔らかに握り返す。

《この女は、疑ってはいないのか？》吉永にとっては、映画より、その方が重要だった。もしすでに寝言のことを忘れているようなら、よけいなことをしない方が賢明だろうが……。

映画館を出たとき、迷ったが、一応、スケジュール通りに始めてみようと思った。

彼の予定した場所は、皇居前広場だった。

「いゃあねえ。それくらいだったら、最初からホテルに行けばいいわ」

真理子は、吉永からそれを言われたとき、歩道に立止まってしまった。そばを通った青年が、『ホテル』という言葉を聞きとがめて、二人を振り返った。

「うん。しかし、話があるんだ……」

「知っているわ。寝言のことでしょう？　あれ、嘘よ。あんた、寝言なんか言わなかった……」

真理子は、吉永の腕をとり、からだを寄せながら言う。

「え？　そんなばかな。それじゃあ……」

「高崎さんの名を、なぜ知っているかって言うんでしょう？　そのくらい知っているわよ。あたし、あの人のフィアンセだったんだもの……」

こんどは、吉永が足をとめた。頭の中で、渦が巻いていた。その混乱の治めようを、彼は知らなかった。

「大丈夫。刑事なんか呼んでいないわ。あの人、前にあたしに言っていたの、吉永という男が、使いこみをしているらしいって……。だから、そのくらいの人の方が頼もしいって言ったら、猛烈に怒ったわ。まじめ一方で、つまらない人だった。だから、あの人が、使いこみを苦にして自殺したなんて、考えられなかったわ。あたし、すぐ、あんただって眼をつけていたの……。それでゆうべは、ホテルで飲んだビールに睡眠薬をとかし……。あの寝言の話をしてみたのよ。あのときの、あんたの顔。絶対に間違いないと思ったわ。あんた、あたしを皇居前広場の木の陰に連れて行き、殺すつもりだったんでしょう？　でも、そんなことしたら、手紙がちゃんと警察に着くように手配してあるわ。それより……」

彼女は、ビルに倚《よ》りかかるようにして、小声で話し続けた。自動車のエンジンの音が、ときどき、それを邪魔するが、どうにか、聞きとることだけはできた。

「じゃあ、君はいったい？」

と、吉永は喘ぎながら言った。

「あんた使い込みの名人なんでしょう？　今度は、あたしのためにうんと使い込みをしてよ……。それがあたしの条件……」

真理子は、吉永の腕をつかみ、通りかかったタクシーに手を上げた。

（見習い天使曰く＝気の毒なのは、吉永君だとは思いませんか？　これだけ、頭の働く女性にとりつかれたら、またまた、何かをしでかさずにはいられないでしょう……）

アンケート

先日、東京の街の上を飛んでいたら、つぎのような原稿が落ちていました。

さっそく、警察へ持って行き、それとなく署長の机の上に置いておいたのですが、彼は見向きもしませんでした。しかし、事態は重大です。

そこで、皆さんに、その原稿を発表することにしました。

もし、あなたの肉親の方が、交通事故の犠牲者になったら、あなたはいかがなさいますか？　いや、たしかに縁起でもない話には違いありません。しかし、現代の日本で生活している以上、このことを考えておいてもよいのではないでしょうか？　例えば、あなたが宝くじを買ったとします。恐らく、あなたは一等に当ったら……と、いろいろ夢想なさるでしょう。でも、宝くじに当る確率より、あなたや、肉親の方が交通事故に遇う確率の方が高いのです。ですから、万一の場合に備え、いろいろ対策を練っておくことが必要だと思うのですが……。

さて、あなたの奥さんなり、こどもさんなりが交通事故に遇い、不幸、帰らぬ旅に立たれたとします。葬儀、初七日の法要が済んだころ、あなたの家に、一通の手紙が舞いこむはずです。差出人は『交通事故絶滅期成同盟』

そして、手紙の文面は、つぎのようなものです。

『突然、手紙を差し上げる無礼をお許し下さい。

このたびは、××様不慮の事故により尊い生命を奪われました。あなた様のお悲しみ、いかばかりでございましょう。

そのお悲しみのところへ、こんなことを申し上げて失礼とは存じますが、私どもは、このような交通事故を、地上から絶滅したいと願っている者でございます。発足して日も浅く、あるいは、私どもの存在さえご存じなかったことと思いますが、こんご、何かとお役に立ちたいと願っております。

さて、唯今、私どもは、交通事故の犠牲になられた方々のご家族から、次の項目について、アンケートを戴いております。これは、近く集計し、関係諸方面に意見を具申する際の資料に致すものであります。
車輪の暴力から、われわれを守るという本同盟の趣旨にご賛同を賜わり、アンケートにご協力下さるよう、お願い致します』

そして、このあとに、アンケートの項目が並んでいます。返信用の葉書もはいっています。あなたは、交通事故を絶滅したいと考えているので、このアンケートに協力する気になるでしょう。そこで万年筆又は鉛筆を握る。しかし、ちょっと待って下さい。回答を記入する前に、以下の小文をお読みになった方がおためかと存じます。

私は今朝も、八時に出勤した。勤務先は『交通事故絶滅期成同盟』である。ある大きなビルの六階が、その本部になっていた。ビルの所在や名は、残念ながら公表するわけにはいかない。

そこで私に与えられている肩書は、所長秘書である。

私は、出勤するとすぐに、郵便物の整理を始める。日本全国に散在している支部からの報告書を、一とまとめにし、つぎに、到着したアンケートを分類する。また、この事務所では、全国の日刊新聞を購読しているので、それらの新聞から、交通事故関係の記事を切り抜き、スクラップ・ブックに貼るのも、私の仕事である。これを全部し終ったのは、いつもと同じように、十時近かった。

報告書や分類したアンケートは、所長のもとに持って行く。

彼は四十歳、なかなか魅力のある男性である。ことに、てきぱきと仕事を処理していると
きの彼の眼は、よく澄んでいて美しい。未亡人になって、まだ一年たらずの私でさえ、そう
いう彼を見ていると心を乱すことがある。

「どうですか？　今日来たアンケートは？　ダブルａは何通ありました？」

整理したアンケートを持って行った私に、彼が言う言葉は決っている。

「七通です。大阪が三通、山形、群馬、愛知、それと都内が一通です」

「都内は一通ですか？　少ないな。しかし、しようがない。あとで、私が行きますから、あ
なたも準備しておいて下さい。それから地方に対する手配を忘れずに……」

それだけ言い終ると、彼は、早速、支部からの報告書に眼を通し始めた。

私は自室に帰り、命ぜられた『手配』にとりかかった。

『前略　×月×日、貴管内の左の方々から、ダブルａの回答が寄せられました。早速、打
合わせ通りの行動を起し、必要事項を報告して下さい』

私の机の引出しには、このような文面を刷りこんだ葉書が沢山ある。この文のあとに、ア
ンケート回答者の住所姓名を記入し、速達便で出すのだ。これが『手配』であった。
それが終ると、先刻貼ったスクラップ・ブックを開け、氏名を拾い出し、台帳に必要事項

を記入する。台帳はつぎのようになっている。

事故月日	犠牲者氏名	遺族代表者	続柄	アンケートの結果	事故責任者住所氏名

この表のうち『アンケートの結果』という項目は、まだわからないから空欄にしておく。あとは、新聞に載っている通りを記入すればよいのだが、最近のように、交通事故で生命を落す人が、一日平均三十人もいると、これを全部書くだけでも、かなりの時間が取られる。

つぎに、私がやらなければならないのは、遺族代表者たちへのアンケート用紙の発送である。かねて用意してある刷り物と、返信用の葉書を封筒に入れ、宛書を書くだけだが、結構、骨は折れる。だから、私は、あるとき所長に進言した。

「こういう仕事は、全部支部でやったらどうなんでしょう？　地方の新聞を、東京に集め、そこからまた地方に手紙を発送するなんて、ずい分、無駄なことだと思いますわ。どうせ、地方支部だって、新聞をとっているのでしょうから、支部にそれぞれの県の台帳を備え、手紙の発送から、アンケートの整理までするようにすれば、もっと能率的だと思うのですが……」

しかし、この私の提案は受け入れられなかった。

「将来は、そうしたいと思っている。だが、現在はまだ無理だな。ご苦労でも本部でやるようにしないと……」

「なぜでしょう？」

「地方の支部では、支部長の人でも、ほかに仕事を持っているのだ。だから、同盟の事務にかかりっきりというわけには行かない。同盟も、発足してまだ日も浅いし、いま無理をしたら、とんでもないことにならないとも限らない。まあ、そんなわけだから、しばらく、がまんして下さい。いずれ、あなたの助手も傭《やと》うつもりですから……」

そう言われれば、私もそれ以上、押すわけには行かない。未亡人の職場としては、ここは待遇もよい。多少の忙しさには、耐えなければならないだろう。

ところで、発送するアンケートとは、至って簡単なもので、二項目から成っている。

①交通事故で、人を轢き殺した場合、業務上過失致死罪に問われますが、現行刑法では、その刑は『三年以下ノ禁錮又ハ五万円以下ノ罰金』と規定されています。これについて、あなたはどうお考えですか？
　a軽すぎる　　b適当である　　c重すぎる
②（第一問でaと答えた方のみ）では、どのように改正すればよいでしょうか？　とくに、

酔っぱらい運転、居眠り運転による事故について答えて下さい。
　a殺人罪並みの極刑を科すべきである
　b禁錮ではなく、懲役にすべきだ
　c罰金の額を多くすべきだ

そして、これを受取った者は、自分の意見を、返信用葉書に、a、b、cの記号で記入して、送り返してくるしくみだ。従って、回答の種類は、

第一問を
- aとし、第二問を
  - aとしたもの
  - bとしたもの
  - cとしたもの
- bとしたもの
- cとしたもの

の五通りあるわけだった。

このうち、一問二問ともaと答えた人を、私たちは『ダブルa』と呼んでいた。交通事故の責任者に対し、最もきびしい態度をとっている人たちだ。

このアンケート用紙の発送を終えると、たいてい正午になる。私はときには一人で、またときには、同じ『交通事故絶滅期成同盟』の職員たちと、昼食をとりに出る。

職員たちと書いたが、彼らはみな男である。私のほかには、女子職員はいない。つまり、私は紅一点というわけだった。だが、その紅一点の私に、誘惑の手を伸ばそうとするような者はいないし、性に関する話題で私をからかう者もいない。全く対等に扱ってくれるのだ。

ここで、私の名誉のために、一言弁解させてもらうが、私はまだ三十前だし、同年輩の女性にくらべ、容貌やスタイルが見劣りしているとも思えない。それにも拘らず彼らが私を誘惑しないのは、なぜであるか？

それはきっと、彼らの現在の仕事が、あまりにも忙しく、そして神経をすり減らすからに違いない。彼らは、女性など眼中にないのだろう。

私は、今日は、昼食を一人でとった。近くに、エビフライのおいしいレストランがあるので、ときどき、そこに行くのである。

その帰りのことだった。私が横断歩道をゆっくり横ぎっていると、トラックが私のそばを、スピードを落さずに走り抜けた。思わず、私はよろめいた。しかも、トラックの運転台からは、私に向って、罵声が飛んで来た。

「気をつけろ。ばかやろう」

しかし、私は腹を立てなかった。むしろ、心の中では彼を憐んでいたくらいだ。いまに見ていなさい。あなたはきっと……。

そう考えるのは、楽しいことであった。『交通事故絶滅期成同盟』に勤務するようになってから、覚えた楽しみである。

事務所に帰ると、所長が待っていた。

「さ、行こう。今日は品川だったね」

「はい、そうです」

私は、ハンドバッグと書類袋とを持って、所長のあとに従った。

ビルの専用駐車場に、所長の車が置いてある。私を助手台に乗せて、所長は車をスタートさせた。

恐らく、東京都内を探し回っても、所長ほど厳密に交通法規を守っているドライバーは見当らないのではあるまいか？　制限速度を完全に守るのはもちろん、中央線突破などは絶対にやらない。ほかのことには、非常にせっかちなくせに、一旦、ハンドルを握ると、まるで性格が変ってしまったかのようだ。『交通事故絶滅期成同盟』の所長だけのことはあると、私は、いつもひそかに感心しているのだ。

そんなぐあいだったから、目的の家へ着くまでには、かなりな時間がかかった。この間、私たちは、互いに一言も話し合っていない。自動車を運転しているときは、神経を集中しなければならないから、絶対に話しかけてはいけないという所長の方針なのである。そういう点、所長は実に徹底していた。

『藤城薬局』そこが、私たちの訪問先であった。つまり今日届いたアンケートの回答のうち、都内居住者で、『ダブルa』だった唯一の人物を、訪れたのだ。

商店街ではあったが、薬局の前の道路は、道幅が狭く、バスが一台やっと通り抜けられるくらいだった。むろん、車は一方通行になっていた。そのため、私たちは車の駐車場所を探すのに、手間どってしまった。

薬局は間口二間の、どこにでもあるような店であった。三十四、五歳の白衣を着た男が店番をしていた。私たちがはいって行くと、黙って頭を軽く下げ、カウンター代りのガラスケースに近寄って来た。薬局の当主、藤城友夫であろう。思いなしか、やつれ切って、顔色にも生気がないようだった。仕方なしに店に出ているのかもしれない。

「何か？」

と、彼は言った。無愛想な口調だ。

「いや、実は私どもはこういうもので……」

所長が肩書のはいった名刺を出す。

「このたびは、ご子息さまがとんだことで……。さぞお力落しのことと、お察し申し上げます」

「あ、これはどうも……。先日、お手紙をいただいて……。で、今日は何か？」

「はあ、ちょっと私どもの『交通事故絶滅期成同盟』の活動状況などをご説明に……」

「ははあ……」

相手は、とたんに警戒の面持になる。

「率直に言ってどういうことなんです？　寄付でしたらお断りします。偉そうな名前の会を作り、実は人の悲しみにつけこんで金もうけをしようなどというのは、人間として一番卑劣な行為だと思いますからね」

「ご尤もです」

所長は、こういう誤解には慣れているから、腹も立てずに、静かに応対する。

「いまおっしゃったような行為は、たしかに、どうかと思われます。だが、私どもの会は、決してそんなものではありません。今日、うかがったのだって、寄付とは何の関係もないのですから……」

「では、選挙の事前運動ですか？」

藤城の不機嫌は、少しも癒らない。もっとも、現在の彼にとっては、世の中のすべてのことが、癪《しゃく》の種なのかもしれない。

「いや、そんなけちなものではありません。藤城さん。あなたはどうお考えか知りませんが、私どもの会は、全く純粋な動機から出発しているのですよ。絶対に、営利を目的とした団体ではありません。そのことは、どなたに向っても断言できます」

藤城は、二、三度烈しい瞬きをしてから、私と所長とを見くらべた。探るような眼付きである。

「私事を申し述べさせていただきますが、私は長女を三年前に、交通事故で失いました。それから、ここにいる私の秘書も、結婚して二年目に、ご主人がやはり交通事故でなくなっているのです。だから、昨日まで、いやその直前まで元気だった肉親が、突然、生命を奪われた悲しみは、あなたと同じように経験しているのです。その私たちが、交通事故絶滅に名を借りて、金もうけや、売名行為をしたりするはずはありません。今日伺ったのは純粋に、いかにすれば、交通事故がなくなるかのご相談が目的なのです」

「そうですか？　ではあなた方も……。これは、知らぬこととは言え、全く失礼しました。どうです。こんなところで立話もぐあい悪いですから、お差し支えなければ、おあがりになって……」

藤城は急に態度を改めた。交通事故で肉親を奪われた者同士という、一種の連帯感が、彼の殻を取り除いたのであろう。

私たちはこうして、薬局の奥、藤城家の客間に通された。

「あいにく、家内が外出中で、碌なおもてなしもできませんが……」

藤城は、そんな弁解をしながらも、インスタント・コーヒーを入れてくれた。

しばらく、交通事故に関する雑談が続く。薬局には、あまり客は来ないらしく、私たちと話している間に、藤城が呼ばれて立って行ったのは、一度だけだった。

藤城の五歳になる長男は、五日前に、自宅前の道路上で、小型三輪にはねられて即死したのだった。

「何しろ道路が狭いでしょう？　ふだんから気をつけるように言っていたのですが、そこはこどものこと、何かに夢中になると、向う見ずに飛び出してしまうのですね。悲鳴を聞いて駈けつけたときには、もう息がありませんでした。轢かれ方も悪かったのでしょう」

藤城は遠い眼付きをしていた。

「それで、小型三輪の運転手は？」

「若い男でした。真青になって、がたがた震えていましたがね。スピードを出しすぎていたということです」

「怪しからんですな。お宅の前の道のように、狭いところを通るときは、ハンドルを切る余裕がないだけに、スピードも、ぐんと落さなければならないのに……」

「しかし……」

藤城は、遠慮深げに反駁《はんばく》した。

「考えてみれば、その運転手も気の毒な気がしますよ。裁判にひっぱり出され、それに、こどもを一人殺したという記憶は、一生、ついて回りますから……」

この言葉は、私には意外だった。ダブルaの回答を寄せて来た人は、みな相手の運転手を憎んでいるはずなのだから……。

「ははあ、では藤城さん。あなたが、アンケートに、あのようにお答えになったのは、感情を抜きにして、純理論的に、現在の刑が軽すぎるとお考えになったからですか？」

「アンケート？　ああ、あれですか？　あれを書いたときは、お恥ずかしいことに、まだ興奮が醒めていませんでしたので……。その後、少し落ち着いて来るにつれ、今さら相手を憎んでも始まらないように思ったのです」

「なるほど……。お気持のそういう動き方は、よく分ります。実は私が三年前に長女を亡くしたときも、そう考えたものです。相手はタクシーの運転手でしたが、丁寧に見舞いに来てくれましたし、タクシー会社も、誠意を見せてくれました。そんなわけで、運転手を憎まないつもりになっていました。ところが、それから約一年後、私は偶然に、その運転手の運転するタクシーに乗り合わせたのです。こちらはすぐ気がつきましたが、相手は私を忘れているようでした。そのうちに、車の前にこどもが飛び出して来て、危く轢きかけたのです。『よかったなあ、轢かないで……』と、私は心から言いました。ところが、その時、運転手は何と言ったと思いますか？

『ひどいものですよ。前に一度、こどもを轢いたことがあるが、ジャリというのは無鉄砲ですからね。ジャリがいなければ、都内の交通事情は、もう少し楽かもしれません』

『ジャリ？』と私は聞き返しました。耳慣れない言葉だったからです。

『ええ、こどものことですよ。とにかく、あれは始末におえません』

運転手は、まだ、私がそのジャリの親だということには気がつかないらしく、平気でこんな答えをしました。そのときの私の気持、どうかお察し下さい。私が『交通事故絶滅期成同盟』を作ったのも、そんなことが動機になったのですね」

所長のこの話は、私は何度か聞いている。

決して作り話ではなく、実際に経験したことらしかった。『期成同盟』の業務内容を説明しようとするとき、所長が必ず持出す話だった。「なるほど……」と、藤城は考えこんだ。

「ひどい男ですな。お子さんを轢き殺したことを、何とも思っていないのでしょうか？」

「そうらしいです。却って、自分の方が災難だったくらいに考えているようでした」

「ふうん」

藤城は、何故か、急に黙ってしまった。腕を組み、眼を閉じる。

「いかがです？」

藤城の様子をうかがいながら、所長が言った。

「要するに、人を轢き殺すドライバーは、一種の性格異常者なのですよ。細心の注意を払っていれば、絶対と言ってよいくらい、こうした事故は防げると思うのです。私は、その後、自分で免許をとり、車を運転するようになって知ったのですが、現在のドライバーたちにとって、交通法規というのは、免許を取るときにだけ、必要なもので、いざ免許証を手にしてしまえば、どうでもいいものらしいですね。恐らく、どんな運転手でも、交通法規を一度も犯したことのない人というのはいないでしょう。彼らは、目的地に早く着くことに気をとられすぎ、事故を起すまいという配慮には欠けているようです。交通法規が完全に守られれば、事故はもっと少ないはずなんです。ハンドルを握ると、そのとたんに、神経がふだんの状態から、ちょっとずれるのでしょうね。そして、ずれ方の最も甚しいものが、人を轢いてしまう。私はそう思っています。人を轢き殺した運転手は、もともと、ドライバーとしては、不適格者なんですな。その意味で、刑をもっと重くしろというご意見には全く同感なのですが……」

「刑を重くすれば、事故は減るでしょうか？」

「そりゃあ減りますよ。仮りに、車で人を轢き殺した場合に、殺人罪を適用するとなってごらんなさい。だれだって、自分の身がかわいいのだから、もっともっと、注意を払うようになります。ところが、法律家連中は、こうした実際的効果を認めようとしない。法理論上、どうだこうだと言って、私たちの意見を聞かないのですよ。そこで、私は……」

所長は、そう言って言葉を切った。そして、自分の前に出されてあったコーヒー・カップに手をのばし、すでに冷たくなったコーヒーをゆっくりと味わっている。

「あのう……」

ついに、たまりかねたのか、藤城が聞いた。

「お宅の『期成同盟』とは、どんなお仕事を？」

所長は、この瞬間を待っていたのだ。

「藤城さん。それ、お聞きになりたいですか？」

「ええ。それに来て下さったのは、その説明が目的だったのではないでしょうか？」

「そうです。しかし、それは、藤城さんのご意見が、交通違反者に対して峻厳《しゅんげん》だと考えたからです。ところが、あなたは、アンケートの回答を出されたあとで、軟化されたようなので、ご説明申しあげては、却って失礼かと存じまして……」

「いや、決して軟化したわけではありません。ことに、先ほどのお話をうかがってからは……」

藤城は、すでに所長の話術にひきこまれていた。聞き出したいという希望に、眼が輝いている。

「では……」

所長が私に合図を送った。

私は一礼をして、書類袋から、『期成同盟』の規則書を取り出して、藤城に差出した。

「説明を申しあげるより、これをよく読んでいただいた方が……」

「じゃあ……」

藤城は、規則書に眼を落した。私と所長とは、息を殺して、藤城を見守っている。最もスリルを感じる一瞬だった。

「これは、あなた」

やがて、藤城はこう叫んだ。顔色が変っていた。

「まさか、こんなことが……」

「いや、決して、じょうだんではありません。私どもは着々と目的を達しているのですから……」

「しかしこんなことをして、発覚しないはずはないでしょう？　いまの警察は、捜査技術も向上したし……」

藤城は疑わしげであった。臆病そうに声をひそめ、眼を落ち着きなく動かす。

「そうでしょうか？　しかし、実際に手を下す人間と相手方との間には、何の関係もないのですよ。従って動機もない。住居が距離的にも離れている人間を、実行者に選びます。むろん、同盟員です。だから、現象的には、無動機の流しの犯行のように見えますね。これだけでも発覚の恐れは全然ないと言えます。しかし、先ほどおっしゃったように、捜査技術は進歩しています。根気のよい刑事が、長い時間かけて追及しているうちに、実行者が突きとめられないとも限りません。その場合の用意に、同じ同盟員によるアリバイを、ちゃんと準備してあります。それに、同盟員の中には、弁護士も二人おりますし……。いや、大きな声では言えませんが、警察官もいるのですよ。つまり、絶対に安全だという仕組みになっているのです……」

「ふうん……」

藤城は唸った。しかし、所長の説明で、彼の恐怖は、幾分おさまったようであった。

「しかし、中には、途中でおじけづいて警察に自首したりする者が出ないでしょうか?」

「いや、藤城さんが考えていられる以上に、現在の期成同盟は、大きな組織になっています。そして同盟員は、組織の偉大さを十分に知っていますから、あとの報復を恐れて、裏切るようなばかな真似はしないはずです。何しろ、今までに、検挙された同盟員は一人もいません。その手際のよい実績を知っていれば、裏切った場合、どんなことになるか、考えるまでもないでしょう……」

「じゃあ」

と、藤城は溜息をついた。

「まだ加入していない私が、警察に届けたら」

「まさか……」

所長は、一言のもとに、笑いとばしてしまった。

「あなたは、ばかではない。そんなことはしないでしょう。自分の生命が大事でしょうからね」

「とすると、私は同盟員になる以外に、方法はないのですか？」

「いや、無理にはおすすめしません。しかし、加入されない場合も、秘密だけは守っていただきます。いかがです？　ここは、幼い生命を散らされたお子さんの恨みを晴らす意味で……」

所長は、熱っぽい口調で話し続けた。


藤城氏が加入したかどうかは、組織の秘密だから、ここに書くわけには行きません。しかし、もし加入したとすれば、彼の愛児を轢き殺した小型三輪の運転手は、半月経たずのうちに、他の同盟員の手で、殺されてしまうでしょう？　そして、同盟に対して借りができた藤城氏自身も、そのうちには、他の同盟員のため殺人をする義務が生じるわけです。

これが、『交通事故絶滅期成同盟』の偽りない姿なのです。

いかがです？　アンケートの回答は慎重にと申し上げた理由は、分っていただけたと思いますが……。

そして、全国の自動車運転免許証所有者のみなさん、こういう組織があることもお忘れなく。

（見習い天使曰く＝あの警察の署長が、この原稿を握りつぶした理由も、おわかりになったと思います。そう、きっと、署長も同盟員なのでしょう）

卒業記念

われわれの見習い期間も、今回で終りになり、卒業することになりました。近く、正式に天使に任命され、神々の仕事を分担するはずです。

そこで、今回は、卒業記念に……。

プラット・フォームへ駈け上ると、運よく、電車が滑りこんで来た。そして、さらに運がよいことには、時江の真前で、ドアが開いたのである。

客が降り終るのを待って、時江は、まっさきに、電車に乗りこんだ。久しぶりに、クラス会へ出て、意外におそくなった時間を、何とか取り戻したいという気の焦りがあった。いくら、急いで電車に乗っても、着く時刻は同じなのだが、人は得てして、こんなときには錯覚を起しがちである。時江もそうであった。女も、家庭にはいり、三十を過ぎると、図々しくなるのだろうか？　人を押しわけるようにして、電車に乗りこむことに、恥ずかしさも感じなかった。

この日、時江は、あくまで運がよかった。ちょうど、一つだけ、空席があったのだ。むろん、彼女は、だれに遠慮することもなく、その空席に、尻をわりこませた。

ハンドバッグを膝におき、駅の立売りスタンドで買って来た週刊誌をひろげた。

『未亡人こそ最高の状態』

トップ記事には、そんな見出しがついていた。

深く考えずに、時江は読み進んだ。電車の震動が、快く、彼女のからだに伝わって来る。いつもの彼女なら、居眠りをしたくなるところだ。

しかし、彼女は眠らなかった。五年ぶりで出席したクラス会での興奮が、いまだに、彼女の神経を緊張させているせいかもしれない。それに、記事も、不思議なほど、彼女を惹《ひ》きつけた。

――女の最も幸福で、充実した状態は、未亡人の状態だ。その記事は、そんな主張をしていた。

いままで、女は結婚によって、幸福になるという迷信が、世を支配していた。しかし、結婚生活を送っている女性の、何％が、本当に幸福な落着きを得ているだろうか？　家計のやりくり、夫の機嫌とり、或いは夫の浮気の心配、こどもの養育。そんなことどもに、神経をすり減らし、女性本来の幸福を捨てているのではないか。

そう考えた場合、夫があるていどの資産を残して死んでくれたあとの未亡人生活こそ、自由でまた幸福なものだ。

なぜなら、未婚女性のように、結婚というものに、夢のような憧《あこが》れを持っていないから、本当の恋愛を楽しむことができる。食事の仕度が面倒なら、外へ食べに行き、ついでに好きな映画を見ても差支えない。もし、さびしければ、適当な青年と、あとくされのない恋をささやく。こういう場合、こちらが未亡人だと知れば、相手も気楽につき合うことだろう。このように、本当に生を楽しむためには、未亡人生活こそ、最適である。

（こどもがいないということと、夫が資産を残してくれることが、大前提だが……）

そんな内容の記事であった。そして、その記事には、二人の未亡人の手記がつけられてあった。一人は、夫の死後、生命保険でアパートを建て、株式にも投資して、余裕のある生活をしていた。他の一人は、夫の家を売って、学資を作り、バー勤めをしながら、デザイナーになって、いまでは洋裁店を経営していた。二人とも、

『もし、夫が若死にしなければ、のんべんだらりと結婚生活を送り、独立した個人としての喜びを味わえなかったでしょう』と書いていた。

読み進むうちに、時江は、何回も溜息をついた。

クラス会で、これと同じようなことを話していた友人のことを思い出したのだ。彼女は、

五年前の会では、姑《しゅうとめ》との間がまずいと、しきりにこぼし、会の途中で帰って行ったのだが、今日は、希望者を募って、美男子のバーテンのいるバーを飲み歩く相談をしていた。服装なども、すっかりあかぬけして五年前より若返って見えたほどだ。

《興味本位の記事ではあるが、一面の真理かもしれない》と時江は読み終ったとき、そう思った。

ふと気がつくと、彼女の前に、男の高校生たちが立っていた。

「二十四日が楽しみだな」と、一人が言った。そして、何を思い出したのか、指をぽきぽきと鳴らした。

「ああ、なぐる順番を決めておこうじゃないか。まず、鼻ぴしゃだろう?」

「そうじゃないよ。出べそを先にやっつけた方がいい。あいつ、去年の卒業式では、まっさきに逃げてしまったそうだから、今年こそは、思い知らせてやらなけりゃあ……」

「そうだ。やっぱり、出べそを一番先に、なぐろう。去年の卒業生の恨みをもこめて、二年分だ」

「よし、半殺しだ」

彼らは、傍若無人の声を上げている。一人が、股を拡げて、シャドウ・ボクシングの真似をした。

時江は、聞きながら、赤くなった。彼女の夫、松木貞夫は出べそだったのだ。それも、かなりひどいものだった。結婚以来十一年、いまだにこどもがないのは、夫が出べそのせいではないかと、秘かに考えることさえある。むろん、そんな考えが非科学的なことは知っているが、そう思わせるほど、松木の出べそは眼ざわりだった。

彼女は、一度、整形外科に行くことを勧めた。しかし、松木は反対に彼女をどなりつけた。

「出べそのどこが悪い。人に見せるものじゃあるまいし、お前が恥ずかしがることはないじゃないか？　それとも、おれが出べそなので、何か不都合でもあったか？　ないだろう？　それなら、亭主に痛い思いをさせることはないはずだ。第一、出べそのおかげで、お前は助かっているんだぞ。それがわからないのか？」

「え？　なぜ？」

彼女は夫の剣幕に驚きながらも、理由をたずねた。出べそに助けられた覚えなど、彼女にはなかったから。

「いいか、おれがお前みたいな女房に我慢して、十年間、浮気一つしなかったのは、みんな出べそのおかげじゃないか？　出べそでなければ、とっくのむかしに、もっときれいな女と浮気している」

「まあ、奇妙な理屈ね。なぜ、出べそのおかげで浮気しなかったの？」

「考えてみろ、わかりそうなものだ」

夫は、吐き捨てるように言った。そして、柄にもなく、赤くなっていた。

《ああ、そうか……》その夫の赤面を見て、彼女にも、夫が浮気をしない理由がわかった。

つまり、妻以外の女に、出べそを見られるのが嫌なのだ。妻には仕方がないが、自分の秘密を、これ以上、ほかの人間に知られたくないと考え、その虚栄とも羞恥ともつかぬ感情が、彼の浮気心を抑えているのだろう。

夫の虫のいどころが悪かったのには違いないが、案外、この言葉は、彼の本心を語っていたかもしれない。彼女は、妻の権威が冒瀆《ぼうとく》されたことを怒るのも忘れ、夫を憐んだのだったが……。

高校生たちは、制服を着ていた。そして、その金ボタンに、覚えがあった。夫が、数学教師として勤務している高校の徽章《きしょう》が、その金ボタンについていた。

《すると……》彼女の心臓が、急に音を立て始めた。彼らが、『出べそ』と呼んでいたのは、夫のことではないだろうか？

『鼻ぺちゃ』とか『出べそ』とかいうのは、いかにも、高校生が教師に秘かに奉るあだ名らしかった。口調がよく、単純で、しかも特徴を、はっきりと表現することが、教師のあだ名の特質なのだが、その意味では『出べそ』というのは、秀逸なあだ名の部類であろう。

彼女は、いま聞いたばかりの会話を、改めて心に繰返してみた。

三月二十四日、夫の高校の卒業式である。その日、卒業式が終ったら、日頃、恨みに思っていた教師たちを、撲ろうという相談なのだ。

彼女も、男の高校には、そういう『卒業記念』があることを知っていた。しかし、それにしても、夫が、真先に、猛り狂う彼らの鉄拳を浴びるとは……。

しかし、帰宅してからも、彼女は夫にそのことを報告しなかった。『出べそ』という言葉を、夫が極端に嫌っていたからだ……。《撲られたところで、大したことはあるまい。夫だって、高校教師になるからには、そのくらいのことは覚悟しているはずだ》と、彼女は考えたのだった。《だが……》彼女は、彼らの会話を思い出した。《半殺しは困る》半殺しとは、どんな状態を言うのか、彼女は知らない。ことによると、足の一本ぐらい折られてしまうのだろうか？　そんなことになったら、松葉杖をついた夫を、彼女が一生面倒を見てやらなければならないだろう。《それは困る》と、彼女は思った。そして、それと同時に、《半殺しにするくらいならいっそのこと……》という考えが、ごく自然に、彼女に宿った。いっそのこと、死んでくれた方がいい。

と言って、このことから、彼女が人一倍冷たい女だという結論を出すのは早計である。感傷を抜きにして、冷静に考えれば、すべての妻が同じような考えに達するはずなのだから……。ことに、彼女の場合、結婚生活になかば倦《あ》きていたのだ。あの週刊誌の『未亡人こそ……』という記事を読んで以来、自分を未亡人に擬して、夢想にふけることさえあった。それは、いまや、彼女の憧れになっていた。《いっそのこと死んでくれたら……》《あの高校生たちが殺してくれれば……》

こうして、彼女の心は、ある誘惑に身を任すべく、次第に準備されて行った。

三月二十四日が、やがて、近づいてくる。彼女には、それが駈足でやってくるように思われた。もっとゆっくりしていれば、十分に考え抜くこともできるのに……。

彼女は決断に迷っていたのだ。それは、三月二十四日以前に下さねばならないことであった。

黙って目をつぶり、成行きにまかせるか？

この場合は、夫が不具になるかもしれない。これからの十数年、あるいはそれ以上の年月を、不自由な夫を抱えて、生活して行くことが、彼女にできるだろうか？

第二、夫に、高校生たちの計画を知らせ、卒業式当日、欠勤させるという方法もある。この方法が、最もまともかもしれなかった。それは、今まで通りの生活を、今後も続けて行くことであった。変化はなく、退屈ではあろうが、とくに取り立てて、悪くなるわけでもなかった。

そして、第三の方法は……。これこそ、彼女の夢、憧れの生活に近づく早道であるが、実行にはなかなか踏切れなかった。

日が迫るにつれて、彼女には焦りが生じた。食事の量が減って来た。一日中、胸がつかえているようであった。

ところが、ある朝、彼女に決断を強いるような事態がやって来た。

その日、彼女は、いつもより、十分ほど寝坊してしまったのだ。あわてて飛び起き、朝食の仕度を始めたが、気ばかり焦り、トーストを黒こげにした。

だが、たったこれだけの失策に対し、夫は蒲団を出てから、出勤するまで、文句の言い続けだった。

家事にまじめさが欠けている。夜おそくまで、くだらない小説を読んだりしているから、寝坊するのだ。昼間はよろめきドラマ、夜はよろめき小説。いったい、人生を何と思っているのだ。トーストをちゃんと焼くぐらい、小学生にだってできるだろう。三十を過ぎると、亭主なんか、もうどうでもよくなるのか？

そんな意味のことを、くどくどと言っていた。

以前なら、文句を言われれば、自分の非を認めながらも、時江は腹を立てた。一回言えばわかる。こどもではあるまいし、いい加減でやめればいいと考えるのだ。

しかし、この日の彼女は違っていた。腹を立てる以前に、夫の下らなさに、眼を見張る思いだった。たかが、トーストを焦がしたくらいで、まじめになって文句を言う夫が、愚劣な男に見えて仕方がなかった。

《こんな男に、一生縛られるなんて……》挨拶もせずに、玄関を飛び出した夫を見送ったあと、彼女は塩を撒きたい気持になった。

思えば、夫のくだらなさに、早く気がついたということは、運が良かったと言うべきであろう。あの日、運よく座席をとれたのと同じく、あの週刊誌を読んだことは、やはり、彼女にとっては幸運だったのか。

そして、さらに運がよいことには、夫は百万円の生命保険にはいっていてくれた。退職した先輩たちへの義理で、しぶしぶ加入した保険であった。百万円あれば、一応、投資の資金にこと欠かない。

もはや、時江は、決断に迷わなかった。

三月二十五日の朝早く、M高校教師松木貞夫の死体が発見された。自宅付近の溝に、ころがり落ちていたのを、牛乳配達が見つけたのである。

監察医の検案によると、頭を鈍器で撲られ、絶命したところを、溝にころがり落されたものらしいという。凶器も、じきに見つかった。野球用のバットである。まだ真新しいそれには、あまりうまくない、マジック・インクの字で、

『くたばれ、出べそ』

と書かれてあった。当然のことながら、時江も刑事にいろいろなことを聞かれた。

「奥さん、お悲しみのところ、申しわけないのですが、これも仕事ですから……」

「はあ……」と、時江は、ハンカチーフで、眼を抑えながら答える。不思議に、涙はこぼれた。

殺したのは、彼女なのだ。それにもかかわらず、涙が止まらないのは、どういうことだろう? 嬉し涙をこぼすほど、彼女は悪人ではなかった。女は魔物という言葉は、女性のこのような演技性を指しているのかもしれない。

「奥さんからごらんになって、ご主人のお人柄はいかがでしたか?」

刑事は、時江に、いたわりの眼差しを投げかけながら聞く。

「はあ、何と言ったらよいのでしょうか？　よそさまと、同じような平凡な……。でも、多少、口やかましいところが……」

「では、奥さんも、しじゅう叱られていらっしゃったわけで？」

「はい。それで、そんなに文句を言わなくてもよいだろうと言いますと、女房だから、これでも加減しているのだ。生徒にはもっと厳しい。そのことを思ったら、感謝しろだなんて……。でも、それも今では……」

時江は、ことさらに、しゃくりあげた。むろんこれは作り話である。夫は口やかましいので、卒業式の夜、卒業生たちに、日ごろの恨みを、晴らされた、という判断を刑事に与えるためであった。

「なるほど……。しかし、奥さんは、昨夜ご主人が帰宅なさらなかったことに、疑問をお持ちではなかったのでしょうか？」

「でも、昨日は卒業式だったでしょう？　いままでの例だと、大てい、宴会があって帰りがおそくなるのです。だから、玄関の鍵を持って出てもらいました。わたくしは、十時ごろ寝たのですが、眠ってしまうと、眼が覚めないたちなのです。だから、今朝になるまで……」

「なるほど。でももう一つ、話は別ですが、ご主人が恨まれていたようなことは？」

「さあ……。こんなこと申し上げてよいかどうかわかりませんが、口やかましいたちですから、生徒さんなどには、ずいぶん。この間も、『出べそ、卒業記念にいいプレゼントをやるぞ』というような手紙が、ポストにはいっていました。それで、気にはしていたのですが……」

「その手紙というのは、今でも、ありますか？」

「はい」

彼女は、かねて、自分が用意しておいた手紙を出して見せた。平凡な便箋《びんせん》に新聞の活字を拾って、貼りつけたものだ。

「これですか……。高校生のやりそうなことだ。これ、お預かりして行きます」

刑事は、その場を離れて、同僚たちの方へ行った。

「卒業のお礼参りだな。よくあるやつだ。しかし、殺すとはひどい」
二、三人集まった刑事たちが、そんなことを話し合っているのが、時江にも聞えた。
《これで、大丈夫だろう》時江は、静かに眼を閉じた。だれも、疑っているものはいないようだった。『出べそ』というような高校生のつけたあだ名を使ったことが、成功の原因だ……。

彼女は、秘かな満足に酔っていた。《いよいよ、待望の未亡人だ……》

と、そこへ、夫の学校から、同僚の大山がかけつけて来た。

「奥さん、とんだことでしたね。犯人の当てはついたのでしょうか？」

「さあ。でも、凶器のバットに、『くたばれ、出べそ』と書いてあったそうですし、卒業生のだれかが……」

「え？」

大山は、素頓狂《すっとんきょう》な声を上げた。「そりゃあ、おかしいですよ。出べそというのは、ぼくのことなんです。ごらんの通り、あっちこっちへ出しゃばるもので、奉られたあだ名で……」

「まあ、でも、主人も出べそですし」

「ははあ、それで、彼はどんなときにも、裸にならなかったんですね。しかし、彼が出べそだということを知っているのは……」

大山は、急に、眼を輝かすと、刑事たちの方へ、とんで行った。


（見習い天使曰く＝そのときの、時江夫人の気持は、どうだったでしょう。それぞれ『くたばれ、出べそ』と、大山に向って叫びたかったのではないでしょうか？）

PART II

見習い天使

補遺

大きな獲物

われわれ、見習い天使は、一週間に一度、先輩の天使から講義を受けます。むろん、人間世界に通暁し、神の使いとして、恥じないだけの知識を得るためです。

教室には、立体カラー・テレビが備えつけられ、講義の内容に即した下界の状況が、手にとるように見える仕組みです。

先日、『通貨論』の講義がありました。

1

中央テレビのスタジオの筋向いに、『チャンネル7』という喫茶店がある。ただ、中央テレビのチャンネル番号を店名にしただけのことで、特別に変った喫茶店というわけではない。

中央テレビとも無関係と言っていいだろう。しかし、客の大部分は、プロデューサー、タレントなど、テレビ関係者であった。

店の時計は六時を指していた。振子時計である。どこかから、開店祝に贈られたものらしい。

その時計の真下に、一人の女が座っていた。髪を染め、眼にはシャドウを入れている。一見、テレビタレント風である。

しかし、彼女は、中央テレビとは、何のゆかりもない女性だった。

彼女の名は内村初江、二十四歳。職業は学生ということになっている。ただ、学生証は持っていなかった。

彼女は、ここで獲物を張っているのだった。この日が、中央テレビの給料日だということを、ちゃんと知っていてのことだ。

一杯のコーヒーを、ゆっくりと時間をかけて飲みながら、彼女は待つ。客がはいってくるたびに、彼女は眼を上げて、品定めをする。むろん、耳にも神経を集中している。会話の切れ端から、大きな獲物にぶつかることがよくあるのだ。

彼女は、いま、聞き耳を立てた。

右前のシートから、二人の男の会話が流れて来たのだ。

「おい、まっすぐ帰るのか？」

「いや、帰ってもしようがないし、だれか、付合ってくれる女の子でもいないかな」

「そうだな。ポケットには大金があるし」

「大金？」

と、一人が不思議そうに聞き返した。

「うん、これさ」

ちょうど、二人のやりとりは、初江の席から丸見えだった。男は二人とも、中央テレビのバッジをつけていた。その一人が、背広の左側内ポケットから、紙包みを出したところだった。

その紙包みの厚さに、初江は目をみはった。全部が千円札だとしても、五十万円ぐらいはありそうだった。

初江の心は、これで決った。コンパクトを出し、口紅を塗り直した。出動準備である。

2

冬の午後六時は、もう暗い。自動車もヘッド・ライトをつけて走っていた。初江は、二人を見失わないように、ハイヒールを急がせた。

あの二人は、ゆっくりと、何かじょうだんを言いながら歩いていた。笑声が開放的だった。獲物には、もってこいの人物である。

初江は、二人の脇を足早に追抜くと、四、五メートル先で、くるりとからだを回転させた。男二人が、驚いたように立止まる。

「どこかへ、連れて行って下さらない。付合う女の子を探してらっしゃったのでしょう?」

「え? ああ、チャンネル7で聞いていたんですね。いいですよ。どうせ暇なんだから。しかし、付合うと言って、どこへ行くの?」

初め丁寧だった言葉使いが、次第に安直になる。初江の正体を見破ったと思ったからだろう。尤《もっと》も、初江にとっては、その方が楽だった。いつまでも『です調』でやられては、闘志が鈍るのだ。

「どこでもいいわ。バー、キャバレー、ナイトクラブ、エトセトラ……」

「エトセトラ? ああ、その他いろいろというわけか? ところで、そのエトセトラだと、いくらだい?」

男は率直に、値段の交渉を始めた。

「思召《おぼしめ》しでいいわよ。お小遣いが欲しいだけなんだから」

いつでも、初江はこう言うことにしている。その方が都合がいいのだ。

「しかし、二人じゃ困るだろう?」

「ええ、悪いけれど、あたしに選ばせて下さらない? もし、よろしかったら、こちらの方」

初江は、先刻、内ポケットから札束入りの紙包みを出した男の腕を取った。

「畜生、じゃあ、おれはどこかで、探してみるよ」

もう一人の男は、いさぎよく、歩き去って行った。

「ご迷惑だった?」

と、初江は残った男の表情を窺う。初江と同年輩ぐらいだろうか？　額ににきびがあった。

「いや、光栄だよ。ところで、どこへ行く？」

「そうね。でも、ほかのところで、お金使わせるの悪いわ。どうせ、最後は同じなんだから、いきなりエトセトラではどう？」

これも、いつもの作戦である。無駄な神経は使いたくなかった。

「そりゃあ、ぼくの方は……」

男の顔が、だらしなく崩れた。これで、二人の意見は、完全に一致したわけだった。

タクシーを少し飛ばすと、旅館街である。

初江は、

「バス付きの部屋にしてよ。ここにくる前に、一ぱいひっかけたと思えばいいでしょう」

と持ちかけ、望みを達した。作戦は、いまや、着々として進んでいた。

女中が下ると、彼女は機先を制すように言った。

「あなた、お先におはいりなさいよ。あたくしも、すぐあとから行くから」

「うん。きっとだよ」

男は、唯々諾々と初江の言葉に従う。タクシーの中で、からだをもたれかけていた効果が、現われているのかもしれなかった。

バスに、男が姿を消すと同時に、初江の仕事が始まった。男の背広を探り、内ポケットから、例の包みを抜き取ったのである。

それを、急いでハンドバッグに入れると、彼女は足を忍ばせて、部屋の外へ出た。尤も、男はバスで水を入れている最中だったから、そこまで要心する必要もなかったのだが……。

帳場には、

「ちょっと用を足して来ます」

と、平静な態度で断り、靴を出してもらう。うしろ暗い様子を見せなければ、必ず成功するものだった。

「あ、何でしょうか？　使いにやらしてもよろしいですが……」

「いいえ、たいしたことありませんから。すぐ戻って来ます」

初江は、にこやかに笑って、旅館を出た。旅館の名を、手帳につけておく。人相を覚えられている恐れがあるから、ここには、二度と足を踏み入れてはいけないのだ。

3

いつもなら、初江はこのまま、タクシーを停めるのだが、この日は、違ったことをしてしまった。獲物が余りにも大きかったから、早く金額を調べたかったのでもある。

ちょうど、手頃《てごろ》な露地があった。初江はそこに駈けこんで、街灯の下でハンドバッグを開けた。

『千円札五百枚。中央テレビ制作部』と包みの表に、書かれてあった。

初江は暗算をしてみた。五十万円である。いままでの獲物にくらべ、桁違いに大きい。胸の鼓動が、自然に早くなった。

と、彼女の肩に触れたものがある。

「ああ」

意味のない叫びとともに、彼女は振り返った。

険しい眼つきの男が立っていた。

「何をしているんだね」

男は籠《こも》ったような声で聞いた。

「いいえ、何にも……」

「ふうん？　しかし、ハンドバッグに、あわててしまった品物があるね。出してみなさい」

「ばかにしないでよ」

初江は、男の頬《ほお》を叩いた。しかし、初江の期待していたような音はしなかった。手が目的物に到達する前に、男に摑まれてしまったからだ。

「あ、何するの？　放してよ。放さないと、大声を立てるわよ」

「構わない。ぼくはこういうものだ」

男はあいている方の手で、ポケットを探り、手帳を出した。黒皮に、金文字がはいっていた。

「あ！」

と、初江は絶望的な声を上げた。相手は刑事だった。

「ちょっと調べさせてもらうよ」

刑事は、初江の手から、ハンドバッグを奪うと、中を開けた。

「う？　君は中央テレビの人かい？」

「そうよ。何かおかしいところでもある？」

「じゃあ、中央テレビの電話番号を言ってみ給《たま》え」

「忘れてしまったわ。そんなもの」

「それみろ。とにかく、署まで来てもらおう。これは、一応、預っておく」

刑事は、ハンドバッグを持ったまま、歩き出した。

「しようがない。負けたわ」

初江は両手を差出した。だが、刑事は首を振った。

「いや、君を連れて行くのは、任意同行という形なんだ。第一、ぼくはご婦人に手錠をかけるのは好かんよ」

刑事は先に立って歩いて行く。うしろから、初江がついてくることに、自信を持っているような歩き方であった。

刑事の足は意外に早い。しかも、途中で振り返ろうともしなかった。

「もっと、ゆっくり歩いて」

と、言いかかって、初江は言葉をのんだ。

これは、チャンスである。このまま、警察に行ってしまえば、刑務所行きは明らかだった。とすれば、ここで、試みるべきではないだろうか？　失敗したところで、前より悪くなるはずはない。

初江の足は、すでに遅くなり出していた。刑事との距離が次第に離れて行く。

十メートルぐらいになったとき、初江は、回れ右をして駈け出していた。

4

頃合いを見はからって、田丸が立止まり、からだの向きを変えると、女は振り返りもせずに、全力で駈けていた。

だから、女は、田丸が彼女を見送りながら、ひそかな笑みを浮かべたのを知らないであろう。

「さ、これで……」

と、田丸はつぶやいた。

「刑事の足を洗うきっかけができた」

彼は、決して偽刑事ではない。ただ、刑事という職業に倦《あ》きが来ていた。ある商店の未亡人との結婚話も持ち上がっている。

この五十万円を、持参金代りにしようと、彼は考えたのだった。

女に手錠をかけず、いつでも逃げられるようにしたのも、ちゃんとした計算に基づいてのことだった。あのような態度をとれば、逃げない方がどうかしている。そう考えたのだ。

田丸は、ハンドバッグを開け、中から紙包みを取り出して、ポケットに入れると、バッグはその場に捨てた。

足早に、そこから去りながら、ちょっと反省をしてみた。どこにも、遺漏はなかったか？ 発覚する恐れはないだろうか？

まず、ないと考えてよかった。

あの女は、新聞に何も出ていないのを見て、怪しむかもしれない。しかし、彼女にどんな方法があるというのだ。偽刑事にひっかかったと思い、警察に届ける気になったとしても、五十万円のことは言えないはずだ。

問題は、今後、何かの機会に、彼女が逮捕され、余罪の取調べを受けているうちに喋《しゃべ》り出しはしないかということだった。

しかし、そのときには、恐らく田丸は、警察をやめているに違いない。退職警官の写真まで見せはしないだろう。

心配することはない。田丸は自分自身を勇気づけるように、そう思った。

「第一」

と、彼は言った。「何千万円という大金を収賄した大臣だっているのだからな」

それにくらべれば、五十万円ぐらい、はした金である。

田丸は、上衣のポケットに、両手を突込んで歩いていた。右手は、札束の感触を楽しんでいる。案外、自分の右肩は、いま、下っているのではないだろうか？

彼は右手で、札束の紙包みを、徐々にはがしてみた。意外に、薄い紙で包まれているのか、簡単に破れた。

ふと、煙草が喫《す》いたくなった。そして、新生の袋には、一本もはいっていないことを思い出した。

約十メートルぐらい先に、煙草屋の看板が下っている。あまり大きな店ではなかった。総白髪の老婆が、店番をしていた。照明も、何となく薄暗い感じだった。

「ピースをくれないか？」

一旦《いったん》、そう言ったが、途中で思い返した。いままで、彼は新生しか喫っていない。そのことは、同僚がみんな知っている。急にピースを喫い始めれば、よけいな疑いを招くであろう。退職するまでは、何事も、いままで通りにしなければならない。いくら注意しても、注意のし過ぎはないはずだった。

「は？　何ですか」

老婆は、幸い、耳が遠かった。

「新生一つだ。すまないが、これで……」

田丸は、上衣の右ポケットから、新しい札を出した。

その瞬間、軽い恐怖が彼に訪れた。からだの中を、何かが、つき抜けたような感覚であった。《ことによると、この札束の札は、番号が控えられているかもしれない》と、考えついたからである。

彼は、大きな咳払いをして、顔をそむけた。

「はい、新生一つと、九百六十円」

老婆は、田丸の顔を見ようともしなかった。

田丸が、店先のマッチで、火をつけていると、店の奥から、若い男が出て来て、老婆に、

「あ、おばあさん。どうも済みませんでした」

と言った。

夕食をとる間、老婆に店番を頼んだのであろう。

田丸は、何となく追われるような気持ちで、煙草屋を離れた。

5

「おおい、待て」

うしろで、だれかが呼んでいる。下駄の音が、それにまじっていた。

しかし、田丸は振り返らなかった。妙に不吉な予感がするのだ。犯罪者に共通の心理かもしれない。

下駄の歯音は、なおも近づいて来た。

そして、田丸は、

「さ、つかまえたぞ」

という声とともに肩を烈《はげ》しく叩かれた。

「何をする。危いじゃないか?」

田丸は振り返ってどなった。先刻の煙草屋の若い男が、眼の前にいた。彼は唇を震わして、田丸を睨んでいる。

「いったい、どういうつもりなんだ」

と、田丸はもう一度、どなった。

「どういうつもりもくそもない。相手が老人だと思って、ばかにしやがって」

「わからない。人違いじゃないのか?」

「白ばっくれるのも、いい加減にしてくれ。あんたは、いま、うちで煙草を買っただろう」

男は、田丸の腕を強く握っていた。そうでもしないと、逃げられてしまうとでもいうようであった。

田丸の胸を、また、不安がかすめる。

「ああ、千円でお釣りもちゃんと貰った。釣銭には、間違いないはずだが……」

「それだけ聞けば、十分だ。さあ、警察へ行こう」

田丸の腕を握っている男の手に、力がこめられた。

「警察?　そんな……」

田丸は、呆気にとられていた。

中央テレビ制作部員、中込達治は、バスから上がって、どてらに着替えた。

女の姿は見えなかった。便所にでも行ったのかと思い、しばらく待っていたが、時間が無駄に経つばかりである。

呼鈴で、女中を呼んで、聞いてみた。

「あら、まだお帰りにならないんですか？　ちょっと用足しに行ってくると、おっしゃっていただけなのに……」

女中は、けげんな顔をした。

「用足しに？　そんなはずはないよ。じゃあ、逃げたんだな。なぜ、引きとめておいてくれなかったんだ」

中込は、やり場のない分懣《ふんまん》を、旅館の女中に向けた。

「でも、とても落着いていらっしゃいましたし、とても、嘘《うそ》を言っているようには……。お知り合いのお嬢さんでしょうか？」

「そんなこと、どうでもいいじゃないか？」

「はい。でも、万が一、今日お会いになったばかりだとすると、何か盗まれたものでもございませんかと……」

女中は、もう、すべてを察したようであった。

「そうか、ちょっと待ってくれ」

中込は立上がって、洋服を調べた。財布、これはあった。名刺入れも、異常はないようだった。

「いかがでございます？」と、女中が心配そうに尋ねた。

「ああ、やられた、やられた。五十万円」

中込は、しかし、歌うように言いながら、笑い出していた。

「え？　五十万円？　では、早速警察に……」

「いや、かまわないんだ」

と、中込は笑い続けている。「五十万円と言っても、テレビ・ドラマに使う、小道具の札束なのさ。本物に偽《に》せて造ってあるけれど、もちろん、通用するわけはないよ。あすの朝、早い中にロケで使うので、持って帰ったのだが、大騒ぎする必要はないんだ」


（見習い天使曰く＝田丸刑事が、このあとどうなったか、立体テレビには映りませんでした。しかし、「大きな獲物」という題から推理すると、恐らく、逮捕されたのでしょう）

ご報参上

われわれ天使と違って、人間は、何かを食べなければ、生きて行けないのだから、大変です。そして、だまし合いの多い人間世界では、食べて生活するということに、いろいろな苦労が、つきまとっているようです。

他人と同じことをやっていたのでは、取り残される。そこで、人間たちは、頭をひねり、変った職業を考え出すのでしょう……。

これは、その一例です。

1

篠田大介は、細井民子のアパートを出ると、腕時計を見た。九時七分。いつもより、十分ぐらいおそくなった。民子が、帰すまいとして、いろいろ話しかけたからだ。

彼の足は、自然に早くなった。これから、自宅までは約四十分かかる。何回となく柱時計を見上げているであろう、妻の常子の不機嫌な顔が見えるようだった。

彼は、足を早めながらも、頭の回転だけはゆるめない。家に帰りつくまでの間に、おそくなった言いわけを考えなければならないからだ。

会議というのは、どうであろうか？　しかし、それは三日前に使ったばかりであった。あまりしばしば、同じ弁解をするのは、賢明でない。

得意先の接待。これもまずかった。宴会にアルコールはつきものだのに、いま、彼の体内には、一滴もアルコールがはいっていないのだから。

麻雀は？　だが、これを理由にして、失敗しかけたことがあった。メンバーを聞かれて、ある友人の名を言ったのだが、その翌日、常子が偶然に、その友人の細君と遇い、嘘がばれてしまったのである。以来、常子は疑り深くなっている……。

結局、映画を見て来たと言うことに決めて、篠田は落着いた。映画の種類は、西部劇にする。常子は、西部劇が嫌いだから、筋を聞くこともないであろう。

《しかし……》と、篠田は考えた。もっと根本的な対策はないだろうか？

週に二回、篠田は、会社の帰りに民子のアパートに寄る。そのたびに、弁解の言葉を考えなければならないのは、わずらわしかった。それに、民子にしても、体内に余韻の残っているうちに、彼を返したくはないだろう。

同じ床に横たわっている彼が、枕元の時計に手をのばすと、必ず、民子の表情は曇った。

「いいわ。こんど、その時計を止めておいてあげるから」

あるとき、彼女はこんなことを言った。いつもの民子らしく、朗らかな口調ではあったが、その口調の陰に、彼女の本心が窺《うかが》われたように思った。

「どこかへ出張することないの？　一緒について行くんだけれどな」

とも言っていた。

しかし、会社に於《お》ける篠田は、ほとんど、出張などあり得ないポストにいた。だから民子と知り合った、ここ二、三カ月の間、週に二回を、あわただしく、彼女の部屋で過すだけであった。

駅に近づいて、篠田は乗車券を買うためにポケットを探った。その手が、折り畳まれた紙きれにさわった。

会社の前で、通行人から渡されたガリ版刷りのビラであった。そのときは、歩きながら読むのも憚《はばか》られて、軽く目を通しただけで、ポケットに突込んでおいたのである。

電車が来るまでの間、駅のフォームで、篠田は、そのビラを読んでみた。


『ご報参上！

現代人の生活は、ますます、忙しく、また複雑になって来ています。勢い、義理をかかせない会合が、同じ時刻に重なったり、社用のために、デートを諦《あきら》めたりしなければならないことがあると思います。そういうとき、あなたは、どうなさっていますか？　もし、弁解にお困りでしたら、お知恵をお貸し致します。

迷わず、いますぐダイヤルを！　親切、丁寧、そして良心的な係員が、早速参上して、ご相談に応じます。

東京弁解コンサルタント
電話（75×）六七六×』

2

翌日、篠田はそこに電話をかけてみた。なかば、いたずらの気持ちであった。しかし、話しているうちに、会うだけならいいだろうと考え始め、会社の近くの喫茶店で、退社後に待合わせることにした。

約束通りの時刻に、相手は丸めた週刊誌を片手に、現われた。三十歳前後、体格のよい男である。インテリやくざといった感じが、彼の周囲には漂っていた。

「お待たせしました。東堂と言います」

そう挨拶して、篠田の真向いに腰をおろすと、すぐにコーヒーを注文した。「早速ですが、何の弁解ですか？」

「いや、もう少し詳しく、業務内容を教えてもらいたいのだが……」

「ごもっともです。簡単に申しますと、アリバイ屋ということになりますな」

「アリバイ屋？　すると、犯罪の片棒をかつぐことも……」

篠田は、腰を浮かしかけた。

「いや、現在までのところ、そうしたご注文はありません。しかし、理論的には可能なのですから、もしご必要なら、当社としては、ご希望に沿うつもりですが……」

「理論的には可能？　そうですかね。例えば殺人を犯したような場合でも？」

「そうです。当社は、ありとあらゆる業種に、工作員を潜入させております。従って、レストランのウエイター、映画館のもぎり嬢、デパートの店員などに、偽証させれば、依頼人のアリバイは、完璧になるのです。尤も、犯罪の場合は、当社がいただく報酬も、かなりな額になるとは存じますが……」

東堂は、流れるように、まくしたてた。恐らく、これまでに、何回となく、同じような説明をしているのであろう。

「なるほど……。しかしだね」

ふと、ある疑いを持ったので、篠田は聞いてみた。「仮りに、わたしが、依頼したとするよ。それで成功した。すると、そのことをたねに、ゆすられるようなことはないかね。そんな心配があると思うのだが……」

「ごもっともです」

と、男は軽く頭を下げた。そしてちょうど運ばれて来たコーヒーを、ブラックのままで、口に流しこんだ。「しかし、よくお考え下さい。おっしゃったように、恐喝をした場合、相手がせっぱつまって、警察に駈けこんだら、どうなります。うっかりすると、せっかくの組織が潰されてしまう恐れもありますよ。それに、ある一人の人間をゆすったところで、とれる額は、大したことはありません。それよりも、当社の仕事が、極めて良心的だということになって、何度もご注文をいただいたり、口から口へと宣伝していただくようになる方が、結局は利益も大きいわけですよ。さようでございましょう？」

東堂は、語尾をばか丁寧に、粘りけのある口調で言った。

「そういうことになるかな？　では、もう一つ。女房に隠れて、一晩、うちをあけたいというような場合はどうする？」

「あ、それは最も簡単な方法でございます。当社への依頼でも、そういうケースが、一番多いですね。ご契約下さいますか？」

「そうだなあ、まちがいはないのだろうね」

「それはもう、おまかせ下さって結構です。当社は、この方面にかけては、実績もございますし。ただ、率直に申し上げまして、最初から、いきなり、おうちをあけるのも、どうかと思います。最初は、何時間かに時間を切り、成功した上で、次第に時間をのばして行くというやり方が、賢明だと思いますが……」

東堂は、コーヒーを飲み終り、唇を舌でなめていた。どこか、人をばかにした態度にも見えるが、それが、却って、篠田に信用を与えた。こういう仕事は、人をのんでかかるような男の方が、有能なのであろう。

「じゃあ、試しに、一つ頼んでみようかな。料金はどうなんだ?」

「三時間まで、二千円。あとは、二時間ごとに五百円ということになっています。つまり、五時間でも、二千五百円で済むわけです」

「少し高いな」

と、篠田は、頭の中で計算をしながら言った。

「さようでございますか? 実は、初めての方は、割高にさせていただいているのです。ご依頼が度重なるにつれて、追い追い、割引かせていただくことになっています」

「それでは、仕方がない。だが、前金ではないのだろう? 金を渡した、いざそのときになって、何もやってくれないというのでは困るから……」

「はい、のちほどで結構です」

こうして、契約は、成立した。

二人は、細部にわたって、相談をとりかわし、作戦を練った。

決行の日は、結局、二日後ということになった。

3

その日、篠田は会社から、自宅に電話をかけた。

「きょうはね、急な仕事ができて、帰りがおくれるんだ。ことによると、十二時を過ぎるかもしれない」

「ええ、わかってますわ」

　妻の常子は、明るい声で答えた。「さっき、部長付の東堂さんという方から、連絡がありましたの。東堂さんて、ずいぶん、気のつく方なのね」

「ああ、そうか……」

　と、篠田は、ひそかに満足の微笑をもらした。すべて、計画通りにうまく行っている。

「それで、もし、急な連絡があった場合には……」

「はい、それも、東堂さんから、電話番号をうかがってあります。今晩の連絡係は東堂さんだから、電話口には、東堂さんを呼び出せばいいのですって。そうでしょう？」

「うん、その通りだ。東堂君が、そこまで手回しよく連絡してあるとは思わなかった。とにかく、今夜の仕事は、部長も加わる重大なものだから……」

「大変ね。ご苦労さま」

　常子は上機嫌で電話を切った。

　東堂が、部長付という資格で、篠田の家に連絡してくれたのだ。たった、それだけのことで、妻は完全に信用してしまったらしい。篠田には、それが、不思議なことに思えた。

　こういう、便利な方法に、なぜ、もっと早く気がつかなかったのか？

　もっとも、この方法のみそは、常子に電話番号を教えておき、そこに、いつ掛けてよこしてもいいと言ってあることであった。もちろん、その電話は、会社のものではない。東京弁解コンサルタントが、専らアリバイ用に使用する電話だということだった。

その電話の前には、東堂が坐《すわ》っている。常子が、様子をうかがうために、電話をかけて来た場合には、東堂が、

「はい、篠田さんは、ただいま、手が離せませんので、用件をお聞きしておくことになっています」

と、答えることになっているのだった。

「そうですの。では、帰りはだいぶ、おそくなるのでしょうねえ」

「ええ、はっきりしたことはわかりませんが、恐らく、十二時過ぎるだろうと、みなが言っています」

と、東堂が言う。

こうして、篠田のアリバイは証明されるはずだった。

このため、東堂は、数時間にわたって、一つの電話の前に坐っていなければならないわけだった。それも、彼とはほとんど何の関係もない男の、情事の秘密を守るために……。仕事でなかったら、ばからしくて、とてもできることではないだろう。

しかし、東堂の話によると、この種の依頼は、比較的多いという。仮りに、一夜平均二人の依頼人があるとみて、月、十五万円ぐらいにはなる勘定であるが……。

《十五万円では……》と、篠田は考えた。いろいろな業種に潜入させている社員たちの人件費も、まかないきれないのではあるまいか？　いったい、どんなからくりがあるのだろう？

だが、そんなことは、何も、篠田が心配するまでもないことである。

篠田は、アリバイ計画が成功するという確信を持って、民子を訪れた。

そして、顔を合わすなり、

「きょうは、いつもより、ゆっくりしていけるよ」

と民子に告げた。

「そう？　素敵だわ」

民子は、こどものようにはしゃいだ。「じゃあ、いっそのこと、どこかに行きません？」

「どこかというと？」

「どこでもいいわ。ぜいたくは言いません。とにかく、この狭いアパートで、こそこそと会っているだけなんですもの。何だか、自分がみじめで……」

民子は、タイト・スカートの糸屑《いとくず》を払いながら言った。

「そうだな」

と篠田は、しばらく考えてから答えた。「じゃあ、一つ、そとで食事をして、ついでに、バス付きのホテルにでも行こうか？」

それは、篠田にとっても、望ましいことであった。若さとでも呼ぶべき、新鮮な感覚が篠田の中に蘇って来た。

4

篠田が自宅の前でタクシーを降りたのは、予定通り、十二時を過ぎていた。

当然、妻の常子は床に就いていると思ったのに、寝巻の上に羽織をひっかけて、こたつで婦人雑誌を読んでいた。

「何だ、待っていてくれたのか？ 寝ていればよかったのに……」

「ええ、そうは思ったのだけれど、あなたがお仕事しているのに、悪いでしょう？」

常子は笑っていた。気のせいか、それは単なる愛想笑いではないようだった。本当の笑顔ではなく、意識的に、それを作っているかに見えた。

「そりゃあ、ありがたいが……」

篠田は、常子から目をそらせて言った。

「これからも、こういうことは、たびたびあるだろうが、寝ていていいのだよ。食事はとって来たのだし……」

「じゃあ、こんなにおそくなることが、こんごも、ちょくちょくあるの？」

「ああ、こんど、社内が新しいシステムに変るのでね。場合によっては、泊りこみになるかもしれない」

むろん、これは、こんごに備えての伏線である。篠田は、第一回のアリバイ工作が成功したので、二回、三回と、次第に時間を延長して行くつもりであった。

「そう？ 大変ね。で、お食事、おいしかった？」

「え？ 何だって？」

「いいえ、お食事をしたと言ったでしょう？ だから、おいしかったかどうかと思って……」

常子の表情からは、相変らず、不気味な微笑が消えない。

いったい、何を言おうとするつもりなのか？　篠田の胸に、警戒心が芽生える。

「いや、うまいはずはないさ。会社の差入れなんだから……」

「そうでしょうねえ。赤坂のレストランのとは違うわね」

常子は、わざとらしいゆっくりとした口調で言う。

「何だい、それは？」篠田の声は、慄《ふる》えていたかもしれない。今夜、民子と行ったレストランは、赤坂にあった。常子の言葉は、その当てつけなのだろうか？

「今夜、近所の奥さんが、あなたらしい人を赤坂で見かけたんですって。美人と一緒だったとかで、わざわざ、知らせに来てくれたのよ」

篠田は、聞きながら、大きな咳払いをした。あわててはいけない。そのための、アリバイ工作ではなかったか？

「そんな、いいかげんな」

「ええ、あたくしも。まさかとは思ったのだけれど、一応、あの電話番号に、電話をかけてみたわ。そしたら、東堂さんが出て、あなたは、ちゃんと、お仕事をしているって言ったわ。きっと、人違いだったのね」

「そりゃあ、そうさ。しかし、とんでもないゴシップ屋がいるものだな。夜おそく、そんな告げ口をするために、やって来たのかい？」

なかば、胸を撫でおろしながらも、篠田は『近所の奥さん』に、腹を立てていた。彼女は、そういう告げ口が、同性にどんな傷を与えるか、考えてみようとはしないのだろう。親切を装ってはいるが、これほど悪質な意地悪はないのだ。ことに、夜、暗くなってから、そんなことのために、他家を訪問するなど、非常識ではないか？

「でもいいの。結局、人違いだったのだから……」

常子は、篠田の表情をうかがっていたが、しのび笑いをして、寝巻の前を合わせた。

（見習い天使曰く＝常子の意味ありげな笑いというのは、何だったのでしょう？　でも、よく考えると、彼女の言葉には、奇妙なところがあります。

篠田も考えたように、『近所の奥さん』の行動は、たしかに異常です。夜おそく、わざわざ、告げ口をしにやって来るなどということがあり得るでしょうか？

そこで、一つの疑問が生じます。『近所の奥さん』は、来なかったのではないでしょうか？　とすれば、赤坂のレストラン付近で、篠田と民子を見かけたのは、だれだったでしょう？

案外、常子夫人その人だったのではないでしょうか？　もちろん、彼女には東堂君という同伴者がいたのでしょう。

そう考えると、弁解コンサルタントなどという、奇妙な商売の存在も、疑わしくなります。十五万円では、採算が取れるか、と篠田も不審がっていましたし……。常子と東堂が最初から組み、篠田の帰宅をおくらせるための策略だったとも、考えられるようです。だまし合いの多い人間世界ですから、恐らく、それが真相だろうと思います）

殺意構成法

天使にも、いろいろな分担があります。現在、日本を担当している天使も、ときに、配置替えをさせられて、アメリカや、ソ連を担当することにもなるのです。

先日、われわれの見習い天使学級に、アメリカ担当の講師がやって来て、様々な話をしてくれました。

その話によると、アメリカでは、臨床心理学というものが、かなりはやっているそうです。

1

梶田宗徳、三十五歳。商事会社の社員である。妻の成子とは、六年前に結婚した。現在、彼女は二十九歳になっていた。

こどもはない。産む気がないわけではなく、生まれないのである。

結婚後六年で、こどものない夫婦。彼らの日常生活は、およそ、想像がつく。梶田が出不精でなければ、時には、一緒に映画や芝居に行けばよいのだろうが、梶田には、そんな気持ちはあまりない。だから、梶田家では、夕食後の時間が、あり余っているようだった。夫も妻も、その時間の有効な使い方を知らないのである。

梶田が、こたつで新聞を拡《ひろ》げる。妻の方は、女性向き週刊誌のグラビヤを目で追う。そんな状態であった。二人とも、テレビには倦《あ》きてしまっていた。いや、テレビだけではなく、すべてのことに、倦きていたと言った方が、適切かもしれない。

そんな夫婦だったから、梶田の旧友、堀内が訪ねて来たときには喜んだ。一人、外来者がはいることによって、会話がはずみ、退屈が紛れるのだから。

堀内は、最近、アメリカから帰って来た。彼が、どんな目的で、また、どのような方法で、アメリカへ行ったのか、梶田は知らなかった。或いは、だれか金持ちをくどいて、資金を出させたのかもしれない。もともと、彼には定職はないはずだった。渡米前には、堀内産業研究所所長という名刺を持ち歩いていたが、そんな研究所は、実在していなかったのだ。

その堀内は、日本へ帰って来ると、名刺に、新しい肩書きを刷りこんでいた。

『臨床心理学士』というのである。

当然、話題はそこに集まった。

「耳なれない名前だな。何だい。これは?」

「いや、向うには、いるんだよ。精神病医とも違うんだ。人間の心理の様々な問題に助言を与えるんだな。大きなビルの一室を借りたりして、開業している。患者も、ずいぶん、いるようだ」

堀内は、食後の紅茶を、一息で飲み、おかわりをしながら言った。

「ふうん……。やっぱり、資本主義が高度に発達してしまうと、分業が、ますます盛んになるわけかな? 心の問題なら、本来、神父さんの管轄ではないのか?」

「しかし、神父さんの助言は、現世とは関係がないからな。同じ心の問題でも、臨床心理学で扱うのは、生きて行く上の、最高の方法を教えることなのさ。神父さんにくらべて、ずっと、娑婆気《しゃばっけ》が多いわけだ」

「なるほど、で、資格はうるさいのかい?」

「向うではうるさい。大学で精神病理学、心理学を専攻したものが、インターンをやって、国家試験に合格しなければならないのだな。だから、社会的地位もある。医者と同じように、ドクターと呼ばれて、尊敬されている」

「へえ、じゃあ、たいしたものじゃないか。渡米中に、その資格を取ってしまったわけか? ずいぶん、勉強したのだな」

梶田は、感嘆した口調で言った。彼の知っている堀内は、あまり勉強家ではなかったのだ。

「ほんと、偉いわねえ」

と、梶田の妻、成子が相槌《あいづち》を打った。彼女の讃辞《さんじ》は、単なる外交辞令ではないらしい。いつになく、彼女の眼に光があった。

2

「もう少し、具体的に説明してくれないか？　何だか、面白そうだ」

梶田も、興味を持った。もし、いい加減のものなら、反駁《はんばく》してやろうという気が、あったのかもしれない。友人が、いつのまにか、そんな資格をとってしまったことに、軽い嫉妬を感じていた。

「簡単に言うと、医学の理論と技術が、人間の身体の病気を直す。それと同じように、心理学の理論と技術で、心の病気も直せるはずだ。そうだろう？」

「心の病気と言えば、精神病だろう？　それなら、精神病医があるじゃないか？」

「いや、ごく簡単に言ったので、誤解を受けたのだが、精神病まで行かない段階で、いろいろ、あるじゃないか。親に反抗するこどもを矯正するとか……。もっと、変ったところでは、何回、恋愛をしても、最後には振られてしまうことを繰返している娘が、その原因を調べてもらう。アメリカでは、こういうのが、最も多かったな」

「へえ、そんな助言もできるわけか？　まるで、身の上相談じゃないか？」

「そうそう。あれを、もっと、学問的にやるわけだよ。新聞社には、身の上相談の手紙が、一日に何十通も届くそうだな。だから、開業して商売にすれば、結構やって行けると思うよ」

堀内は楽しそうだった。ビルに診察室を作り、待合室には、患者が列を作っているという状態を、頭に描いているのかもしれなかった。

「だが、せっかく、君がその資格を取って来ても、日本では開業が許可されるかな？　何しろ、いままでに、そんな商売はないのだから」

「許可も、くそもないさ」

と、堀内は平然としていた。「例えば、私立探偵だ。アメリカでは、私立探偵の開業には許可がいるが、日本ではいらない。だから、資格も証明書も問題じゃないだろう？　それと同じことさ。臨床心理学士法という法律でもできればともかく、それまでは、どこからも、文句を言われる筋合いはないよ」

「そう言えばそうだな。しかし、わずかの渡米期間で、よく、そんな資格を取って来たな。難しいのだろう？」

「そりゃあ、難しいさ」

急に、堀内の眼が、いたずらっぽく笑った。「だから、俺には、資格なんかとれなかったさ」

「なんだって？　じゃあ、もぐりで開業するのか？」と、梶田は聞いた。

「もぐりというせりふはないだろう。もともと、日本には、そういう制度がないのだから、だれがやろうと、自由なはずだ。早い話が、君が開業することもできるんだ」

「でも……」

梶田の妻が、遠慮しながら、口を挟んだ。

「何ですか？」

「世を迷わすとか、何とか名目をつけて、逮捕されることはないでしょうか」

「大丈夫です」

堀内は自信満々である。「あやしげな新興宗教でさえ、取締まれないのですから、それにくらべれば、ずっと科学的だし……」

「待ってくれよ。君のいうように、臨床心理学自体は、科学的かも知れないが、君は資格を持っていないのだから、科学的だといいばる根拠はないだろう？」

梶田は呆《あき》れながら問い返した。堀内の考えが、急に独善的だと思われて来たのだ。もともと、堀内には、そういうところがあった。

「そうじゃないさ」

と、堀内は、まともに反駁して来る。「俺は、向うにいたとき、臨床心理学者のところで、事務を手伝っていたんだ。だから、たくさんの文献を読む機会もあったし、実際の診断にも立合っている。いろいろわからないことも、ドクターに教えてもらった。最後には、ドクターから、国家試験を受ければ、パスするだろうとまで折紙をつけられたんだ。新聞の身上相談なんかより、よほど、科学的で適切な助言ができる」

「そうかねえ」

梶田は、首をひねった。いかにも、堀内らしい論理だが、その論理を推し進めれば、医院の事務員は、患者を診察できるということになる。

「疑うのか？ よし、それでは、実際にやってみせてやろう」

「あら、ほんと？ 面白いわね」

成子が、眼を輝かせた。久しぶりに、変った話題にぶつかったことを、喜んでいるようである。

3

「これは、ドクターが、特別に教えてくれたことなんだが、殺意構成法とでも呼ぶべきものなんだ」

堀内は、煙草に火をつけると、ゆっくりと言った。そして、梶田の質問を待っている風である。

「殺意構成法？」

「ああ、例えばだな。君はだれかが死ねばいいと思っていないか？」

「まさか……。そんなことを考えやしないよ」

「隠さなくてもいい。現代人は、どんな人間でも、他人の死を願っているんだ。生存競争が、こう激しくなってくると、それはもう、しかたがないことなのさ。どうだい？ 会社の上役で、虫が好かない男はいないか？」

「そりゃあ、課長なんか、虫が好かんな。朝から晩まで、部下のあらばかり探していやがる」

梶田は、彼の直属上司である山形の顔を思い浮かべていた。いつも、眉《まゆ》の間に皺《しわ》を作って、梶田たちが持っていった書類にも、なかなか印鑑をおさない。会社内でも、有名な口やかましやであった。

「その課長を、君は殺したいとは思わないか」

「別に……。殺したところで、ばからしいよ。大して得にはなりそうもない」

「あら」

と、成子が小さい声を上げた。

「でも、課長さんが死ねば、こんどは、あなたが課長さんでしょう？　少しは得になると思うわ」

「まあ、そりゃあ、そうだがね。殺すなんて、ばかのやることだ」

梶田は、吐きすてるように言った。山形を憎んでいるのは事実だったが、殺したくなるほどではなかった。

「さ、そこなんだ」

と、堀内は身をのり出すようにした。「たしかに、殺す気になるのは、むずかしいんだよ。絶対に、ばれない犯罪だという自信があっても、いざ殺す段になると、躊躇《ちゅうちょ》する人が多い。なぜだと思う？」

「さあ？　やはり、自分も相手も人間なのだから、当然、抵抗感があるんだろうな？」

「まあいい。説明が不十分だが、先へ進もう。要するに、殺意より、その反対要素の方が強いわけだな？　ということは、殺意がさらに強まってくれば、本当に殺す気になるだろうという理屈だ。殺意が抵抗より大きくなってしまうのだからな。その、殺意を、次第に大きくして行く方法があるんだ。やってみるか？」

堀内が、じっと梶田の眼をのぞきこんだ。

「しかし、それが、臨床的に、どれだけの価値があるんだ？」

「それはあるさ。殺意の度合を知ることによって、患者を取巻く、環境がわかるからな。さあ、やってみよう。眼を閉じて、いろいろなことを考えるのだ」

堀内は、眼を閉じた梶田に、説明を続けた。それは、つぎのような理論であった。

——殺意で、最も強いのは、憎しみである。たとえ、計算をし尽した計画殺人でも、憎しみがない場合には、容易に手を下せない。相手を殺せば、自分が有利になると、わかっていてさえ、最後に、殺人に踏切るスプリングボードは、憎悪であろう。

では、どうやって、その憎悪をかきたてるか？

例えば、山形課長が相手の場合、彼のあらゆる非行を想定してみるのである。

——ボーナスの査定に於て、部下の分を、少しずつ減らして、自分の取り高を多くした。

——課の女事務員たちを、一人一人、旅館に連れこんで、貞操を奪った。

——ことに、梶田に対して、反感を持っており、部長や重役に梶田を退職させるように、進言した。

——そればかりでなく、梶田の妻、成子とひそかに不倫な関係を続けている。

このように、考えられる限りの悪業を彼に負わせてしまう。それは、事実でなくても、かまわなかった。そうすれば、公憤、私憤折りまぜて、憎悪がもり上がり、殺意にまで達するというのが、堀内の理論であった。

「どうだい？　少しは効果があったか？」

十分ぐらい、梶田に考えさせておいた後、堀内が聞いた。

「ばからしい。だめにきまっているじゃないか？　いくら想像したところで、想像は所詮《しよせん》想像だ。憎むどころか、おかしくなった」

それは嘘《うそ》ではなかった。ことに、山形課長が成子と通じているなどという想定は、吹き出したくなるほどであった。《女と寝るとき、山形は、やはり眉の間に、皺を寄せているのだろうか？》

「うん、まあそうだろうな」

堀内は、梶田の言葉にも平然としていた。「最初のうちは、だれでもそうなんだ。しかし、暇さえあれば、そういう要領で考え続けて見給《たま》え。そのうちに、あれは、案外、本当かなと思い始める。一旦そのように、疑心暗鬼になり出したら、もう止まらない。しまいには、夢を見て、寝言を言い出すのだ。これは、殺人一歩前の状態だ。手近なところに兇器《きようき》があれば、すぐにでも殺人に踏切るだろうな」

堀内は、いかにも、自信あり気に言い切った。

4

翌日、梶田は、会社での仕事の合い間を見ては、この実験を繰返した。

決して、目的があったわけではない。一つの趣味のようなものであった。中学生時代、教科書の陰に小説を隠して読みふけったのと同種類の楽しみとも言えた。

課長が、大きな事務机に向って、何か書類を作っている。そういうときは、《ほら、あれが、部下の悪口を社長に報告する報告書》だと思う。それにしても、悪口を書くのに、あれだけ懸命になっているとは、どういうことか？

つぎに一人の女事務員が、課長の机に、茶を入れてもって行く。この春、入社したばかりの、最も若い、純情そうな子である。

「課長さん、お茶がはいりました」

彼女は、おどおどした口調でそう言うと、茶碗を両手で進める。

「ああ、ご苦労」

山形課長は、書類から目をあげようともしないで、うなずいた。

女事務員は、そんな課長に対しても、丁寧に頭を下げて、引きさがる。

それを、初めから終りまで、梶田は見つめていた。そして、堀内に言われたように、想像の翼をのばしてみる。

《課長の奴、あんな純情そうな女の子にまで、手をつけたのか？　そして、会社の中では、口を拭《ぬぐ》って知らぬ顔をしている……》

しかし、そう考えることは、如何《いか》にも無理だった。女事務員にも、男を知った図々しさを見ることはできない。

このように、堀内に示唆された実験は、決して成功したとは言えなかった。一人で楽しむゲームとしては面白かったし、いつもは、そこに課長がいるだけで、何となく圧迫感を感じるのに、この日は、いくぶん気分が楽だったという意味で、精神の風通しにはなったが、烈《はげ》しい憎悪にまでは高まらなかった。

《実験がこんなぐあいでは、堀内は開業してもだめだろう》そんなことを考えながら、梶田は家へ帰った。

帰宅したのは、六時を過ぎていた。すでに日は沈み、電灯の必要な時刻である。それにも拘《かかわ》らず、彼が玄関のガラス戸を開けたとき、家の中には、どこにも電灯がついていなかった。

「おい、どうしたんだ、停電か？」

彼は、そう言いながら、家の中に上がった。

暗くしたままの居間に、妻の成子が座っていた。彼が声をかけても、振り向うとしない。

試みに電灯のスイッチをひねる。停電ではなかった。

しかし、梶田は首を傾けた。いつも、会社から帰って来た時にくらべ、部屋の様子が違っているのだ。どこと、はっきりは言えない。あるいは、空気の差なのだろうか？

「いったい、何の真似だ？　気分でも悪いのか？」

「いいえ、それより、今日、あなたはどこへ行ってらっしゃいました？」

成子が改まった口調で聞く。

「どこへ？　あたり前じゃないか。会社だよ」

「よろしゅうございます。あくまでも、白ばっくれるつもりなんですね？」

成子の切口上は直らない。

「どうしたんだ？　とにかく、飯にしてくれ。何の不満かしらないが、食事が済んでからゆっくり聞く」

「食事の仕度だけはしてあります。あたし、頭痛がするので、早く休みます」

成子は、テーブル代りのこたつにかけてあった白い布をはがし、そこに食事の用意がしてあることを示すと、そのまま、寝室に行ってしまった。

《いったい、何が起きたのか？》梶田には、理解できなかった。まさか、堀内が言ったように、山形課長と成子とが、肉体交渉を持っているのではないだろう……。

梶田は、不快な気分のまま、夕食を終えた。そして、約二時間後、夕刊を読み終え、することもないまま、テレビのスイッチをひねろうとした。

そのとき、寝室の方で、成子が何か言う声が聞えた。

「何だ？　頭痛が、ひどいのか？」と、襖《ふすま》を開けながら声をかける。

成子は、ちゃんと蒲団に横たわって、眠っていた。

「あなた」と、ヒステリックな声。「あなたは、この六年間、会社に行くと言って、ほかの女のところに行っていたのでしょう?」

それは寝言であった。ところどころ、抑揚がおかしかった。そして、梶田が彼女を揺り動かそうとしたとき、さらに、別の寝言が追いかけて来た。

「いいわよ。あなたなんか、殺してやるから」


(見習い天使曰く=梶田夫人が、なぜ、そんな寝言を言ったか、それは解説する必要はありますまい。そして、このあと、この夫婦がどうなったかは、ご想像にまかせます)

優美な酒

私たち、見習い天使は、先日、先輩の天使に連れられて、人間世界の正月というものを見学致しました。

それにしても、人間は、ずいぶん、お酒を飲むものです。飲んでいる間だけは、私たち天使の仲間入りをした気分になれるからなのでしょうか？

そこで、今回は、酒に因《ちな》んだ物語りを紹介致します。

1

その日、青木は珍しく、ついていた。二十五個だけ買ったパチンコの玉が、十分足らずのうちに、四百個に増えてしまった。

《何か、事故でもなければよいが……》彼は、そんなことを考えながら、ただ自動的に指を動かしていた。

彼は決して、パチンコが下手な方ではない。すでに、七年ぐらいの年期がはいっているのだから……。彼の指には、見る人が見ればわかるような、パチンコだこができていた。しかし、その彼も、この日ぐらい、短時間のうちに、玉をふやしたことはなかった。自分でも気味が悪いほどであった。

と、だれかが彼の肩を叩いた。振り返って見ると、黒いオーバーを着た女であった。フォックス型のめがね越しに、青木に笑いかけている。

「ぼくに用ですか?」

と、彼はいぶかりながら聞いた。相手の女性は、三十歳近いだろうか? 彼の知らない女である。

「ええ、もうそろそろ、景品にお取りかえになった方が、いいのではございません?」

女はルージュのはっきりした唇を、静かに動かす。

「え?　なぜです?」

「そうなさいませよ。あたくし、お話ししたいことがございますの」

女は、通路の人を避けるためか、青木にからだを寄せてくる。その動きにつれて、香水の香が漂い、青木の隣の台にいた男が振り返った。

「話?　ぼくにですか?」

「ええ。来て下さいますわね」

女は、そういうと、出口の方に歩き始めた。ウェストを細く締めたスタイルが見事であった。

女の口調には、不思議なほどの強制力がある。彼は、急いで、玉を煙草と交換しに行った。途中で、こぼれた玉もあったが、それに構ってはいられない。女を見失いたくなかった。しかし、それほど慌てる必要はなかったのだろう。女は、パチンコ屋の出口で、ちゃんと待っていたのだから。

彼女は、ごく自然に、青木の左腕に手をかけた。そして、行先が決っているというように、何も告げずに歩き出した。

「ちょっと待って下さい」

彼は、彼女の手を振りほどくようにして立止まった。

「え？　何か忘れもの？」

「そうじゃない。しかし、あなたはどう思っているかしらないが、ぼくは金をそんなに持っていないよ」

「お金？」

と、こんどは、女が不思議そうな顔をした。そして、つぎの瞬間、彼女は笑い出した。

「あらひどいわ。あたくしが、あなたのお金を当てにしている女のように見えます？」

「いや、いや。そんな意味では……。どうも失礼しました。ただ、あなたのお話がわからないものだから……」

「わからないからお話をしようとするのじゃないの。そうでしょう?」

彼女は、再び、ゆっくりと歩き出した。

「ところで、あなた、お酒を召し上がります?」

「酒?　いまですか?」

「いいえ。そうではなくて、お酒が嫌いではないんでしょう?　お酒と言っても、ウイスキーだけど……」

「ええ、まあ、好きな方ですね。でも、経済的な制約はありますがね」

「じゃあ結構ですわ。お酒が好きで、パチンコが上手な方なら、あたくしの探していた条件にぴったりなのですもの。あたくし、こういうものなんです」

彼女は、立止まって、ハンドバッグから、女持ちの名刺を出した。

『優美酒造株式会社宣伝部　紺野ユリ』

それが、彼女の名前であった。

2

翌日、青木は会社には、病気の届を出して、優美酒造の宣伝部に行った。紺野ユリに説得されて、約束をしてしまったのである。

彼が通された応接室には、ほかに十人近くの人たちが集まっていた。女も二人混っている。

ただ、服装や人相も千差万別で、どんな規準でこの人たちを選んだのか、青木には判断ができなかった。

髪をオールバックにした芸術家という感じの男がいる一方、すし屋の名が襟にはいった半《はん》纏《てん》姿の男もいた。女は二人とも、四十近いようであった。

やがて、ダブルの背広を着た男が現われ、宣伝部長だと自己紹介をした。

十人の客には、菓子とお茶が出された。

「どうも、本日はありがとうございます」

宣伝部長は、ていねいに頭を下げる。

「本日、ここに集まっていただいた方々は、皆さん、指の芸術家ばかりでございます。私から紹介させていただきますと……」

メモを見ながら、宣伝部長は、客の紹介を始めた。

ピアニスト、ラジオ組立工、算盤《そろばん》の教師、すし職人、マージャンの達人、指人形劇団員、歯科技工、三味線師匠、日本人形造り、そしてパチンコの名手ということであった。

「これら、指の芸術家の皆さまにお願いすることは、当社のポスターの、モデルになっていただきたいと思ったからです。いかがでしょう？　お聞き届けいただけますでしょうか？」

「モデルですか？」

と、算盤の教師が、不審げに尋ねた。「それなら、もっと適当な方がいるではありませんか？　たしかに、わたしなどは、指を資本に生活しているわけですが、だからと言って、決して格好のよい指をしてはいません。モデルでしたら、女優さんか何かの方が、いいと思いますが……」

　この発言には、多くの人たちが賛成のようであった。それぞれが、うなずき合いながら、自分の指を、いまさらのように眺めた。

「いや、さようなことはございません。前に一度、女優を使ってみたこともあるのですが、結局、ものにはなりませんでした。ああいう人たちは、指の美しさを誤解している。つまり、指の表情が出せないのですなあ」

　宣伝部長は、自分の言葉に感心しているらしく、話しながら、大仰に首を振った。そして、大型の封筒から、何枚もの写真を出して、青木たちに見せた。

　それらは、すべて、ウイスキーのグラスを持っている手の写真であった。マニキュアの行き届いた手、いかにも不器用そうな手、太って寸詰りに見える手、いろいろな手があった。

「これが、女優をモデルにした写真です。どうです？　見た目には、たしかにきれいかもしれませんが、何の味もないでしょう？　ところが、これは、ある速記者の手です。ペンだこが、ごらんの通り、非常に印象的です。このペンだこに、この方の生活、いやこの方のご家族の生活が結集されていると言えましょう。見れば見るほど、味のあるたこ、奥床しい指だとは思いませんか？　そのため、この手が持っているウイスキーにも、それだけのこくがあるように見えます。そうでしょう？」

　宣伝部長は、同意を強制するように、十人の顔を、ひとりひとり眺め回した。

しかし、青木は首をかしげた。宣伝部長の言葉が納得できなかったのだ。彼の見る限りでは、やはり、爪《つめ》を長くのばした女優の指の方が、色気もあり、美しかった。

「どうも、私の説明が下手なせいか、得心いかない方も、多いようですが……」

宣伝部長は、後頭部に手を当て、困惑の表情を作りながら、説明を続けた。「まあ、これが、ほかのウイスキー・メーカーでしたら、女優さんの手を、モデルに使うかもしれません。しかし、当社ではそうはいかないのです。そこで、当社が、モデルの方々を見つけるのに苦労するわけなのですが……。打明けて申しますと、宣伝部員の一部は、皆さまのような、指の芸術家を集めることに、専心しているようなありさまです」

「でも、なぜ、お宅の会社だけが、そんなことに苦労なさいますの?」

三味線の師匠が、自分の左指を口にあてがいながら聞いた。その動作は、指を宣伝部長に見せ、ぜひ、広告写真に使ってくれと、意思表示をしているように見えた。

3

「さようでございますな。ごもっともなご質問です。ご説明申し上げましょう。では、皆さま。当社の代表的な製品、『U・B・ウイスキー』の名を、早口に言って下さいませ」

優美酒造は、製品名の上に、『U・B』という名をつけていた。むろん、優美をもじったものであろう。最近できた会社ではあるが、かなり業績を上げているということであった。青木

宣伝部長の言葉につれて、人々は、口の中で、『U・Bウイスキー』と呟《つぶや》き出した。青木

も同様な試みをしてみた。

「いかがでございます」と、適当な時期を見て、宣伝部長が言う。「早口で言いますと、U・Bが、『ユビ』ということになりますですな？　そこなのです、当社の狙いは。ユビ、つまり障害でもない限り、だれでも持っているこの指ですなあ。この指を見たときに、無意識のうちに、当社のU・Bウイスキーを連想してもらう。少なくとも、そのくらいまで商品名を売りこむことを、私どもは心がけているのです。つまり、この指こそ、当社のシンボルと言えるわけですよ。ところが、広告写真に現われた指が、何の変てつもない女優の指ではしようがありません。注意してごらんになればわかりますが、ウイスキーのコマーシャル・フォトというのは、どこのメーカーも同じように、手がグラスを持っている写真です。それが、まあ、一番効果的なのでしょうから、当社としても、そのスタイルを使わずにはいられないわけですが、他社と同じような指では、あまりにも能がなさすぎますよ。見た瞬間に、『ユビ』ということが、ぐっとこなくてはならないわけです」

「なるほどねえ」

ラジオ組立工が、感心したように唸った。

「いかがです。ご承知いただけますか？」

「まあ、ぼくはいいですが……」

と、青木は、先刻から浮かんだ疑問を聞いてみる気になった。「いままで、ぼくは、優美と指とを結びつけていませんでした。それで思うのですが、指と結びつけることは、そんなに、大切なことなんですかね」

「それはもちろんです」

宣伝部長は、当然のことではないかというように、強い口調で言った。「よく言われるなぞなぞですが、人間に、もう一つ眼をつけるとすれば、どこがいいかというのがあります。ある人は背中と答え、ある人は、後頭部だと言います。ところが、最もよいのは、ご承知でもございましょうが、この指の先なんですな。指の先についていれば、前後左右、どこを見ることもできます。変な話ですが、男女の愛撫《あいぶ》技術も、もっと変ったものになるかもしれません。そうでございましょう？」

この宣伝部長のじょうだんに、三味線の師匠が、けたたましく笑った。もう一人の女性、日本人形造りも、椅子の上で、腰をもじもじとさせた。

「まあ、これは、ほんのじょうだんですが、このように、指というものは、人間の生活に於《お》いて、重要な働きをしている便利なものです。生理学者に聞きますと、人間のからだの中で、筋肉が一番発達しているのは、指の筋肉だそうですよ。まあ、それはそうでしょう。鳥の場合は、羽のつけ根の筋肉が発達しているのですから、人間だって、最も使用度の高い指が、筋肉も発達する道理です。変なたとえですが、指の筋肉は、つけ焼にでもすると、きっと、おいしいでしょうね。いや、どうも脱線してしまって……。指の芸術家であるあなた方が、案外に、指の重要性を認識していらっしゃらないので、つい、こんなことまで申し上げてしまいました。要するに、みなさん、せっかく一芸に秀でた指を、大事にして下さいというわけです。そして、『ユビ』と同様に、『U・B・ウイスキー』もお忘れなく」

宣伝部長は、そう言って頭を下げた。

何となく、皆は、写真のモデルになることを、承知してしまった格好であった。

やがて、カメラマンがはいって来て、ひとりひとりに、ポーズの注文をつけながら、写真をとって行った。

4

「どうも、皆様、ご苦労さまでございました。皆様の指の写真は、当社が近く売り出します、『U・B・スペシャル』の広告として使わせていただくことになっております。この『U・B・スペシャル』は、『優美な酒はU・B・スペシャル』というコマーシャルのもと、当社が社運を賭《か》けて大々的に発売するもので、それだけに、当社としても、自信を持っているウイスキーです。今日のモデル代と申しますか、お礼は別に差し上げますが、それとは別に、一つご試飲をいただきたいと思います」

宣伝部長が合図をすると、部員が、ウイスキーのはいっているらしい、小さな樽《たる》を持って来た。それに続いて、昨日、青木が会った紺野ユリが、グラスを盆にのせて運んで来た。

樽は、見事に、黒光りがして、横腹には、金文字で『U・B・SPECIAL』と書かれてあった。樽の脇《わき》についている蛇口から、グラスにウイスキーが注がれる。紺野ユリが、それを配って歩いた。

「さあ、どうぞ」

宣伝部長の声につれて、皆の手がグラスを口に運ぶ。

「ううん」

という唸り声が、青木が一口飲む前に起きた。ピアニストの声であった。

「いかがです？」

宣伝部長がからだを乗り出すようにして聞いた。しかし、彼の表情には、不安はない。讃辞を貰えることに、絶対的な自信を持っているようだった。

「驚きましたよ。自慢するようですが、私はこれでも、外国にもたびたび行き、ウイスキーには、一ぱしの舌を持っているつもりでした。しかし、これだけの酒は、まだぶつかったことはありません。いや、お世辞ではない。スコッチにも、これだけの丸みと、こくはない。舌を、ウイスキーが包んでしまうようです。伝統のない日本で、これだけのものが作れるとは、いや、感心しました」

ピアニストは、ひとりで首を振っていた。青木には、そのピアニストのように、何種類ものスコッチを飲んだ経験もないから、そういう比較はできなかったが、たしかに、こくはあった。それに、かおりが何とも言えない。うまく表現はできなかったが、強いてたとえると、『懐しさをにじみ出させる』とでも言えようか？ 青木は、口の中で、転がすようにしていた。

「ほんと、それに、からだの奥の方が、妙にかっかとして来ますわね。ご婦人に飲ませると、変なことになるかもしれなくってよ」

三味線の師匠が、わざとらしい若やいだ声をあげた。眼が、濡《ぬ》れていた。

「実は、私どもも予期しなかったのですが、そういう作用もございますようです」

まじめくさった顔で、宣伝部長が答えた。「それが、偶然にも、優美ということとも一致しますし……」

「なるほどね。面白いですな。しかし、ご苦心をなさったでしょうな?」

「まあ、製法自体は簡単なのですがね。その着想を得るまでが、大変だったそうです。それに、実は特殊な材料が必要なのですが、それが、非常に入手困難なものですから……。探すのに、全社員が総動員されましたよ」

「そうでしょうとも……」

と、すし職人が、初めて口をきいた。「わたしたちも、タネの仕入れには、頭を使いますよ」

「そういうわけでして……」

宣伝部長は、そこで、ネクタイを締め直した。「その材料の入手に、できたら、みなさまのご協力を得たいと思うのです。入手できたときには、賞金、百万円を差し上げることになっています」

「百万円?　大変なものですな」

と、算盤の教師が言う。「それで、採算がとれるのですか?」

「ええ、ある材料を、普通のU・B・ウイスキーの原酒に漬けておくのが、いわば、こくの秘密なのですが、一本の材料は、U・B・スペシャル五千本分に使えます。ですから、単価に直せば安いものですよ」

「そうですか、百万円ねえ……」

「ええ、いかがです。先ほど、写真をお見せした速記者の方は、二本、わけて下さいました。だから、皆さまも……」

「二本も？」

あちらこちらで、どよめきが起った。

「しかし、そんなに簡単に見つかるものなのですか？」

「それはもう、みなさまでしたら……。何しろ、皆さまは、指の芸術家でいらっしゃいますし……」

宣伝部長の眼は、急に光り出した。その眼は、グラスを持っている、ひとりひとりの指を順に見くらべているようであった。


（見習い天使曰く＝材料が何であったかを、申し上げると、『U・B・スペシャル』の営業妨害になるかもしれません。でも、この話を嘘だと思う方は、ご自分の指でためしてみて下さい）

糞は偽らず

人間世界では、表題のような言葉は、しゃべらないのが、エチケットだそうです。しかし、なぜ、この言葉を口にしてはいけないのか、私たち、見習い天使にはわかりません。というのも、私たちには、排便などという生理作用が、ないためなのかもしれません。とにかく、人間ではないのですから、こういう話をしても、かまわないでしょう。

1

K市は人口九万の地方都市である。その治安の維持には、K署が当っている。殺人、強盗のような大事件は、年に数えるほどしかなく、至って平穏な都市ということができた。

ある朝、K署に電話があった。

た。

「昨夜、どろぼうがはいったらしいから、すぐ来てくれ」

と、いう電話である。被害金額は二十四万円だとのことだった。

K署では、十万円相当以上の盗難事件は、一応、重要事件としての扱いをする規定であった。

捜査担当の巡査部長、つまり部長刑事が、若い刑事二人を連れて、現場に赴いた。

盗難を受けたのは、ある町工場主の自宅であった。K市では、住宅街にあたるその付近は、あまり、人通りもなく、夜になると、さびしいくらいのところであった。

被害者は、正岡と言った。五十過ぎの夫婦が、二人だけで住んでいた。息子が一人いるのだが、県庁所在地のN市に下宿して、N大へ通っていると言う。

まず、部長刑事の平本が、事情を聞いた。

「このごろは……」と、正岡が言った。徒弟同様の見習い工から、叩《たた》き上げて、工場主になった彼は、五十過ぎとは見えない、顔色を持っていた。とくに、くぼんだ眼に、鋭さがある。

「やはり、年のせいなのですかねえ。夜になると眠くなってしまって……。ゆうべも、九時の時報を聞くと同時に寝床につきましたよ。家内ですか、家内も九時半ごろには寝たでしょう。朝早いのは、少しも苦にならないが、夜ふかしはどうも……」

「盗難に気づかれたのは？」

「今朝、神棚に、ご灯明を上げようとして気がついたんです。今日、銀行に持って行く予定だったのですが、その前の晩、感謝のしるしに、神棚に一晩預っていただくのが、わたしの習慣でしてな」

　玄関の次の間が、茶の間になっており、そこに神棚があった。伊勢の大神宮、明治神宮などのお札が、あげられていた。もう、だいぶ古くなっているのか、お札は、黄色に変色していた。

「正岡さんが、お金を神棚に上げるという習慣を知っている人は？」

「いや、近所の人なら、みな知っているでしょう。それに、そんなことを知らない奴《やつ》でも、ふと、神棚を見上げれば、だれでも気がついたでしょうよ。むき出しに、札束があるのだから……」

　正岡は、白髪のまじった、五分刈りの頭をかいた。

「むき出し？　ずいぶん、無用心ですね？」

　と、平本は咎めた。むき出しでなく、何かに包んでおいても、神様なら、お見通しだろうに……。ふと、そんなことも考えたのである。

「しかし刑事さん。どろぼうが出没しているという噂でも聞いていれば、わたしだって、そんな無用心なことはしませんよ。だが、幸い、この付近は、至って平穏だった。だから、戸締りだって、それほど注意はしていませんでしたよ」

「なるほどねえ」

　平本は、あごを撫でた。県警本部からは、ときどき、防犯のポスターが送られてくる。しかし、K署は、これまで、身を入れて防犯運動を指導したことはなかった。巡査派出所、駐在所などの掲示板に、申しわけのように貼って、お茶を濁しておく程度であった。

「すると、犯行は、大体、昨夜の九時半以降と見ていいのですな。寝入りばなと言うのは、熟睡してしまうから、少々の物音には気づかない……」

そう言いながら、平本は、警察手帳にメモをとった。

2

家の中の見取り図を書いたり、周囲を調べたりしていた刑事の一人が、やがて、大発見をしたように、眼を輝かせて、平本を呼びに来た。

「何だ？　犯人の遺留品でもあったか？」

と言いながら、平本は、若い刑事のあとに従った。

「これですよ」

刑事は、薄笑いをしながら、門のそばの道を指で示した。

「ははあ、これか？」

平本も、口の周囲の筋肉をゆるめた。別に、おかしいわけではない。しかし、まじめくさった顔で、それを見ることもできなかった。

そこには、明らかに、人糞《じんぷん》と思われるものが、とぐろを巻いて置かれてあった。そして、その頭には、塵紙《ちりがみ》が載っている。イヌやネコが尻《しり》を拭《ぬぐ》うはずはない以上、それは、人糞としか考えられない。

「犯人のものでしょうか?」

「まあ、そうだろうな」

と、平本もうなずいた。

彼が刑事講習を受けたとき、ある講師が言った。

「昔から、我が国には、『夜、糞《くそ》をする者は盗癖のある者だ』とか、『盗む前に玄関で糞をしてから、はいれ』とかの言いつたえがある。それが、どんな根拠から出た言葉だか、私は知らない。しかし、犯行現場、及びその付近にある、いわゆる野糞の科学的検査によって、犯人の割り出しができた例は、非常に多い」

この話を聞いたとき、平本は頰冠《ほおかむ》りをした泥棒が、尻をまくっている光景を想像して、忍び笑いをしたものだった。犯罪などとは関係のない、ユーモラスな場面のように思った。

「とにかく、この糞は、もって帰って、鑑識に調べてもらおう」

平本は、若い刑事に、糞の形を崩さないように、署まで持って行けと命令した。

「部長、これは、たしかに犯人のですよ。匂いもかなりひどいです。それほど古くない証拠でしょう」

鼻をつまみながら、刑事はそれを始末していた。

しかし、現場で発見された手掛かりは、この糞便だけであった。指紋も、足跡も、平本たちの努力にも拘らず、ついに得られなかった。

これは、迷宮入りになってしまうかもしれないな、と、署に引き上げる途中で、平本は考えた。

一般に、窃盗犯人がつかまるきっかけは、盗品を、質入れしたような場合である。ところが、こんどの事件では、現金しか盗まれていない。しかも、その現金は、千円札の束であった。札も新しくはない。むろん、番号の控えはなかった。とすれば、どこから、捜査に着手すればよいのか？　結局、別の事件で逮捕された犯人が、この窃盗事件をも自供するということになるのではあるまいか？

そんな予感がしたのであった。

しかし、二、三日後、ある刑事が、変った話を聞きこんで来た。

柴野仁助という、ある工場の工員が、小学校二年の娘のために、オルガンを買ってやったという噂であった。むろん、オルガンを買うのに、職業上の制限はない。しかし、二万円のオルガンを買う余裕が、彼にあったかどうか？　刑事は、そこに疑問を感じたのである。乏しい中から、貯金をして、我が子の才能を伸ばしてやるという、健全な生活をしている者もいるだろうから、一概に、柴野を疑うことは正しくない。問題は、柴野の、これまでの生活態度であった。

平本は、その刑事と一緒になって、内偵を進めた。

結果は、柴野にとって不利であった。これまでの彼は、決して、こどものために、自分の物質欲を抑えるという生活をしていなかった。小学校のPTA費も、滞りがちであったし、その反面、彼は毎日のように、ショウチュウを飲んでいた。酒代の一部は、酒屋に借りたままになっている。

　そんな状態で、どうして、二万円の貯金ができたであろう？　不正な手段で、入手したものに違いないと、平本は睨んだ。

　早速、酒屋に頼みこんで、詐欺の告訴状を出させ、それをもとに、簡易裁判所から、詐欺容疑の逮捕令状をもらった。

　むろん、本来の狙いは、オルガン購入の二万円を、どうやって、手に入れたかを調べることであった。

3

　柴野仁助は、最初のうち、言葉を左右にしていたが、一晩留置されると、

「本当のことを言います。実は拾ったのです」

と言った。

「拾った？　どこでだ？　なぜ、そのときに届けなかったのだ？」

「すみません。何しろ、十万円という札束を見たのは初めてだったもので、つい、できごころで……」

「十万円？」

「はい、千円札の束です。場所は……」

　柴野の話した場所は、二十四万円が盗まれたという、正岡の家の前であった。しかも、あ

の夜の十時ごろだという。

「ふうん」

取調べに当った平本は、急に熱心になった。あの窃盗事件の犯人は、柴野にまちがいないという確信が、彼の中にはでき始めている。「そのときの様子を、よく話してみろ。嘘言《うそ》ってても、すぐにわかるんだぞ」

「親類に金を借りにいった帰りなのです。貸して貰えないので、むしゃくしゃしながら歩いていると、ふと、何かを蹴とばしかけました。街灯の少ない場所でしたが、それを見わけるぐらいのことはできました。それが、十万円の札束だったのです」

「そのとき、どんな気がしたか?」

「これは、神の助けだと思いました。わたしの娘は、非常に素直なよい子で、悪いことをすると、神様に叱られると、本気で信じているのです。その娘のために、神様が恵んで下さったのではないかと……」

「ふざけるな」

平本はどなりつけた。「黙って聞いていれば、いい気になって。お前みたいな、どろぼうに、神様が恵んでくれるはずはないじゃないか?」

「どろぼう?」

平本にどなられ、柴野は肩を震わせた。そして、おどおどした、弱気な眼で、平本を見たが、それでも、不審気に聞き返した。「わたしが、どろぼうをしたと言うのですか?」

「そうだ」

「刑事さん。道に落ちていたものを、黙って拾えば、どろぼうと同じかもしれません。しかし、わたしだって、それが誰のものか、はっきりわかっていれば、持主へ返しましたよ。だから、弁解じみるけれど、持主のわかっているものを盗むどろぼうと一緒にされては、かないません」

昼のわきに唾を溜め、何度もどもりながら、柴野は答えた。

「ふうん。お前は、本当のことを言うと言いながら、まだ、言いのがれをするつもりなんだな。それなら、それでいい。もう少し、留置場で考えているんだな。そうすれば、違った言いわけもできるだろう」

平本は柴野を留置場に返した。

この取調べの間に、平本は柴野に煙草を与え、また、コップで水を飲ましている。これらは、すべて、唾液から、彼の血液型を検出するためである。

検査の結果は、すぐにわかった。それは、正岡家の門の前で、刑事が発見し、採集した人糞からわかった血液型と、完全に一致した。これで、事件は解決したと、平本は思った。迷宮入りだと思われた事件が、案外簡単に片付いたことに、平本は気を良くしていた。果して、次の取調べのとき、柴野は、犯行を認めた。

被害者宅の前にあった糞便の血液型が、柴野のそれであると告げられると、彼は、しばらく、考えこんでしまった。

「大便から、血液型がわかるのですか？」

「わかるとも。大便ばかりではない。汗からも、唾からもわかる。お前の口は、嘘をつくことができるが、大便は嘘をつかない。悪人にとっては、都合の悪い世の中になったな？　お前は、正岡さんの家へ忍びこむ前に、気持ちを落着けるために、糞をしたのだろうが、それが、運のつきというわけだ」

「…………」

平本は、シャレを言ったつもりだったが、柴野は笑おうともしなかった。黙って、膝《ひざ》の上に視線を落していた。

「さ、どうだ？　がんばったって、これだけ証拠が揃《そろ》っていたら、どうしようもないんだぞ。裁判になっても、無実だなどと言えば、裁判官の心証を害し、執行猶予をもらえるところも、もらえなくなる。そうだろう？　そのくらいの理屈は、お前にもわかるはずだ」

平本は、意識的に、声を柔らげた。

「すみません」

と、柴野は、首をさらに垂れた。

4

柴野仁助の公判は、K簡易裁判所で行なわれた。

検事の起訴状朗読に続いて、被告の罪状認否があったが、柴野は起訴状の事実を素直に認めた。

　次いで、冒頭陳述、証拠調べに移る。検事の提出した証拠は、すべて、書証であった。現場検証調書、捜索差押調書、糞便の鑑識調書、被害者、被告、その家族の供述調書などである。捜索差押調書には、柴野の家の畳の下から、千円札で七万円が発見された事実が書かれてあった。

　これらの書証に対し、弁護人は、証拠にすることを同意した。

「然るべく」

と、裁判官席に向って、頭を下げたのである。

　一般に、現行裁判制度では、法廷で証人調べを行なうことが原則なのだが、検事や弁護人、被告が同意した時には、供述調書などを、証人調べの代りにすることができるのだった。

　だから、柴野の事件でも、国選弁護人が検事側の証拠を採用することに同意した以上、次回公判で求刑、弁論、三回目に判決ということになるはずだった。

　ところが、担当の石山裁判官は、次回公判までに、糞便の鑑識調書をもとに、食物の内容の鑑定を、N大の法医学教室に求めるという決定をした。つまり、裁判長の職権による、鑑定依頼である。

　検事も、国選弁護人も、呆気にとられた。被告は、警察での取調べで、正岡家に忍び込む前に排便をしたことも、二十四万円を盗んだことも認めていた。それだのに、何を今さら、鑑定して貰う必要があるかという気持ちであった。

しかし、石山裁判官は、心中期するところがあるらしく、てきぱきと、この決定を下したのだった。

十日後、第二回の公判があった。石山裁判官は、被告を証人席に呼んだ。これも、職権による証人調べである。

「被告に聞くが、甘い物は好きか?」

「甘い物と言いますと?」

「例えば、あんのようなものだ。あん類は食べたかな?」

「いいえ、金を貰っても食べない方です」

柴野は、石山裁判官の意図がわからないらしかったが、それでも、強く首を振った。

「では、最近、食べたことはないな?」

「ええ、食べません」

「被告は、嘘を言っているのではないだろうな?」

何故か、裁判官は、執拗に念を押した。

「ええ、そんなことで嘘を申し上げても仕方がありません。だれに聞いてもらっても差支えありません」

「そうか、では聞こう。証拠に提出された糞便の鑑識調書を鑑定した結果、便をした人物は、つぶしあんのようなものを食べているそうだ。ところが、被告は、その便が自分のものだと言う。どういうわけか?」

「あっ」

と、柴野が叫んだ。国選弁護人は、急いで、書類を調べ始めた……。

「申しわけありません。刑事さんのお話では、血液型が同じだと言うので、どうがんばったところで、無実は証明できないし、それなら、いっそのこと、刑事さんや検事さんの言うことを聞いた方が、刑も軽くなるのではないかと思ったのです……」

「では、金はどうしたのだ？　第一回、第二回の取調べで言っているように、拾ったわけか？」

「はい……」

柴野は、なおも深く頭を垂れた。


公判が終ってから、検事と弁護人は、揃って裁判官室に行った。次回の打合わせのためである。

「しかし、判事さんは、鑑識調書を読んだだけで、あのような結果を予想されたのですか？」

と、弁護人が感心したように言った。

「いや、実は、あの夜、わたしは散歩をしていたのですが、途中で便意を催して、もうどうにも我慢ができなかったのですよ。それで、つい、失礼して用を足していたところ、少し先に、札束が落ちている。とにかく、用が済んだら、拾って、届けようと考えていたのですが、そのうち、一人の通行人が来て、それを拾って行ってしまったのでした。こちらは、しゃがんだままだし、声をかけることもできない。つい、見逃してしまったのですよ。もちろん、いままで、道路で排便したことなぞ、なかったのですが、いや、お恥ずかしい話です。先日の公判で、冒頭陳述に便のことが出て来たときは、自分ながら、驚きました。額に、冷汗が出て来るほどでした」

石山判事は、そう言うと、ハンカチーフで顔を拭った。

（見習い天使曰く＝石山判事と、柴野の血液型が同じだったことが、まちがいの元だったわけです。しかし、石山氏が、もし裁判官でなければ、このまちがいは、発見されなかったかもしれません。そう考えると、笑いごとではないようです）

始めと終り

天使には、上級三隊として、熾《し》天使、智《ち》天使、座天使、中級三隊が主天使、力天使、能天使、その下が下級三隊、つまり権天使、大天使、天使というように、九階級があるのです。われわれ、見習い天使は、その下です。

これと同じように、人間の犯罪にも、いろいろな階級があるそうです。何が最上級の犯罪であり、最下級は何か、まだ、そこまで勉強していないので、わかりませんが……。

1

草鹿法律事務所の応接室で、一人の婦人が草鹿弁護士と向い合っていた。三十五、六というところか、品よく着こなした着物がよく似合った。ただ、常に伏せるようにしている眼の間に、憂いを含んだたてじわが寄っていた。それが、彼女に、一種の風情を与えているようだ。

「それは……」

と弁護士が言った。「わたしも、すりの弁護をしたことはありますよ。それが何か?」

「その方たちとは、いまでも、連絡はつきますでしょうか?」

「その方……いや、すりですか? そうですね。二、三人は、住所も知っています。刑務所から出て来たとき、挨拶に来ましたが……。どうせ、同じような仕事をしているのでしょう」

草鹿弁護士は、こう言いながら、接客用の煙草を勧めた。それに、細く白い指をのばしかけてから、婦人は首を振った。

「あたくし、やめることにしましたの」

「ははあ? 何か?」

「ええ。主人が近く帰って来ますし、少しおしとやかになろうと……」

彼女は笑ってみせた。だが、心からの笑いではなく、屈託をまぎらわそうとするそれのようであった。

「そうでしたね。たしか、十日後でしたっけ。外遊も半年以上だと、大変でしょうな。ところで、すりの話は?」

「先生がお知り合いのすりの人たち、信頼が置けるでしょうか?」

「信頼が?」

弁護士は、呆れた表情で、婦人を見つめた。「ご質問の意味がどうも……。とにかく、犯罪者ですからな。すりを信頼する人なんて、世の中にないでしょう?」

「はあ」

と、彼女も口もとをゆるめる。「そのう……。すりはしても、ほかの悪いこと、例えば、ゆすりとか、詐欺とかはしないというような、そういう人はいないかしら?」

「なるほど、そんな意味でしたか? それでしたら、一応、信頼できるかもしれませんな。奴らに言わせると、すりというのは、単なる犯罪ではなく、芸術の一種なのだそうです。だから、すり以外の犯罪は、むしろ敵視していますね。もっとも、最近は、こんな職人気質も、薄れて来ているとか言われますが、すりには、犯罪者特有の暗さは、あまり見られません。しかし、奥さんがどうして、すりに興味を持つのです?」

「別に、興味というのではないのですが、先生がごぞんじの、すりの人を、紹介していただけませんでしょうか?」

婦人は、ゆっくりと眼を上げて言った。その眼は、意外に強い意志を表わしているらしく、草鹿弁護士の、探るような視線を、まともにはね返す。

「それは、ほかならぬ奥さんのことですから、ご紹介してもいいですが……。しかし、どういう人間がご希望ですか?」

「そうですわね。まず、腕が確かで、口数が少なく、頼みがいもあるというような……。こんな条件、無理でしょうか？」

「いや、必ずしも、無理とは言えないでしょう。お待ち下さい。いま、ファイルを調べてみます」

草鹿弁護士は、煙草を灰皿に置くと、立ち上がって、ファイル・ケースに近づいて行った。

2

婦人の名は、角村路子と言った。某会社の部長夫人である。こどもはいない。夫は、現在、アメリカに出張していた。

草鹿法律事務所を訪れた翌日の朝早く、彼女は、野々山豊を、アパートに訪問した。草鹿弁護士の話だと、野々山は、一年前に刑務所を出たばかりだそうだが、鉄筋コンクリートの、かなり高級なアパートに住んでいた。恐らく、権利金や家賃が大変だろうに、彼には、それだけの収入があるのだろうか？　角村夫人は、そんなことを考えながら、ドアのベルを押した。

「どなた？」

若い、張りのある声が、ドア越しに聞え、G・I刈りの頭をした男が顔を出した。

「野々山さんですか？　あたくし、草鹿先生から紹介されまして……」

彼女は、草鹿の紹介状を出した。

「え？　ああ、そうですか？　じゃあどうぞ……」

野々山は、しゃべりながら、観察するような眼つきで、夫人を眺め回した。しかし、夫人には、その視線が、不快ではなかった。野々山が若く、しかもみなりの整った青年だったためかもしれない。白いワイシャツには、よくのりが利き、ネクタイも、一般のサラリーマンと見わけのつかないくらい、渋かった。上衣は着ていない。

アパートは、洋風で、畳が敷かれていない。はいってすぐのところに、対の小さな椅子が一組あって、簡単なテーブルを挟んで向い合っていた。そこが、客間という形なのかもしれない。

「どんなご用なんです？」

椅子に腰をおろすと、すぐに、野々山が聞いた。

「野々山さんは、いまでも、前のお仕事をしていらっしゃるのでしょう？」

「その質問は弱いなあ。まあ、いいじゃないですか、そんなことは……」

「そうね。あたくしとも、関係がないのだし……。でも、腕には、自信があるのでしょう？」

「そりゃあね。自信がなければ、恐しくて、手が出せませんよ。この前つかまったときは、つい、油断してしまったのだけど、刑務所の中でも、絶えず、練習していたおかげで、手はますます上がったと思ってますがね」

「そう。それを聞いて、安心したわ。きょううかがったのは、その優れた技術を、お借りしたいと思ったからなの。いかが？　助けて下さらない？」

夫人は、心持ち、媚《こび》を含んだ口調で言った。彼の眼が、自分の胸のあたりに注がれ勝ちなのを見てとった上での計算である。野々山は二十八歳。女の魅力には、弱い年齢だった。

「だめです」

しかし、夫人の計算にも拘らず、野々山は強い口調で言った。

「なぜ？」

「ぼくはね、技術の習得に、からだを張って来たのです。だから、とても、人のために、その貴重な技術を使う気にはならないんだ」

「そんなことを言わずに、何とか、相談に乗って下さらない？　あたくし、本当に困ってしまっているの。あなたに助けてもらえなかったら、破滅だわ」

「破滅？」

と、野々山が聞きとがめた。好奇心はあるらしい。「ずいぶん、大げさなんだな」

「ううん、誇張や、おどかしではないのよ。ほかに、どうしようもないんだもの。いろいろ考えた末、野々山さんのような人の力を借りるのが、一番いいと思って……」

「まあ、いいや、とにかく話して下さい。相談はそれからだ」

夫人の視線が、じっと野々山に注がれ続けているので、彼は、まぶしげにまたたきをした。何の意味か、唾《つば》をのみほしたようである。

「いま、あたくし、悪い男につきまとわれているの。で、その問題を、主人がアメリカから帰って来るまでの間に片付けておきたいのよ」

「ふうん。悪い男が、つきまとっているのですか？　それは、ゆすりですか？」

「まあ、そういった種類のものね」

「金では解決つかないのですか？」

「ええ、値段が百万円だというし、それに、百万円やったからと言って、今後、絶対につきまとわないという保証もないでしょう？　それよりも、野々山さんにお願いした方が、賢明だし、確実だと思うのよ」

「で、ぼくにはいくらくれるの？」

「百万円の半額の五十万円でどうかしら？」

「奥さん」

野々山が、思い切ったように言った。

「信じて下さるかどうかしりませんが、ぼくは今、金には困っていないのです。だから、五十万円ぐらいで、貴重な技術を売ろうとは思わない」

「あ、待って……。じゃあ、どのくらいなら？」

「いや、金ではないのですがね」

野々山は、唇を極端にゆがめてみせた。

3

その午後、角村夫人は、東京駅八重洲口の喫茶店に現われた。駅の構内にあるその店は、百五、六十人の客を、一度に収容できるだけの広さを持っていた。

それだけに、ここを待合わせに使うと、相手を探すのに不便だった。ことに、角村夫人のように、相手の男とは、まだ電話で話したことがあるだけで、人相を知らないという場合には、なおさら、そうであった。

彼女は、入口の階段を上りきると、途惑ったように、店の中を見渡した。喫茶店の混む時刻でもないのに、店は八分の入りであった。つまり、暇人が多いということだろうか？

これでは、電話で林田と名乗った男を探すことなど、不可能に近い。

しかし、ぼんやりと立ちつくしている彼女の肩を、軽く叩くものがあった。

「角村さんの奥さん」

「え？」

反射的に、警戒の身構えになる。だれか、知人に見られたかというような心理だ。

「林田です。さ、どうぞ」

男は彼女が予想していたより、背も高く、堂々としていた。表情もやわらかかった。恐喝を職業にしている男とは見えなかった。

「…………」

危く、まともな挨拶を返しかかり、夫人はあわてて、それをのみこんだ。

「コーヒーでよろしいですね？」

と、林田は席を見つけて、腰をおろすと、如才なく聞く。夫人は黙っていた。飲み物などは、何でもよいのだ。どうせ、この男と一緒に飲む気はなかった。

「さて、例のもの、持って来て下さいましたか?」

と、急に、林田は声をひそめる。

「いいえ」

「何ですって?　それでは、やがて帰って来るご主人に、写真をお見せしても、かまわないというのですか?」

「そうではないわ。でも、その写真というの、一度目を通しておきたいの。疑うわけではないけれど、いい加減な写真と取り引きしたくないから……」

「なるほど……」

林田は、声を立てずに笑った。「まあいいでしょう。お見せします。しかし、破られると困るので、手は、膝の上に置いて下さい」

そう言いながら、オーバーの内ポケットを探り、茶色の封筒を取り出した。そして、中から一枚の写真を抜き、テーブルの上に置いた。しかし、彼の左手は、その写真の隅を抑えるようにしている。彼女が何らかの行動に出ようとした場合、いつでも、写真をしまうことができる構えである。

「ああ」

夫人は、軽い呻《うめ》きを洩した。写真には、たしかに、彼女が写っていた。千駄ヶ谷の旅館から、夫の部下である黒須と連れ立って出て来た場面だった。思わず、目をそむけたくなるほど、はっきりと写されていた。

「この通りです」

「でも、ネガは？」

「ネガはありません。ポラロイド・カメラですから。写真の取り引きを、ネガでするのは、もう古いのです。なぜなら、ネガを買っていただいたところで、売る方では、その前に何枚も焼き増ししておくことができるのですから、取り引きが一回限りという保証はありません。ところが、ポラロイド・カメラの場合、写真は絶対に一枚しかできません。従って、良心的な恐喝者は、現在では、みな、ポラロイド・カメラを使っています。その代り、一回のお値段が、ぐんと張って来ているのですがね。まあ、それはともかく、この写真で、ご満足いただけましたかな？　これなら、だれが見ても、奥さんと黒須某だということはわかるだろうし、二人の関係がただならぬものだということも、想像できますから……。これが百万円なら、安いものですよ。部長夫人の座は、百万円では買えませんし、慰謝料なしに離婚になるのも困るでしょうから」

林田は得意気にしゃべりまくった。

「わかりましたわ。あした、お電話下さい。それまでに、お金を作っておくつもりです」

夫人は、くやしそうに言った。しかし、その実、くやしくはなかった。最後に笑うものは自分だという確信が、彼女にはあったのである。

「そうですか。では、よろしくお願いします。申すまでもありませんが、警察へ届けたりすれば、結局、困るのは奥さんですよ。ぼくは、たとえ刑務所に送られても、出て来て復讐《ふくしゅう》するでしょうから……。どうか、ご賢明な道をお選び下さい」

林田は、優越感をしみじみと味わっているような薄笑いを浮かべて、封筒をオーバーの内ポケットに入れた。

4

翌日、夫人は朝から電話を待っていた。林田が、何と言ってくるか、楽しみだったのだ。彼女の計画が、成功したことは、すでに、野々山の報告で知っていた。

正午近く、待っていたベルが鳴った。素早く送受器を取り上げる。

「あ、奥さんですね」

林田が電話の向うで、声をひそめている。気のせいか、声に力がないようだった。

「ええ、お金できたわ」

と、彼女は、林田をからかった。

「それがですねえ。ちょっと、都合が悪くなってしまったのですよ。取り引きを、少し延ばしていただけませんか？」

「まあ。なぜ？　そんなことしていたら、主人が帰って来てしまうわ。まさかあなた、時間を稼いでおいて、あの写真の複製を作ろうなんてつもりではないでしょうね」

「とんでもない。そんなこと、考えもしませんでしたよ。こんなことなら、おっしゃる通り、複写しておけばよかった」

「どうしたの？　何をそんなに……」

夫人の声は、ひとりでにはずむ。前日のいばった様子を見ているだけに、林田のしおれ方が、おかしくてならないのだ。

「申しわけないのですが、例の写真を、なくしてしまったのです」

林田の声は、消え入るばかりである。

「あら！　だめじゃないの」

自分でも、吹き出したくなるせりふが、彼女の口から出た。林田が、恐喝のネタをなくしたからと言って、彼女が叱《しか》りつける必要はないのに……。

「すみません。どこかで、すりにやられたんでしょう。全く油断もすきもありませんや。もっとも、すりのやつ、折角盗みとっても、処置に窮して、送ってよこすかもしれません。封筒の裏にぼくの住所姓名が記入してあるから……」

「でも、なぜ、すりがそんな……」

「さあ？　金か小切手と間違えたのでしょうね。こっちは、百万円になるのだと思って、始終、オーバーの胸を抑えていたから、大金を持っているように見えたのでしょう。そんなわけですから……」

「あ、ちょっと」

夫人は追い討ちをかけた。「でも、そのすりが、あたくしをゆすりにきたらどうしてくれる？　しかも、売り値が二百万だとでも言ったら……。こんなことも、あなたが、大切なものの取扱い方をしらないからよ」

「その点だったら、大丈夫だと思います。手口から見て、すりのベテランのようですが、そういう奴らは、すり以外のことは、絶対にやらないという潔癖さを持っています」

「そう？　それならいいけれど……」

夫人は、満足げな笑顔に戻って、電話を切った。

やっと、厄介払いができた。これで、林田からの電話が、かかってくることは、二度とあるまい……。

われながら、巧い方法だったと思う。このような形で恐喝者を却《しりぞ》けたのは、自分が初めてではないだろうか？

黒須とは、完全に関係を断つよう、話合いが済んでいた。もともと、夫が外遊中の寂しさが招いた、軽い浮気であった。黒須の方もそうであろう。彼には、若い婚約者がいるのだから……。

あとは、野々山との約束を果せばよいのだった。

「一度だけ。それだけで結構です。昔から、ぼくは、ちゃんとした家庭の女性に、コンプレックスを持っていたのですが、それだけに、奥さんと……」

それが、野々山の要求した報酬であった。

「本当に一度だけよ。それから、それをたねに、ゆすったりはしないわね」

「当り前です。ぼくらには、ぼくらの誇りがあります。ゆすりなど、指を切られてもやりません」

野々山は、はっきりと誓った。夫人も、計画が成功したらと約束をした。

翌日、夫人は、その約束を果した。野々山は、林田からすりとった写真を、渡してくれた。

これで、一切の取り引きが終った。いや、終ったはずであった……。

しかし、その翌日、夫人のところへ、林田が電話をかけて来た。

「奥さん。性懲りもなく、きのうはまた、若い男と……。その写真を撮らして戴《いただ》きましたから、前と同じ値段で……」

(見習い天使曰く＝このあと、どうなったか、よく知りませんが、また、最初に戻るのではないでしょうか?)

【特別収録】
解説

星　新一

佐野洋さんについて書こうとすると、私の追憶はすぐ時をさかのぼり、昭和三十年代の前半に戻ってしまう。私も若かったし、彼も同様。なにもかもなつかしい。

港区に宝石社があり、木造のぼろの建物だった。江戸川乱歩先生が私財を投じ、推理小説専門誌「宝石」にてこ入れをなさった。のちに資金的にゆきづまり、その誌名は光文社に移り、内容も変ってしまったが、乱歩先生の功績は、多くの作家を世に送り出したという形で、後世に残されたのだ。

あのころが、推理小説界のルネッサンスだったのではなかろうか。まず、仁木悦子さんが乱歩賞『猫は知っていた』で、人びとの関心を推理小説に集めた。昭和三十二年（一九五七）の夏のことである。松本清張さんの短編集『顔』もこの年に出版され、推理作家協会賞を受ける。その年末の号の「宝石」に、私の作品がはじめてのった。

佐野洋さんはその翌年に「週刊朝日」と「宝石」の共同募集に入選し、すぐ「宝石」の常連執筆者となった。ごく初期の短編「不運な旅館」を読んだときは、みごとな結末だなあと、心から感心させられた。

佐野さんと同時に入選したのが樹下太郎さんであり、次回の乱歩賞が多岐川恭さんであり、大藪春彦さんが若くしてデビューしたのもそのころである。当時を思い出してみて、だれもライバル意識は持たなかったようである。それぞれ、独自の作風を持ち、好きなように書いていたのだ。

なぜ、いっせいに個性的な作家が出現したのか。中間小説雑誌なるものが、広く読まれていた時期である。テレビ普及の前であり、読書の楽しみは、主としてそこに求められていた。うまく、面白く、すぐれた短編が並んでいた。しかし、もうひとつ、なにかがあっていいのではないか。試みられていい分野が残されているのではないか。読みながら、そんなことを考える。自分を例にして書いているわけだが、ほかの人たちも大差ない心境だったのではなかろうか。

そこへ、乱歩さんの「宝石」によって、活躍の舞台が与えられた。才能が開花した。全力投球ができたし、ある種の満足感もあったし、未来への夢もあった。まもなく、専業の作家となって書きつづけるのが、いかに大変かを思い知らされるわけだが。

この『見習い天使』は、佐野さんが三十四、五歳のころの作である。週刊読売の読切り短編で、新潮社で本になった。私もその少し前に新潮社からはじめての短編集を出しており、それと同じ小さめの変形版だったので、とくに思い出があるのだ。

今回、あらためて読みかえして、そのうまさを再認識した。天使のつぶやきを前後に入れる手法など、みごとなものだ。読み切り連作となると、たいてい同一の主人公でと考えるものだ。しかし、それをやると、結末の意外性に枠がはめられ、あっという効果を上げられないのである。天使の声で、さらに大きなどんでん返しをやった作品もある。

再認識はほかにもある。古びていないのだ。風俗描写は不要と、切り捨てているためである。そして、バラエティのはばの広さである。「アンケート」など、ほかのにくらべてかなり異質なのだが、この本におさまって調和を乱していない。昨今、小説教室のたぐいが各所に出来ているらしいが、本書など、推理小説を書こうという人への、最適の教材になるのではなかろうか。

小説は手法よりも、まずは読者へのサービスの精神である。どの一編も、そのいい実例といっていい。

また、なににも増して驚かされるのは、作家となってから推理小説ひとすじ、今日まで休むことなく書きつづけ、一定の高水準を保っていることである。これは、気の遠くなるような航跡なのだ。雑誌などで、佐野さんの短編がのっていると、つい読んでしまう。そして、ああ面白かったと思う。

読者が裏切られたと感じることはないのだ。さすが佐野さんの才気と片づける人もいようが、それがどれだけの苦労の産物か、同じ文筆業者として、ただただ敬服する。その苦労のあとを作中に残さないのも、苦労のひとつなのである。

佐野さんは執筆について、三つの信条を持っているとのことだ。①小説としての面白さ。②一貫性と構成美。③先人の試みへの挑戦。

そして、それを実作でやってのけているのだから、感嘆のきわみである。推理小説のひとつの完成を示した中興の祖と、後世において評価されるのではなかろうか。

なぜ、中興なのか。問題は③なのである。時は流れる。佐野さん自身がいまや先人となり、新人はそれへの挑戦をやらなくてはならないのだ。これは、ただごとではない。乗り越えるべき対象の山脈としてみて、はじめてどんなに大変な存在かわかる。

佐野さんの作風について、強烈な個性がないとの感想を持つ人もいるらしい。それなら、亜流が出てきてもいいはずだが、それらしき新人はいない。佐野洋の世界が、独自性を持ち、いかに高い所にあるか、こう考えてやっと気づくのである。

映画の世界を例にとれば、ある時期まで、すぐれた映画にはストーリーの完成があった。それが現在、スペクタクル・シーンを売り物にし、ストーリーのおかしなのが大部分になってしまった。いろいろな事情があるのだろうが、私としては残念でならない。まともに佐野さんに挑戦できる新人は、はたして出てくるのだろうか。

佐野さんと同じ分野を進まなくてよかったと、私はあらためて、ほっとしている。競争していたら、とっくに息切れしていただろう。

意外な結末という一点では、おたがい共通している。しかし、根本的にちがった性質のものなのだ。

佐野さんは、最後の幕切れのために、全精力を集中している。なっとくのゆく驚きを作り上げるために、佐野さんは自作を建築にたとえているが、一カ所も手を抜けない苦心であろう。そこへゆくと、私のショートショートでは、まず読者を非日常の世界に引き込もうと、導入部で苦心する。そこがなんとかなれば、結末で苦しむことはない。

佐野さんの導入部は日常的な世界であり、徐々に読者を引き込む。佐野さんのを読みなれている読者は、こうなるのでは、ああなるのではと、予想するのではなかろうか。それに対し、作者はその先を用意しなければならない。こうなると、自分との競争でもある。しかも、はじめての読者のいることも念頭においてである。こう条件をあげてみると、まったく大変なことなのだ。

佐野さんは作品中に笑いを持ち込まない。風俗描写をほとんどしないように、意識して排除しているにちがいない。笑いそのものは好ましいのだが、一面、安易におちいる危険性もある。落語のある種のオチは、落語だからこそ許されるのである。推理小説の正道を進むのは、こうまできびしいことなのだ。

と書いてきたが、私なりの意見である。作家の内面など他人にはもちろん、当人にだってよくわからないもので、本来の意味での解説など不可能と思っている。だから、この一文が、読者の楽しみのさまたげにならなかったことを祈るのみである。

昭和五十七年十一月

『見習い天使』徳間文庫版より（一九八三年二月）

編者解説

日下三蔵

一九五八（昭和33）年に「宝石」「週刊朝日」共同開催の短篇探偵小説懸賞に入選した「銅婚式」でデビューして以来、佐野洋の作家活動は五十五年の長きに及んだ。

その間に発表した短篇の総数は千二百篇に達し、なおかつ、そのクオリティの高さには定評がある。長篇ミステリも六十作以上あるが、短篇集は百冊を軽く超えており、やはり短篇作家というべきだろう。

佐野洋にはオールタイムベスト級の傑作短篇がいくつもあり、いずれはそうした作品を厳選した傑作集も作りたいと思っているが、既刊の短篇集で本全体のコンセプトと完成度を考え合わせると、まず第一にご紹介したいのが本書『見習い天使』、次いで『殺人書簡集』ということになる。

いずれも原稿用紙二十枚前後の、洒落たショート・ミステリをまとめたもので、今から六十年以上前の作品群であるにもかかわらず、その面白さには、ほとんど変わりがない。

もちろん、社会情勢や貨幣価値、登場人物たちの持つ価値観などは六十年前のものだから、昭和の時代を知らない若い読者の皆さんには、「当時の日本は、こんな社会だったのか」と過去の世界を覗くように楽しんでいただきたいと思う。

時代が変わっても小説の中身が古びていないのは、佐野洋が「アイデアの意外性」や「オチの切れ味」に焦点を当ててストーリーを構成しているからだろう。優れたミステリが読者に与える衝撃は、軽々と時間を超越するものだ。

佐野洋は、都筑道夫との「名探偵論争」（現在はフリースタイルの都筑道夫『黄色い部屋はいかに改装されたか？　増補版』に全篇を収録）では、一貫して名探偵に否定的な立場を取っていたから、シリーズものには冷淡かと思いきや、実際には、本書以外にも多くのシリーズ連作を手がけている。『I．N．S探偵事務所』『密会の宿』『折鶴の殺意』『D支局長の事件簿』『折々の殺人』シリーズなどである。

これに『姻族関係終了届』『犯罪総合大学』『死体が二つ』といったタイプの「テーマ連作」を加えてみれば明らかだが、「名探偵論争」において佐野洋が危惧していたのは、シリーズ探偵を起用することで、作品が縮小再生産のマンネリに陥ることであって、シリーズ探偵そのものの否定ではなかった。

同一設定同一パターン化を避けるために、佐野洋が好んで多用したのが、シリーズの枠組みだけを決めて、ひとつひとつのエピソードはバラエティ豊かなものにする、という手法だった。

その最高の成功例が、本書『見習い天使』であることは、改めて指摘するまでもないだろう。

『見習い天使』は読売新聞社の週刊誌「週刊読売」に、一九六一（昭和36）年十一月十九日号から六二年四月一日号まで、二十回にわたって連載され、六三年七月に新潮社から新書判の単行本として刊行された。

この本の帯のコピーは、以下の通り。

洒落た都会的な発想、ヒチコック風の切れ味鋭いドンデン返し、夏の夜の読書の楽しみを倍増する傑作ショート・ショートミステリー

新潮社が当時出していた新書判叢書《ポケット・ライブラリ》ではなく、厚紙の表紙でカバーのないペイパーバックスタイルで出ているのが興味深い。

これは同社から出ていた星新一の初期作品集『人造美人』『ようこそ地球さん』『ボンボンと悪夢』『おせっかいな神々』などと同じ造本であり、編集部はテレビ番組「ヒッチコック劇場」や星新一のショートショートのような短くて洒落た話を好む人たちを、『見習い天使』の読者層として想定していたことがうかがえる。

この新潮社版の「あとがき」はわずか一ページの短いものなので、ここに全文を再録しておく。

あとがき

『見習い天使』は「週刊読売」に二〇回連載した。一回二十枚で一回ごとの読切り、しかし全体としての統一も欲しい。それが編集部の注文だった。色々考えたあげく、各回に見習い天使が登場して前口上と最後の締めくくりをする形式を試みてみたのだが、いわば窮余の一策といったところか。

作者としては普通のストーリーの前後に余計なものがくっついたというだけに終らせたくなかったのでそれなりの苦心はしたつもりである。

これをまとめるにあたり、不出来なものは取除き、その分として「紳士読本」に連載した、『新犯罪白書』の一部を書改めて加えて見た。

宮永岳彦氏の見習い天使の挿画は連載当時、僕自身が非常に楽しく拝見したもので、この本にもそれが再録できたこと、更に、書直しの分にまで宮永氏がわざわざ可愛い天使達を画いて下さったことが何よりもうれしい。

一九六三年六月　　　　佐野洋

宮永岳彦氏のイラストは、ご遺族の方のご厚意で、本書にも再録させていただくことができた。ありがとうございます。

新潮社版に収録された十七篇の初出は、以下の通り。〔　〕内の数字は連載時の話数である。

黒い服の女「週刊読売」61年11月19日号〔①〕
誘拐犯人「週刊読売」61年11月26日号〔②〕
すられたボーナス「週刊読売」61年12月3日号〔③〕
モデル・ガン殺人事件「週刊読売」61年12月31日号〔⑦〕
にせの殺し屋「週刊読売」62年1月7日号〔⑧〕
最初の嫉妬「週刊読売」62年1月14日号〔⑨〕
親切で誠実な男「週刊読売」62年2月4日号〔⑫〕
盗作計画「週刊読売」62年2月11日号〔⑬〕
当方独身「週刊読売」62年2月18日号〔⑭〕
指名手配コンクール「週刊読売」62年2月25日号〔⑮〕
唯一の方法「週刊読売」62年3月11日号〔⑰〕
親ごころ「週刊読売」62年3月18日号〔⑱〕
大きな遺産「週刊読売」62年3月25日号〔⑲〕

まいた種　「紳士読本」62年8月号
女の条件　「紳士読本」62年10月号
アンケート　「紳士読本」62年5月号
卒業記念　「週刊読売」62年4月1日号〔⑳〕

「週刊読売」の二十篇から六篇を落とし、人物往来社の月刊誌「紳士読本」に連載した読切シリーズ「新犯罪白書」から、三篇を「見習い天使」ものに改稿して加えてあるので、全十七篇である。

この作品集は、一九八三（昭和58）年二月に徳間文庫に収められた。文庫版に寄せられた星新一の解説は、デビュー間もない頃の新鋭作家たちの交流を懐かしく語りながら、佐野洋作品の特長を作家の立場から鋭く分析したもので、示唆に富んだ名解説と言えるだろう。星ライブラリのご厚意で、本書にも再録させていただくことができたのは、うれしい限りだ。

一九八六年一月に徳間文庫から刊行された佐野洋の文庫オリジナル短篇集『私版・犯罪白書』を手にした私は、目次を見て目を疑った。そこには「見習い天使補遺」とあり、読みたくてたまらなかった『見習い天使』の未収録分六篇が収められていたのである。

『私版・犯罪白書』は三つのブロックで構成されていて、第一部「私版・犯罪白書」には前述の「紳士読本」連載「新犯罪白書」を中心に、同系統のショート・ミステリを増補した十二篇、第二部「見習い天使補遺」には単行本化の際に外された六篇、第三部「ハイウェイ・ミステリー」には高速道路関連の雑誌に連載された七篇を、それぞれ収録。いずれも初めて本になる作品ばかりであった。

「見習い天使補遺」の扉ページには、シリーズの設定を説明した文章が書かれている。著者自身の手になるものか編集者が書いたものか、今となっては不明だが、一応、ここにも再録しておく。


こんにちは。見習い天使です。つまり、このたび、天使の臨時大増員によって、新たに任命された、最下級の天使なのです。

天使は、神の使いとして、地上の人々の心に、適切な助言をするのが、任務なのですが、まだ新米なので、この仕事が、うまくできるかどうか……。

さて、今回の天使大増員は、核実験、殺し屋など、最近の地上には物騒な現象が多く、勢い、天国に送られて来る人たちもふえるだろうという見込みで、とられた処置だそうです。


「見習い天使補遺」に収められた六篇の初出は、以下の通り。

大きな獲物　「週刊読売」61年12月10日号〈④〉
ご報参上　「週刊読売」61年12月17日号〈⑤〉
殺意構成法　「週刊読売」62年12月24日号〈⑥〉
優美な酒　「週刊読売」61年1月21日号〈⑩〉
糞は偽らず　「週刊読売」62年1月28日号〈⑪〉
始めと終わり　「週刊読売」62年3月4日号〈⑯〉

著者が「不出来なもの」として『見習い天使』刊行時に外したものだが、そちらの十七篇と比べて著しく見劣りするとは、とても思えない作品ばかりである。

いずれにしても『私版・犯罪白書』には収録されているのだから、六三年の時点では捨てようと判断したとは言え、八六年の段階では「このまま捨て去るのは惜しい」と考えを改めたことになる。

高校生の時に『私版・犯罪白書』を楽しく読んだ私は、次に『見習い天使』が出る時には補遺の六篇を増補して「完全版」とすべきだな、などと思っていた訳だが、まさかそれから三十七年後に、自分でその本を作ることになるとは、まったくもって想像の外であった。

今回、多くの方のご理解とご協力を得て、「完全版」の冠に恥じない内容で『見習い天使』が甦ったことを、長年のファンとして喜ぶとともに、短くて、洒落ていて、面白いお話が好きな読者の皆さまの前に、自信を持って本書を差し出す次第であります。

(左上)『見習い天使』新潮社(1963年7月) 装幀とカットを宮永岳彦が担当した。

(右上)『見習い天使』徳間文庫(1983年2月) カバーイラストは長尾みのる。

(左下)『私版・犯罪白書』徳間文庫(1986年1月)「見習い天使補遺」が収録されている。カバーイラストは長尾みのる。

カバーデザイン、目次・扉デザイン

坂野公一＋吉田友美
(welle design)

カバー装画

天野喜孝《Candy Girl M-3》2008
© AMANO Yoshitaka, Courtesy of Mizuma Art Gallery

本文挿画

宮永岳彦

・本書はちくま文庫のオリジナルです。

・各作品の底本は以下の通りです。

「見習い天使」――『見習い天使』（徳間文庫　一九八三年年二月）

「見習い天使補遺」――『私版・犯罪白書』（徳間文庫　一九八六年一月）

・本書のなかには、今日の人権感覚に照らして差別的ととられかねない箇所がありますが、作者が差別の助長を意図したのではなく、故人であること、執筆当時の時代背景を考え、該当箇所の削除や書き換えは行わず、原文のままとしました。

箱の中のあなた 山川方夫ショートショート集成
山川方夫 日下三蔵編
日本文学に大きな足跡を残した夭折の天才・山川方夫のショートショート作品を日下三蔵氏の編集で送る全2巻。1巻目は代表作「親しい友人たち」収録。

長くて短い一年 山川方夫ショートショート集成
山川方夫 日下三蔵編
純文学から〈ショートショート〉への応答。山川方夫のショートショートを編者・日下三蔵がまとめた決定版作品集の第2弾。初文庫化作品も収録。

平成古書奇談
横田順彌 日下三蔵編
鬼才・横田順彌による初書籍化となる古書ミステリ。主人公の馬場浩一が馴染みの古書店で出会う古書をきっかけに本にまつわる謎に巻き込まれる。

紙の罠
都筑道夫 日下三蔵編
都筑作品でも人気の〝近藤・土方シリーズ〟が遂に復活。贋札作りをめぐり巻き起こる奇想天外アクション小説。二転三転する物語の結末は予測不能。

悪意銀行
都筑道夫 日下三蔵編
洒落た会話と何重にも仕掛けられる罠、激烈な銃撃戦（死者多数）とちょっぴりお色気、そして結末は完全予測不能。近藤・土方シリーズ第二弾。

吸血鬼飼育法 完全版
都筑道夫 日下三蔵編
事件屋稼業、片岡直次郎がどんな無茶苦茶な依頼も解決する予測不能の活劇連作。入手困難の原型作品やスピンオフも収録し〈完全版〉として復活。

妖精悪女解剖図 増補版
都筑道夫 日下三蔵編
鬼才・都筑道夫の隠れた名作を増補し文庫化。〈女性〉をメインに据えた予測不能のサスペンス小説集。日下三蔵による詳細な解説も収録した決定版。

哀愁新宿円舞曲 増補版
都筑道夫 日下三蔵編
１９５０年代の新宿・青線地帯での男女の交わりを描いた人情話他、洗練された構成で読ませる探偵物など、幻の短編集に増補作品を加え待望の文庫化。

幻の女
田中小実昌 日下三蔵編
近年、なかなか読むことが出来なかった〝幻〟のミステリ作品群が編者の詳細な解説とともに甦る。夜の街の片隅で起こる世にも奇妙な出来事たち。

密室殺人ありがとう
田中小実昌 日下三蔵編
編者苦心の末、発掘した１９７０年代から80年代の雑誌掲載のみになっていたミステリ短篇を中心に構成した文庫オリジナルの貴重な作品集。

コーヒーと恋愛　獅子文六

恋愛は甘くてほろ苦い。とある男女が巻き起こす恋模様をコミカルに描く昭和の傑作が、現代の「東京」によみがえる。（曽我部恵一）

てんやわんや　獅子文六

戦後のどさくさに慌てふためくお人好し犬丸順吉は社長の特命で四国へ身を隠すが、そこは想像もつかない楽園だった。しかしそこは……。（平松洋子）

娘と私　獅子文六

文豪、獅子文六が作家としても人間としても激動の時間を過ごした昭和初期から戦後、愛娘の成長とともに自身の半生を描いた亡き妻に捧げる自伝小説。

七時間半　獅子文六

東京―大阪間が七時間半かかっていた昭和30年代、特急「ちどり」を舞台に乗務員とお客たちのドタバタ劇を描く隠れた名作が遂に甦る。（千野帽子）

悦ちゃん　獅子文六

ちょっぴりおませな女の子、悦ちゃんがのんびり屋の父親の再婚話をめぐって東京中を奔走するユーモアと愛情に満ちた物語。初期の代表作。（窪美澄）

自由学校　獅子文六

しっかり者の妻とぐうたら亭主に起こった夫婦喧嘩をきっかけに、戦後の新しい価値観をコミカルかつ鋭い感性と痛烈な風刺で描いた代表作。（戌井昭人）

青春怪談　獅子文六

婚約を約束するもお互いの夢や希望を追いかける慎一と千春は、周囲の横槍や思惑、親同士の関係からドタバタ劇に巻き込まれていく。（山崎まどか）

胡椒息子　獅子文六

裕福な家に育つ腕白少年・昌二郎は自身の出生から母、兄姉に苛められる。しかし真っ直ぐな心と行動力は家族と周囲の人間を幸せに導く。（家冨未央）

バナナ　獅子文六

大学生の龍馬と友人のサキ子は互いの夢を叶えるためにひょんなことからバナナの輸入でお金儲けをする。しかし事態は思わぬ方向へ……。（鵜飼哲夫）

箱根山　獅子文六

戦後の箱根開発によって翻弄される老舗旅館、玉屋と若松屋。そこに身を置き惹かれ合う男女を描く傑作。箱根の未来と若者の恋の行方は？（大森洋平）

断髪女中　獅子文六　山崎まどか編

新たに注目を集める獅子文六作品で、表題作「断髪女中」を筆頭に女性が活躍する作品にスポットを当てた文庫初収録作を多数含むオリジナル短篇集。

ロボッチイヌ　獅子文六　千野帽子編

長篇作品にも勝る魅力を持ちながら近年は読むことができなくなっていた貴重な傑作短篇小説の中から、男性が活躍する作品を集めたオリジナル短篇集。

沙羅乙女　獅子文六

遠山町子は一家を支え健気に暮らす。そんな彼女に惹かれる男性が現れ幸せな結末かと思いきや、恋敵や父の思わぬ行動で物語は急展開……。（安藤玉恵）

やっさもっさ　獅子文六

デコボコ夫婦が戦後間もない〈横浜〉を舞台に、個性的過ぎる登場人物たちと孤児院の運営をめぐって繰り広げるドタバタ人間ドラマ。（野見山陽子）

金色青春譜　獅子文六

静かなブームを巻き起こす獅子文六の長篇デビュー作となった表題作ほか、雑誌「新青年」に掲載された初期の貴重な作品をまとめた小説集。（浜田雄介）

青空娘　源氏鶏太

主人公の少女、有子が不遇な境遇から幾多の困難にぶつかりながらも健気にそれを乗り越え希望を手にする日本版シンデレラ・ストーリー。（山内マリコ）

最高殊勲夫人　源氏鶏太

野々宮杏子と三原三郎は家族から勝手な結婚話を迫られるも協力してそれを回避する。しかし徐々に惹かれ合うお互いの本当の気持ちは……。（千野帽子）

家庭の事情　源氏鶏太

父・平太郎は退職金と貯金の全財産を5人の娘と自分で6等分にした。すると各々の使い道からドタバタ劇が巻き起こって、さあ大変?!（印南敦史）

御身　源氏鶏太

矢沢章子は突然の借金返済のため自らの体を売ることを決意する。しかし愛人契約の相手・長谷川との出会いが彼女の人生を動かしてゆく。（寺尾紗穂）

明日は日曜日　源氏鶏太

とある会社の総務課を舞台に、社内外で起こるドタバタ事件をほのぼの、ユーモラスに描いた13編の連作からなる昭和のラブコメディ。（南沢奈央）

超発明　真鍋博

昭和を代表する天才イラストレーターが、唯一無二のSF的想像力と未来的発想で〝夢のような発明品〟129例を描き出す幻の作品集。（川田十夢）

真鍋博の植物園と昆虫記　真鍋博

ユーモアと風刺で機知縦横に現代社会を植物と昆虫に見立てれば——。天才イラストレーターの幻の作品集が没後20年に合本して復刊。（荻上チキ）

真鍋博のプラネタリウム　真鍋博　星新一

名コンビ真鍋博と星新一。二人の最初の作品『おーい　でてこーい』他、星作品に描かれた挿絵と小説冒頭をまとめた幻の作品集。（真鍋真）

ぼくは散歩と雑学がすき　植草甚一

1970年、遠かったアメリカ。その風俗、映画、本、音楽から政治までをフレッシュな感性と膨大な知識、貪欲な好奇心で描き出す代表エッセイ集。

愛についてのデッサン　野呂邦暢　岡崎武志編

夭折の芥川賞作家が古書店を舞台に人間模様を描く「古本青春小説」。古書店の経営や流通など編者ならではの視点による解題を加え初文庫化。

野呂邦暢　古本屋写真集　野呂邦暢　岡崎武志／古本屋ツアー・イン・ジャパン編

野呂邦暢が密かに撮りためた古本屋写真が存在する。2015年に書籍化された際、話題をさらった写真集が増補、再編集の上、奇跡の文庫化。

三島由紀夫レター教室　三島由紀夫

五人の登場人物が巻き起こす様々な出来事を手紙で綴る。恋の告白・借金の申し込み・見舞状等、一風変ったユニークな文例集。（群ようこ）

肉体の学校　三島由紀夫

裕福な生活を謳歌している三人の離婚成金。〝年増園〟の例会はもっぱら男の品定め。そんな一人がニヒルで美形のゲイ・ボーイに惚れこみ……。（群ようこ）

命売ります　三島由紀夫

自殺に失敗し、「命売ります。お好きな目的にお使い下さい」という突飛な広告を出した男のもとに、現われたのは？（種村季弘）

ラピスラズリ　山尾悠子

言葉の海が紡ぎだす、〈冬眠者〉と人形と、春の目覚めの物語。不世出の幻想小説家が20年の沈黙を破り発表した連作長篇。補筆改訂版。（千野帽子）

教科書で読む名作
羅生門・蜜柑 ほか　芥川龍之介

表題作のほか、鼻／地獄変／藪の中など収録。高校国語教科書に準じた傍注や図版付き。併せて読みたい名評論や「羅生門」の元となった説話も収めた。

現代語訳
舞姫　森鷗外／井上靖訳

古典となりつつある鷗外の名作を井上靖の現代語訳で読む。無理なく作品を味わうための語注・資料を付す。原文も掲載。監修＝山崎一穎

こころ　夏目漱石

友を死に追いやった「罪の意識」によって、ついには人間不信にいたる悲惨な心の暗部を描いた傑作。詳しく利用しやすい語注付。（小森陽一）

続 明暗　水村美苗

もし、あの『明暗』が書き継がれていたとしたら……。漱石の文体そのままに、気鋭の作家が挑んだ話題作。第41回芸術選奨文部大臣新人賞受賞。

今昔物語（日本の古典）　福永武彦訳

平安末期に成り、庶民の喜びと悲しみを今に伝える今昔物語。訳者自身が選んだ155篇の物語は名訳を得て、より身近に蘇る。（池上洵一）

恋する伊勢物語　俵万智

恋愛のパターンは今も昔も変わらない。恋がいっぱいの歌物語の世界に案内する、ロマンチックでユーモラスな古典エッセイ。（武藤康史）

百人一首（日本の古典）　鈴木日出男

王朝和歌の精髄、百人一首を第一人者が易しく解説。現代語訳、鑑賞、作者紹介、語句・技法を見開きにコンパクトにまとめた最良の入門書。

樋口一葉 小説集　樋口一葉／菅聡子編

一葉と歩く明治。作品を味わうと共に詳細な脚注・参考図版によって一葉の生きた明治を知ることのできる画期的な文庫版小説集。

尾崎翠集成（上・下）　尾崎翠／中野翠編

鮮烈な作品を残し、若き日に音信を絶った謎の作家・尾崎翠。時間と共に新たな輝きを加えてゆくその文学世界を集成する。

川三部作
泥の河／螢川／道頓堀川　宮本輝

太宰賞「泥の河」、芥川賞「螢川」、そして「道頓堀川」と、川を背景に独自の抒情をこめて創出した、宮本文学の原点をなす三部作。

井上ひさしベスト・エッセイ　井上ひさし　井上ユリ編
むずかしいことをやさしく……幅広い著作活動を続け、多岐にわたるエッセイを残した「言葉の魔術師」井上ひさしの作品を精選して贈る。（佐藤優）

ひと・ヒト・人　井上ひさし　井上ユリ編
道元・漱石・賢治・菊池寛・司馬遼太郎・松本清張・渥美清・母……敬し、愛した人々とその作品を描きつくしたベスト・エッセイ集。（野田秀樹）

開高健ベスト・エッセイ　開高健　小玉武編
文学から食、ヴェトナム戦争まで――おそるべき博覧強記と行動力。「生きて、書いて、ぶつかった」開高健の広大な世界を凝縮したエッセイを精選。

吉行淳之介ベスト・エッセイ　吉行淳之介　荻原魚雷編
創作の秘密から、ダンディズムの条件まで。「文学」「男と女」「紳士」「人物」のテーマごとに厳選した、吉行淳之介の入門書にして決定版。（大竹聡）

色川武大・阿佐田哲也ベスト・エッセイ　色川武大／阿佐田哲也　大庭萱朗編
二つの名前を持つ作家のベスト。文学論、落語からタモリまでの芸能論、ジャズ、作家たちとの交流も。阿佐田哲也名の博打論も収録。（木村紅美）

殿山泰司ベスト・エッセイ　殿山泰司　大庭萱朗編
独自の文体と反骨精神で読者を魅了する性格俳優、故・殿山泰司の自伝エッセイ、撮影日記、ジャズ、政治評。未収録エッセイも多数！（戌井昭人）

田中小実昌ベスト・エッセイ　田中小実昌　大庭萱朗編
東大哲学科を中退し、バーテン、香具師などを転々とし、飄々とした作風とミステリー翻訳で知られるコミさんの厳選されたエッセイ集。（片岡義男）

森毅ベスト・エッセイ　森毅　池内紀編
まちがったって、完璧じゃなくたって、人生は楽しい。稀代の数学者が放った教育・社会・歴史他様々なジャンルに亘るエッセイを厳選収録！

山口瞳ベスト・エッセイ　山口瞳　小玉武編
サラリーマン処世術から飲食、幸福と死まで。――幅広い話題の中に普遍的な人間観察眼が光る山口瞳の豊饒なエッセイ世界を一冊に凝縮した決定版。

同日同刻　山田風太郎
太平洋戦争中、人々は何を考えどう行動していたのか。敵味方の指導者、軍人、兵士、民衆の姿を膨大な資料を基に再現。（高井有一）

兄のトランク　宮沢清六
兄・宮沢賢治の生と死をそのかたわらでみつめ、兄の死後も烈しい空襲や散佚から遺稿類を守りぬいてきた実弟が綴る、初のエッセイ集。

春夏秋冬　料理王国　北大路魯山人
一流の書家、画家、陶芸家にして、希代の美食家でもあった魯山人が、生涯にわたり追い求めて会得した料理と食の奥義を語り尽す。（山田和）

日本ぶらりぶらり　山下清
坊主頭に半ズボン、リュックを背負い日本各地の旅に出た〝裸の大将〟が見聞きするものは不思議なことばかり。スケッチ多数。（壽岳章子）

のんのんばあとオレ　水木しげる
「のんのんばあ」といっしょにお化けや妖怪の住む世界をさまよっていたあの頃――漫画家・水木しげるの、とてもおかしな少年記。（井村君江）

ねぼけ人生〈新装版〉　水木しげる
戦争で片腕を喪失、紙芝居・貸本漫画の時代と、波瀾万丈の人生を、楽天的に生きぬいてきた水木しげるの、面白くも哀しい半生記。（呉智英）

老いの生きかた　鶴見俊輔編
限られた時間の中で、いかに充実した人生を過ごすかを探る十八篇の名文。来るべき日にむけて考えるヒントになるエッセイ集。

老人力　赤瀬川原平
20世紀末、日本中を脱力させた名著『老人力』と『老人力②』が、あわせて文庫に！　ぼけ、ヨイヨイ、もうろくに潜むパワーがここに結集する。

東京骨灰紀行　小沢信男
両国、谷中、千住……アスファルトの下、累々と埋もれる無数の骨灰をめぐり、忘れられた江戸・東京の記憶を掘り起こす鎮魂行。（黒川創）

向田邦子との二十年　久世光彦
あの人は、あり過ぎるくらいあった始末におえない胸の中のものを誰にだって、一言も口にしない人だった。時を共有した二人の世界。（新井信）

東海林さだおアンソロジー
人間は哀れである　東海林さだお　平松洋子編
世の中にはびこるズルの壁、はっきりしない往生際……抱腹絶倒のあとに東海林流のペーソスが心に沁みてくる。平松洋子が選ぶ23の傑作エッセイ。

ちくま文庫

見習《みなら》い天使《てんし》 完全版《かんぜんばん》

二〇二三年九月十日 第一刷発行

著者 佐野洋（さの・よう）

編者 日下三蔵（くさか・さんぞう）

発行者 喜入冬子

発行所 株式会社 筑摩書房

東京都台東区蔵前二―五―三 〒一一一―八七五五

電話番号 〇三―五六八七―二六〇一（代表）

装幀者 安野光雅

印刷所 中央精版印刷株式会社

製本所 中央精版印刷株式会社

ISBN978-4-480-43908-6 C0193